序　言

　　主编刘二安先生约我为《当代百家字谜精选》写序,我很高兴,就不假思索地答应了。我之所以高兴,是因为我与谜家素无交往,与二安先生素不相识,与谜界素无联系,但拙著《走进字谜的艺术宫殿——汉字修辞视野下的字谜研究》一书出版后,得到谜家二安先生的认同并约我作序,我由此觉得与谜家、与谜界有了特定的联系,并在一定意义上扩大了我的学术交往范围,怎么能不高兴呢?

　　认真阅读这部字谜集,我觉得它至少有如下特点:

　　其一,多数字谜运用了拆字和减笔。我曾认为,在已往的字谜中所使用的汉字修辞主要是拆字、并字、减笔和增笔。而这部字谜集大多运用了拆字和减笔。"省一个,是一个"是拆字谜,谜底为"竺";"任人宰割"是减笔谜,谜底为"壬";"孟姜无子女"用了借助减笔的拆字,也是拆字谜,谜底是"盖"。通观整个字谜集,不难发现,绝大多数字谜都用了汉字修辞手段,尽管有的字谜只运用了一种汉字修辞手段,有的字谜运用了多种汉字修辞手段,有的字谜还将汉字修辞与比喻、谐音、会意、方位法等方法中的一种或几种一起综合用。仔细观察,还可以发现,那些与比喻、谐音、会意、方位法中的一种或几种综合运用的拆字、减笔,本质上仍然是拆字、减笔。就是说,这部字谜集中的字谜大多运用了拆字和减笔,没有运用并字,也少有增笔。这也许与作者的兴趣有关,更与汉字修辞的特点有关。

其二,成谜自然。这部字谜集中的字谜,很多都具有自然天成的特点。"成功要多出力"是减笔谜,谜底是"工"。表面上看,它是一句通俗的励志语,内里却是谜意浓厚,谜面与谜底扣合自然,可谓天成。还如"兄弟请起,有话请讲(说)""一贯为人不小气(大)""桃李满天下(夥)""干部调整(障)""岗位调整(岖)""粒米未进,滴水未沾(站)""意下如何(恕)""相由心生(想)"等,皆耳熟能详的平常话,经谜家刻意拈来,不添一字,不加一词,自然无痕,竟成佳谜,可谓以旧瓶装新酒,化平常为神奇!妙哉!

其三,富有诗意。字谜本不是诗,但既是字谜又富有诗意,却不失为字谜之妙品。"小屋四四方,不见门和窗,有人犯了法,把他往里装。"这是拆字谜,谜底是"囚"。它将"口"比喻成四四方方的小屋,同时运用拆字、押韵等修辞手段,加上采用五言四句的言语形式,形成了寓诗意于自然、寄谜意于自然的突出特点。可以说,这就是古人所说的诗谜。如众所知,像这种五言四句的字谜实际上就是现在大家所说的字谜歌谣。但是,这部字谜集的成功之作却告诉我们,不是字谜歌谣,也可以有诗意。如"扁舟不系归意在(还)"虽然不是字谜歌谣,却是谜意与诗意高度融合的佳谜。甚至可以说,这些富有诗意的字谜,已经具备了诗的品质,成了最为独特的文学作品,成了独具中华文化特色的文学作品,成了无法翻译成其他语种的文学作品。

其四,形象生动。"吊脚楼前泉水流"是综合运用了方位法和减笔的拆字谜,谜底为"棉"。此谜动静得宜,形象生动。又如"蚂蚁上树",作者以"蚂蚁"比喻笔画"、"、以"树"比喻笔画"丨",把一个简单的谜底汉字"卜"含蓄自然地呈现在谜面中,形象生动,

中华灯谜丛书

刘二安 张松林 主编

当代百家字谜精选

中州古籍出版社
·郑州·

图书在版编目(CIP)数据

当代百家字谜精选 / 刘二安，张松林主编．—郑州：中州古籍出版社，2014.3（2021.4重印）

（中华灯谜丛书）

ISBN 978-7-5348-4669-4

Ⅰ．①当…　Ⅱ．①刘…②张…　Ⅲ．①灯谜–汇编–中国　Ⅳ．①I277.8

中国版本图书馆 CIP 数据核字（2014）第 020349 号

DANGDAI BAIJIA ZIMI JINGXUAN

当代百家字谜精选

责任编辑	岳鸳鸯
责任校对	周　靖
装帧设计	王　歌

出 版 社	中州古籍出版社（地址：郑州市郑东新区祥盛街 27 号 6 层　邮编：450016　电话：0371-65723280）
发行单位	新华书店
承印单位	辉县市伟业印务有限公司
开　　本	890 mm×1240 mm　A5
印　　张	10.75
字　　数	200 千字
印　　数	5 001—7 000
版　　次	2014 年 3 月第 1 版
印　　次	2021 年 4 月第 2 次印刷
定　　价	30.00 元

本书如有印装质量问题，请与出版社调换。

扣合紧密,引人联想,耐人寻味。"远岫半掩闻笛声(迪)"既有"远岫半掩"的形象描写,又以同音字"笛"声锁谜底,可谓形声兼备,给人以美的享受。还如"枝头芽蕾点点春(米)""杨柳枝头春意浓(森)"等,都具有形象生动的特点。

此外,这部字谜集的作者也很有特点。或年届古稀,或是90后;或为谜界魁首,或是谜坛新秀;有的既创作字谜,也研究字谜;既有谜作流芳,又有理论建树。可以说,这部字谜集的作者高手云集,新星夺目。

读罢这部字谜集,我仿佛进行了一次精彩的文化旅游,既感受了传统文化的魅力,又受到了时代精神的洗礼,收获颇丰。

如果要说有什么不足,那就是字谜的艺术性有待增强。应该说,这部字谜集中的一些作品具备了较强的艺术性,但从更高的要求来看,这部字谜集中集谜意、诗意和教育意义于一体的字谜还不怎么丰富。当然,创作既有谜意又有诗意的字谜,本来就很难;要创作出融谜意、诗意和教育意义为一体的字谜,无疑是难上加难。但是,从字谜文化繁荣和发展的角度看,我以为字谜作者应该有这样的追求。我相信,有追求必有收获。

以上是我阅读这部字谜集的粗浅印象,不妥之处,恳请二安先生、作者和读者教正。

是为序。

曹石珠
2013 年 12 月 6 日写于湘南学院

作者:湘南学院院长,二级教授,中国修辞学会会员,湖南省语言学会副理事长,湖南师范大学兼职教授,硕士生导师。

目　录

于忠东	1
卫斌虎	2
马立炳	6
马兴创	7
文　木	10
王万森	13
王化民	17
王水松	19
王世昇	22
王东雄	24
王正亮	28
王民建	30
王保武	32
王寅丑	36
王楷波	39
王德海	42
邓凤鸣	44
邓当文	46
代述祥	48

卢育明	50
史宝明	53
叶国泉	55
叶春荣	58
叶曙光	62
石爱民	64
乔北海	68
伍耿怀	72
刘二安	74
刘精耕	78
吕　祥	79
孙　耀	83
孙胜利	85
朱锦华	88
纪志康	92
纪清华	93
许友金	98
许海奎	102
严宗达	104
吴乐荣	106
张松林	109
李文林	110
李创龙	112
李国安	114
李明富	116
束洪波	118

杨建忠	120
汪德亨	122
沈志宏	126
苏　颖	127
苏岩俊	131
苏德友	133
邱茂文	135
邹文功	137
陆建堡	139
陈良庆	142
陈征文	145
陈昌年	148
陈振凡	152
陈清泉	156
陈绪雄	157
陈道平	160
陈锦麟	162
周　昕	164
孟凡祥	167
昌庆锋	170
林建兴	172
武　骝	174
罗泽清	178
郑庆元	180
郑远达	182
金　鸽	184

俞敦诗	187
施志光	190
祖振扣	193
胥登品	195
荣耀祥	197
赵 轲	199
赵子鑫	201
徐圣能	203
徐官礼	205
徐锦忠	207
敖耀寰	209
晏礼峰	211
桑永榜	214
莫志刚	217
袁廷福	219
袁松麒	221
陶维松	223
高玉舜	225
梁民生	227
章春民	229
萧文亿	231
黄文龙	233
黄冬妮	235
黄全来	236
黄彭生	238
黄增荣	241

彭金元 …………………………………………… 244

谢亚芦 …………………………………………… 246

韩庆铭 …………………………………………… 248

赖 兴 …………………………………………… 251

雷鸿仁 …………………………………………… 254

蔡 芳 …………………………………………… 256

蔡建荣 …………………………………………… 260

蔡祖德 …………………………………………… 263

蔡秋湖 …………………………………………… 265

潘洁妹 …………………………………………… 268

魏育涛 …………………………………………… 270

字谜集锦 ………………………………………… 274

后记 ……………………………………………… 331

于忠东

早起见日出(少笔字)

春归人懒日迟迟(少笔字)

蜻蜓立钓丝(少笔字)

洒泪向江边(少笔字)

驱马去悠悠(少笔字)

一日犹春在(少笔字)

三春雁北飞(少笔字)

独坐空房中(少笔字)

正是峰前回雁时(5笔字)

落日无余晖(6笔字)

近日见人来(6笔字)

一夕雨沉沉(6笔字)

落日满西陂(6笔字)

君住东湖下(7笔字)

开门日送迎(7笔字)

家在日出处(7笔字)

归马不能骑(8笔字)

心系征帆上(8笔字)

玉兔伴嫦娥(8笔字)

十三于工区夫日闩仙军因汐阳汪间间奇忠朋

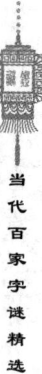

1

长留一片月（8笔字）　胀
春色伴人归（10笔字）　倩
雁起斜还直（10笔字）　值
树色凝红（10笔字）　株
三十即成立（10笔字）　莘
春色泪痕边（11笔字）　清
两日门掩关（11笔字）　阊
带雨逢残日（11笔字）　雪
而召我安居（12笔字）　舒
日日雨不断（13笔字）　雷
宿雨朝来歇（15笔字）　潮

于忠东,1968年生,山东栖霞人。保定市灯谜学会会员。

卫斌虎

一贯无两端（少笔字）　三
请到云南来找我（少笔字）　幺
这边唱来那边和（少笔字）　口
是念上声（少笔字）　士
限制多底,还是多底（少笔字）　夕
鸟飞云水里（少笔字）　寸

华里(少笔字)

厂里大火已扑灭(少笔字)

孩子小升初(少笔字)

从小相伴到白头,不多见(少笔字)

冥冥之中有天意(少笔字)

此心莫与明(少笔字)

西上游江西(少笔字)

球入袋中得二分(5笔字)

一点一滴,一生积累(5笔字)

整天来夸口(5笔字)

十分工整(5笔字)

缺月如钩(5笔字)

出名后十分小心(6笔字)

树由枝分(6笔字)

李下不整冠(6笔字)

小组垫底(6笔字)

小心关前人生乱(6笔字)

采石矶边一堆土(6笔字)

更东陌(6笔字)

占尽上风(7笔字)

仿佛兮若轻云之蔽月(7笔字)

中暑之后儿服侍(7笔字)

三姓家奴遭讥讽(7笔字)

看到水涨挽长弓(7笔字)

支援先得有两下子(7笔字)

提起奉献,首推本人(7笔字)

中 仄 少 少 日 月 王 兰 兰 号 正 甩 列 吋 字 尘 灯 玑 自 卤 县 孝 希 张 技 抒

林边曲径有人踪（7笔字）

潭西南而望（7笔字）

派人着一行编《大衍历》（7笔字）

要命关头，急中生智（7笔字）

一生争胜，终归尘土（8笔字）

尾生与女期梁下（8笔字）

放手开拓先致富（8笔字）

得好友来如对月（8笔字）

除权之后又填权（8笔字）

灾后重建热情高（8笔字）

眼下没有一点主见（8笔字）

省一个，是一个（8笔字）

无奈之中出下策（8笔字）

大平调（8笔字）

擦去眼泪别闹心（8笔字）

接到来函先做谜（9笔字）

落日解衣无一是（9笔字）

一下就扣在界内（9笔字）

中间业务收入（9笔字）

撒盐如可拟（9笔字）

招月伴人还（9笔字）

重阳即此晨（9笔字）

我有一言应记取（9笔字）

八字合上方结合（10笔字）

先生一直志向高（10笔字）

国际大事要关心（10笔字）

极　汪　沥　灵　肖　妹　宕　朋　林　炎　现　竺　竺　金　雨　信　哀　拾　显　皆　胖　草　语　容　恁　恩

我心安理得(10笔字) 悟
高桥之下人被扣(10笔字) 损
初春枝头发柳叶(10笔字) 秦
小月参见纪先生(10笔字) 绡
吴先生被灭了一半灯(11笔字) 唊
三点演出扮伯虎(11笔字) 寅
牵手成功(11笔字) 掷
以吾一日长(11笔字) 晤
东到海,与天连(11笔字) 晦
晚来唯有两枝残(11笔字) 梦
孙新送孙立,张青迎张清(11笔字) 浙
劳累半生才变样(11笔字) 猫
陇西之行乃上策(11笔字) 笼
华夏同心人和谐(11笔字) 龛
先请作者游乍得(12笔字) 储
清明节前后,择日来踏青(12笔字) 晴
先虚荣,后堕落(12笔字) 椭
一失艳色没看头(12笔字) 湃
北斋雨后(12笔字) 雯
亲故半为鬼(13笔字) 槐
虽有是非,始终不渝(13笔字) 瑜
始终不渝守边城(13笔字) 瑜
策马归来日已暮(13笔字) 蓦
主人一倒便熬到头了(14笔字) 僦
以身相许,始终相守(14笔字) 榭
总有一天会登上春晚(14笔字) 瞍

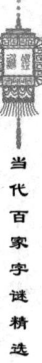

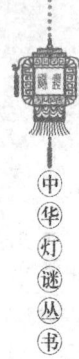

来日侍砚绮窗前（14笔字） 缩
亭前路上冰初融（多笔字） 潞
执手相看难别离（多笔字） 攫

卫斌虎，1970年生，山西运城人。太原市灯谜学会理事。

马立炳

心从口服随恩人（少笔字） 一
百花园里百花开（少笔字） 元
晴雯错把芳心许（少笔字） 文
主前仆后客居中（5笔字） 冬
金灶香水五行残（5笔字） 白
长安之中荒豪家（6笔字） 亘
辞别山岛清风里（6笔字） 兔
好女无需苦劳心（7笔字） 孛
前缘会合终离弁（7笔字） 纵
金银散尽终是穷（8笔字） 贫
士不得志空努力（9笔字） 怒
职权交易不可取（9笔字） 枳
六根凡心上碧空（9笔字） 硫
澄清关联闽中行（9笔字） 闻

私字当头,必有所失(10 笔字)	秩
空中宇宙不安宁(11 笔字)	寅
震撼着千万颗心(11 笔字)	惊
风中雁阵参差落(11 笔字)	爽
童心是非两难分(11 笔字)	哇
读后情意跃纸上(11 笔字)	续
一带江月如画中(12 笔字)	渭
几度风雨见芳心(12 笔字)	雯
十载成章心犹在(13 笔字)	意
四方归心,天下可得(13 笔字)	畴
前锋选手新举措(13 笔字)	错
困中心意无南北(15 笔字)	樟
笔端画楼欲西坠(15 笔字)	篓
改革开放,迫在眉睫(多笔字)	邀
枝上雨水迷蒙泪(多笔字)	霜
又见香几喜眉头(多笔字)	馨

马立炳,1964 年 11 月生,福建福鼎人。柘荣县灯谜协会会长。

马兴创

风息斜阳尽(少笔字)	几

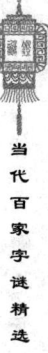

心赏何由见(少笔字) 亇

寄语边塞人(少笔字) 认

又见一帆去(少笔字) 邓

岘山不可见(5笔字) 出

跑买卖一直要小心(5笔字) 刊

背日分明见(5笔字) 北

早梅发高树(5笔字) 术

行人迷去住(5笔字) 玉

师心智不知(5笔字) 白

斜阳草树(5笔字) 艾

不见仙山云(6笔字) 丢

落日雁飞天(6笔字) 亘

人远花空落(6笔字) 伦

征人起南望(6笔字) 全

怀君在人境(6笔字) 全

回首望归人(6笔字) 全

若出其里(6笔字) 共

后会不期日(6笔字) 因

罗生兮堂下(6笔字) 圬

处处尽楼台(6笔字) 如

时把西经尽日看(6笔字) 纡

远树蔽行人(6笔字) 耒

人生落其内(6笔字) 肉

一边出力一边停(6笔字) 迁

日出东方隈(6笔字) 阳

临川千里别(6笔字) 驯

日见和风起(7笔字)
安用傍人知(7笔字)
书文混四方(7笔字)
仙人不可见(7笔字)
别后须相见(7笔字)
高高接上元(7笔字)
去去心如此(8笔字)
五行山中孤雁飞(8笔字)
不如归远山(8笔字)
上客且安坐(8笔字)
仙人不可见(8笔字)
早朝非晚起(8笔字)
重寻春昼梦(8笔字)
出浦月随人(8笔字)
去去怀前浦(8笔字)
解读基因,大半容易(8笔字)
含吐阴阳(9笔字)
不如桃杏(9笔字)
岸上蝴蝶飞(9笔字)
半阴半晴天(9笔字)
春荷叶半开(9笔字)
正要迁出官帽丢(9笔字)
何人合用心(10笔字)
晨起开中堂(10笔字)
更入是非中(10笔字)
床上坐堆堆(10笔字)

伯佣吝岘衫言些奉始宜岢明林沭法金哇姚峦胆草追倚唇埂座

不忍白头人(10笔字)	恩
银床一半空(10笔字)	根
上人分明见(10笔字)	胭
驱车前往见长辈(11笔字)	徘
种柳柳江边(11笔字)	淋
片帆依白水(11笔字)	淠
只在见闻中(11笔字)	职
一到春天变新貌(12笔字)	替
晴霞海西畔(12笔字)	溊
夜望上空自伤心(12笔字)	窗
木落潭水清(多笔字)	樿

马兴创,1972年3月生,广东汕头人。深圳市灯谜学会会员。

文 木

左省杜拾遗(少笔字)	一
何人不起故园心(少笔字)	丁
今时不与旧时同(少笔字)	土
一从此后同生死(少笔字)	夕
风姿绰约(少笔字)	冈
仕路当怀用舍心(少笔字)	冈

柳丝常伴钓丝悬(少笔字)
臣心老去犹怜子(少笔字)
珠玉在前人不识(少笔字)
草木生繁叶(5笔字)
幻出如来身半截(5笔字)
马上得句脱口成(5笔字)
不受尘埃半点侵(5笔字)
画堂深处歌舞声(5笔字)
灯火已收二月半(5笔字)
四方安定赖边臣(5笔字)
归帆东逝后，连呼失吾爱(5笔字)
心得同心心无憾(5笔字)
四方流落一书生(6笔字)
西去龙舟着力齐(6笔字)
门墙列入自甘心(6笔字)
偏有小人枉言信(7笔字)
月钩隐处云一抹(7笔字)
好似你我并肩立(7笔字)
且就云端收暮雨(7笔字)
错认东风轻梳柳(7笔字)
闲中解尽其中意(7笔字)
听不以耳而以心(7笔字)
昨夜西风不满旗(7笔字)
各占一方皆局促(8笔字)
三星点缀水中天(8笔字)
白头已改旧风姿(8笔字)

勿 匹 牛 世 仙 包 匆 古 可 巨 帅 戍 先 巡 闫 伶 县 好 芙 诊 间 闷 昨 答 忝 虬

正视自身不足(8笔字) 阜
有幸寄身山水间(9笔字) 南
任尔机变千回,终归草包一个(9笔字) 垛
一重帘动是君临(9笔字) 帝
昨夜扁舟雨一蓑(9笔字) 怎
后来不见谪仙子(9笔字) 柏
新月临窗移画竹(9笔字) 界
天外流星折柱臣(9笔字) 矩
六籍不亲五十年(9笔字) 芰
隔水一行鸣雁上(9笔字) 衍
东邻可攀西邻女(10笔字) 婀
项王旗旆成衰势(10笔字) 弱
本来旧貌换新颜(10笔字) 桓
我续狗尾句空著(10笔字) 狳
春香夜夜凄吟声(10笔字) 秦
繁红半掩看晴阴(10笔字) 素
回声音悦耳,焉得复闻之(10笔字) 胭
遥望船窗一点星(10笔字) 逦
止此一句近重阳(11笔字) 訇
一片降幡出石头(11笔字) 略
近乡山水异(11笔字) 绿
佳人未肯回秋波(11笔字) 罣
冠盖当时成旧梦(11笔字) 萝
吾以布衣提三尺(11笔字) 袤
半扫繁云天落花(11笔字) 雪
鸡啼声里觅云居(12笔字) 喔

杜鹃啼落枝头月（12笔字）

不解风月难为友（12笔字）

江中一点若云鸿（12笔字）

疏篱当户半垂丝（12笔字）

主体改制呼声急（12笔字）

远去白帆成一叶（13笔字）

草带露珠疑是雨（13笔字）

人一沾酒即失态（13笔字）

惟念河间一布衣（13笔字）

无边繁树半含娇（15笔字）

书以二王先着鞭（15笔字）

秋凉九月重阳殿（15笔字）

浣花村边子美居（多笔字）

重门密牖起飞檐（多笔字）

棚毂渿编集嘟满猷裘嬉瑾穑薄龠

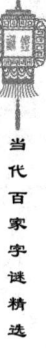

文木，本名闻春桂，1955年生。中国民协中华灯谜学术委员会主任。

王万森

日本出口（少笔字）

转凉前刮东北风（少笔字）

一飞

谜面	谜底
任人宰割（少笔字）	壬
不到三分之二（5笔字）	丕
离别之后有变化（5笔字）	加
与之迎向前（5笔字）	卯
后塔耸亭后（5笔字）	叮
横向联系，改变旧貌（6笔字）	亘
人参大补丸（6笔字）	伏
芳心错许山水中（6笔字）	刘
明月当空人尽归（6笔字）	因
倾心明月下（6笔字）	旨
鲁中去后到西域（6笔字）	至
保了人，却成了傻子（7笔字）	呆
少夫人去堂后（7笔字）	坛
节省之后起好头（7笔字）	妙
人已退休，有点劳心（7笔字）	宋
杜绝是非，从我做起（7笔字）	杉
湖上轻舟荡双桨（7笔字）	汾
有了动力，用心改革（7笔字）	芸
有心入门难透气（7笔字）	闷
双增双节树雄心（8笔字）	佳
先后处理有居心（8笔字）	卦
口出是非，一定小心（8笔字）	坷
十载用心变化大（8笔字）	奔
住宅前后有点变化（8笔字）	宝
双增双节抓重点（8笔字）	幸
定点厂实行责任制（8笔字）	庖

孤舟帆悬江上横(8笔字)
提前改变旧貌(8笔字)
不见露头不出来(8笔字)
解脱困境,给予帮助(8笔字)
中国排球走出困境(8笔字)
离开河口到北安(8笔字)
要改旧貌山必移(8笔字)
难中求进(9笔字)
两地耍滑头(9笔字)
双增双节提前落实(9笔字)
真心向前改旧貌(9笔字)
因人丢失,怎把心放(9笔字)
宁愿丢掉乌纱,不要出头叩首(9笔字)
先生来之泪水流(9笔字)
云南运动员(9笔字)
黎明之前献一吻(9笔字)
可在西北部开发(10笔字)
十分得体(10笔字)
自从转干廉为先(10笔字)
初秋别后不露头(10笔字)
雨点西湖眼前迷(10笔字)
清明前后南京聚会(10笔字)
协作之前各有变化(11笔字)
经济责任制好(11笔字)
上岗必须献点爱心(11笔字)
头痛先除根(11笔字)

忠 担 杯 杼 柱 汻 画 俫 娃 挂 星 昨 柯 眨 贻 香 啊 射 座 梨 浪 消 做 鲍 密 痕

眉月上枝头，夜夜来相会（11笔字）	移
一改旧面貌，展示新西北（11笔字）	章
残红满地泉水飞（11笔字）	绪
七五期间投资建厂（11笔字）	铲
乱后独到人间来（11笔字）	阆
优先发言者（12笔字）	储
将士心喜留营中（12笔字）	壹
村头直接把树栽（12笔字）	植
方才加入老年组（12笔字）	畴
争先用码头（12笔字）	确
占洞为王（12笔字）	窑
未到两个半月（12笔字）	翔
秋水横流一叶舟（13笔字）	愁
谈七五期间的重点（13笔字）	誉
先吃大亏在此前（13笔字）	跨
先翁已去世（14笔字）	翠
奖金不大，十分需要（14笔字）	锵
心如赏月到西湖（15笔字）	漖
自尝甜头心则安（多笔字）	憩
务须尽力正装束（多笔字）	整
与之亲近放宽心（多笔字）	薪
春雨潇潇柳半垂（多笔字）	霖
双日共同复习（多笔字）	翼
片片风帆载酒来（多笔字）	蠢

王万森，1953年4月生，江苏南通人。南通群艺谜社常务副社长。

王化民

佳人舞点金钗溜(5笔字)
九九归一(5笔字)
一不同心是非起(6笔字)
几度一起夜相依(6笔字)
人都有点虚荣心(7笔字)
自小两人合我意(7笔字)
从小争先有雄心(7笔字)
一钩新月悬梢头(7笔字)
为中国改革出力(7笔字)
立春新发田间苗(7笔字)
高见之人显才能(7笔字)
孤寂嫦娥对空月(8笔字)
花明月黯笼轻雾(8笔字)
朋友落后齐心帮(8笔字)
同心共白头(8笔字)
初试先生列榜首(8笔字)
捎个真心话(8笔字)
初冬依旧柳丝舞(9笔字)
虚心正直品自高(9笔字)

奴
本
再
凤
佗
余
你
材
汪
芹
财
姗
昙
肴
若
诛
诠
修
哗

白首雄心迎未来(9笔字) 徉
请人赴宴真心待(9笔字) 春
荡桨破浪舟竞发(9笔字) 惢
长河没晓天(9笔字) 浇
别具只眼(9笔字) 盼
田间燕栖月牙悬,水中星影柳丝拂(9笔字) 秒
为君首先安天下(9笔字) 美
儿一入宫心悬念(9笔字) 茜
直立高荷水里开(9笔字) 荆
与人为善(9笔字) 食
人人结交用真心(10笔字) 俸
初夜春风帘间拂(10笔字) 校
古稀雄心依然在(10笔字) 烨
奇才较量正开始(10笔字) 狴
错落山间初夜月(10笔字) 脑
待人宽厚心如一(10笔字) 莫
一上前方建头功(10笔字) 缸
人下田间洒汗水(10笔字) 赶
只把春来报(11笔字) 梧
吹散空间雁(11笔字) 欲
一错再错误人生(11笔字) 爽
双方心牵念(11笔字) 营
为钱再三被误会(11笔字) 铰
床前怀念离别汉(12笔字) 渡
边境烽烟入云端(12笔字) 琰
一知半解不正统(12笔字) 短

春蕾点缀残月影（12 笔字）
夜别壮士十分念（12 笔字）
一望但苍苍（12 笔字）
嫦娥邀客游蟾宫（13 笔字）
立秋叶落雁南飞（13 笔字）
二月斜雁春风里（14 笔字）
花落春无语（14 笔字）
竹笛飞扬共春舞（15 笔字）
花残香散心忧伤（15 笔字）
初冬踏雪鸣鹿声（多笔字）

粥 蒋 靓 腰 辞 嫩 榭 横 稽 露

王化民，1948 年 12 月生，山东青岛人。青岛市民风灯谜协会秘书长。

王水松

芳心误许却掩饰（少笔字）
红颜未老恩先断，白头波上泛孤舟（5 笔字）
曾经闻得呼救声（5 笔字）
大会变小，小会变大（6 笔字）
说声"驾"，两人往川中而去（6 笔字）
灾后人相助，成群结队来（6 笔字）

文 必 旧 买 价 伙

独到南京,雨声入耳(6笔字)

没有用心生差错(6笔字)

道是倾心人,却来搞敲诈(6笔字)

言及黄河落斜阳(6笔字)

横山弄清影,高空雁阵斜(7笔字)

且需用力来扶持(7笔字)

摆脱困境,献点爱心,为人称颂(7笔字)

横下心来图纵横(7笔字)

村头夜半,老子默然(7笔字)

一来喊冤遭制止(7笔字)

一点要上山,娘子请走好(7笔字)

此乃人算不如天算也(8笔字)

都说要谅解,千万如此(8笔字)

谅其无话说,都要心不惊(8笔字)

有点声音当注意(8笔字)

人要用真心来信仰(8笔字)

画中一人,精神振作(8笔字)

中州中原无分别(8笔字)

城头一同赏日出,传来犬叫声(8笔字)

话说八王之乱(8笔字)

浪花两三朵,船窗上下溅(9笔字)

五点方有小船来(9笔字)

游西湖,左右传来鼓乐声(9笔字)

一中破格用人,获得高度评价(9笔字)

一心就业却犯罪(10笔字)

我心明白,语言有失,后悔莫及啊(10笔字)

宇网讹讽住助宋志李杜良些京京典奉奋怕旺诠怂总胡贵恶悟

谜面	谜底
显而易见,真心不二(10笔字)	晋
一夜走红靠说书,真不寻常也(10笔字)	殊
这声音来自钱塘江(10笔字)	浙
闯王纵马到江边(10笔字)	润
对君似将芳心倾(10笔字)	班
飞将军射箭前冲(10笔字)	疾
乘船抵达东半球(10笔字)	递
为客饮尽那孤独(10笔字)	酐
顺川而下离别去(10笔字)	颂
人鬼共处实怪异(11笔字)	傀
联手建西部,西部展新颜(11笔字)	啦
白首变旧貌,十分有雄心(11笔字)	得
一定住手,让给别人(11笔字)	推
画中佳人已作古,留下是是与非非(11笔字)	畦
点滴自有真心在(11笔字)	着
黎明即起成规矩(11笔字)	章
红颜依旧,此心宽矣(11笔字)	菇
可有幽草涧边生(11笔字)	菏
虽是不知所云,却说得让人着迷(11笔字)	谜
来者何人不可言(12笔字)	储
同心改革,前景如春(12笔字)	喳
双方团结,同心改革,来日必有收获(12笔字)	晶
放眼海西多春意(12笔字)	湘
自立门户亦从容(12笔字)	舒
两人有着离乱之苦(12笔字)	葆
黄昏别壮士,十分挂念之(12笔字)	蒋

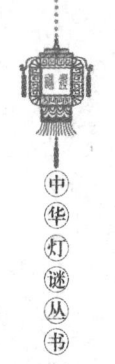

从政之后凝聚民心(13笔字) 慗

人虽离别,其心依然(13笔字) 蜈

再三行动需有方(13笔字) 銜

走遍东西南北中(13笔字) 衙

十分春色,置身其中(14笔字) 榭

赏以千金,望负责到底(15笔字) 瓔

如此口角,似有醉声(多笔字) 嘴

王水松,1969年9月生,福建福安人。三槐堂谜社社长。

王世昇

错失先机待岁首(7笔字) 岚

春游二日乘车归(7笔字) 轪

楼前舞刀出风头(8笔字) 刹

有权治理厂变样(8笔字) 板

夏至前后有中雨(8笔字) 注

依计向前保一方(8笔字) 话

分赃一半仍是穷(8笔字) 贫

碎石铺在马路上(9笔字) 咱

机构变动惹是非(9笔字) 垛

战后差点被扣住(9笔字) 拽

皇太后又来夺权(9笔字)
开田引水新月升(9笔字)
三更全体行动(9笔字)
湖心岛上待轻舟(9笔字)
残墙断壁门依旧(9笔字)
公审之前人方到(10笔字)
千载一遇牵人心(10笔字)
前景喜人秋后收(10笔字)
一生离乱隐东楼(10笔字)
三人相遇逢秋雨(10笔字)
白旗插在城头上(10笔字)
千古一绝成奇文(11笔字)
倾心人约明月下(11笔字)
三更楼头照斜月(11笔字)
横山火起毁森林(11笔字)
雨中双燕同戏水(11笔字)
同心留下帮后进(12笔字)
三更相思心中苦(12笔字)
换了愁容也不悦(12笔字)
怀念夫君来羊城(12笔字)
分别三载怀六甲(12笔字)
浪遏飞舟水中行(13笔字)
异香熏得两倾心(13笔字)
鸳鸯枕上女怀春(13笔字)
三星高照山前树(13笔字)

柱
活
珍
适
闺
容
恁
烟
珠
秦
都
做
匙
桴
棍
淡
幅
彭
愀
渡
童
惣
楷
楼
粮

王世昇,1937年11月生,辽宁海城人,现居沈阳。沈阳市铁西区楹联谜语协会会员。

王东雄

功亏一篑不凑巧(少笔字)	力
始终无奈一生定(少笔字)	三
书阁山云起(少笔字)	下
归去却成天涯隔(少笔字)	卫
马上动土不好看(少笔字)	丑
凡经几万回(少笔字)	方
以古为镜知朝兴(少笔字)	月
不辨东西上了当(5笔字)	归
流云去处日东来(5笔字)	旧
日见和风起(5笔字)	白
新月树端生(5笔字)	禾
僧闲曾与云来往(6笔字)	丢
说声散,来人去一半(6笔字)	伞
哂叹两未终(6笔字)	吕
凡事争先一定成(6笔字)	夙
纵横一川水(6笔字)	州
覆巢之下果难存(6笔字)	巡

林卧观无始(6笔字)

林端见初旭(6笔字)

先后诋毁会安排(6笔字)

姿势变化先得分(7笔字)

圣哲始终怀苦心(7笔字)

几载为等芳心乱(7笔字)

分明时有云雾起(7笔字)

端居一室中(7笔字)

白首无力扶幼小(7笔字)

知心逝去犹未远(7笔字)

心虚凡事岂有成(8笔字)

幕后修编古装剧(8笔字)

不到最后不罢休(8笔字)

写入画图中(8笔字)

大哥不可搞特殊(8笔字)

五一聚会人始归(8笔字)

意根不妄起(8笔字)

白首湘妃泪已无(8笔字)

后会杳何许(8笔字)

南北相对起(8笔字)

人来争先鸥鸟飞(8笔字)

东涂西抹尽不理(8笔字)

善心人,能聚财(8笔字)

终年急归隐客里(8笔字)

心哀不逢息心伴(9笔字)

有心回去偏受限(9笔字)

朴杂设努吱坑寿层系近凯刷取备奇奉妾委昙枝欧沫金降咱囝

一毛不拔安成事(9笔字)	妵
娶妻只为先致富(9笔字)	室
苦心终生为修寺(9笔字)	封
台下三载须用心(9笔字)	恒
同心而离居(9笔字)	恤
获利在先,始料不及(9笔字)	科
修竹曲径遗人迹(9笔字)	筊
出口吓南蛮(9笔字)	虾
员工一走才知珍(9笔字)	贵
先生随心作抉择(9笔字)	选
归队一高兴,差点丢了命(9笔字)	险
早起赴前程(9笔字)	香
分析人口新形势(10笔字)	倍
心难屈服就是犟(10笔字)	倔
折柳相送眼迷离(10笔字)	卿
有心相会意中人(10笔字)	恩
怨恨始消出于诚(10笔字)	恳
易其心而后语(10笔字)	悟
一朝升迁,终生显著(10笔字)	晋
起舞空自绕枝头(10笔字)	桀
云天三截入画中(10笔字)	畚
起用关公盟终成(10笔字)	益
清明桐始发(10笔字)	胴
上台比拼始制服(10笔字)	能
树桃阴始合(10笔字)	梆
留下一句成福音(11笔字)	匐

始出严霜结(11笔字)	厢
布网错失上方谷(11笔字)	商
出色的,须先采纳(11笔字)	彩
方知年终要清理(11笔字)	族
今不贪名赤心在(11笔字)	殒
策划行刺整一载(11笔字)	笺
辗转南下谋创业(12笔字)	凿
一痕新月,十分相思(12笔字)	厨
高居至上还窝心(12笔字)	喔
逗哏退隐整十载(12笔字)	喜
内戚篡权交声叹(12笔字)	椒
潮头来始歇(12笔字)	渴
终为难熬心上火(12笔字)	焦
为绝后患穷尽力(12笔字)	窜
土崩瓦解作西归(13笔字)	甄
时运一转上碧空(13笔字)	碍
回首故交阶前立(13笔字)	鄙
干部调整成阻碍(13笔字)	障
坎坷终可得一曲(14笔字)	歌
转叹一更罗帐起(14笔字)	幔
左右手尚存,局势尤能顶(15笔字)	撑
心香尚存别依依(15笔字)	褒
逐虏边关终成名(15笔字)	噱
出口便知蔡君谟(多笔字)	嚷
用心算算,难易结合(多笔字)	矍

王东雄,1972年生,福建晋江人。晋江市谜协秘书长。

王正亮

人到林间为休闲(少笔字)	门
幼小少离分(少笔字)	幻
凭借水车布成汉阵(少笔字)	邓
仁义二字抛一旁(5笔字)	仪
下得山岗再算计乘除加减(5笔字)	冉
前头便是六里铺(6笔字)	兴
周边之土成一统(6笔字)	再
赤壁上下集(6笔字)	圭
一天向前进一点(6笔字)	庆
川上残月升低空(7笔字)	佛
行凶作邪只手擒(7笔字)	抠
风中空等夫君回(7笔字)	没
出了闺门芳心动(8笔字)	卦
地位一变他离去(8笔字)	垃
又一出戏翻拍成片(8笔字)	戕
动手配钥匙(8笔字)	拈
携手往前别落后(8笔字)	拐
打入宫中,奉先出逃(8笔字)	拧

谜面	谜底
春日人去犹怀旧(8笔字)	旺
一去不还另安排(8笔字)	迎
川中迁移入关中(9笔字)	养
但得令下,上下用力(9笔字)	勇
持否定意见者占五成(9笔字)	叛
层云散开,星星依稀可见(9笔字)	屏
朝前走,向前一直走(9笔字)	朐
力改困境传佳音(9笔字)	架
三句点题起哄声(9笔字)	訇
夫年值古稀,乃一白首耳(9笔字)	轶
口口不离仁字(10笔字)	倡
旧日逝去向前进(10笔字)	倡
入得后宫修成仁(10笔字)	倡
草桥一别另有变化(10笔字)	唠
工业改革献爱心(10笔字)	壶
动乱之后来寻根(10笔字)	赳
奉献前半生,一点无所求(10笔字)	泰
系用"十滴水"调和而成(10笔字)	浦
给来者上茶(10笔字)	莱
对人前后不一样(11笔字)	偷
承包在前,致富在后(11笔字)	匐
由表及里(11笔字)	悫
旧得发黄,却难寻个中原由(11笔字)	惜
纵横四方放手干(11笔字)	掉
先要接,后要陪(11笔字)	掊
一定得走出湖口,一定(11笔字)	清

孟姜无子女(11笔字)	盖
一道闪电雁留声(11笔字)	阁
横竖放手一搏(12笔字)	博
贴近一点,双方互相吸引(12笔字)	强
履约之后得靠拼(12笔字)	摒
村头一现,随之不见(12笔字)	椭
绍兴地方音乐(12笔字)	越
前后全脱节(13笔字)	瑜
主体调整,向前推进(13笔字)	稚
偷车之人已走脱(13笔字)	输
江畔短竹掩南窗(14笔字)	箜
年年年头这一日相聚在京(15笔字)	影
内人生病,另有变化(多笔字)	瘸
杀,着手大杀(多笔字)	攀

王正亮,1962年5月生,江苏宝应人。镇江市青年宫灯谜俱乐部主席。

王民建

成功就要多出力(少笔字)	工
天上人间共庆(少笔字)	广

谜面	谜底
含羞未解罗(少笔字)	丑
小船儿推开波浪(少笔字)	心
万里有星随(少笔字)	方
未得一相逢(少笔字)	木
三三两两能言语(少笔字)	计
驷马去不见(5笔字)	四
一钩新月照西楼(5笔字)	札
人要闯,马要放(5笔字)	闪
脱去凡心一点,了却俗身半边(6笔字)	伉
树立雄心解困境(6笔字)	休
劲往基层使(6笔字)	动
明月解留人(6笔字)	因
明月逐人来(6笔字)	因
献点爱心带好头(6笔字)	安
多少个晚上在岗上(6笔字)	岁
昂首向前不落后(6笔字)	百
日落之时远舟归(6笔字)	过
牛年迎来好开端(7笔字)	妞
摆脱困境要靠干(7笔字)	杆
春风摇荡自东来(7笔字)	杉
冬去之后迎春来(7笔字)	条
为厂出力流汗水(7笔字)	沥
沅水流逝去不还(7笔字)	远
时逢日落人方归(8笔字)	昢
大盘低开高走(8笔字)	奔
迎气当春立(8笔字)	枫

戒毒之后日光明（8笔字）	青
重点始终放心头（8笔字）	总
昨夜伴春回（9笔字）	柞
一来就要领头干（9笔字）	玲
今为山水伴（10笔字）	涔
为一方安宁洒汗水（12笔字）	渟
个个高兴大变化（13笔字）	签
勤出力，多植树（15笔字）	槿
金乌长飞玉兔走（多笔字）	曌
枝上半留残雪（多笔字）	橘

王民建，湖南株洲人。株洲市民协灯谜学会会长，株洲市职工灯谜协会副理事长。

王保武

鸟度屏风里（少笔字）	凡
今始一相遇（少笔字）	大
鄂东改旧貌,陕西换新装（少笔字）	子
河边别有垂钩处（少笔字）	巳
样子难看，扭头就走（少笔字）	丑
人归落雁后（少笔字）	仄

半俸补残书（少笔字）

马上就到乌干达（少笔字）

月儿弯弯在当头（少笔字）

却便似弩箭乍离弦（少笔字）

并合不成杯（少笔字）

寄与陇头人（少笔字）

从西北来时（5笔字）

会后去把南京转（5笔字）

柳条林下残冬尽（5笔字）

午后独自上西楼（5笔字）

喜蛛儿忽地在檐前挂（5笔字）

举世闻名唐太宗（5笔字）

渡头灯火起（5笔字）

大婶不安一人走（5笔字）

勾引春光一半出（5笔字）

孩子丢失言不该（6笔字）

他在西、我在东（6笔字）

直言不讳对先生（6笔字）

双方隔墙对着喊（6笔字）

心苦头尽白（6笔字）

峰头如浪起（6笔字）

月沉风里闻鸡声（6笔字）

晨起步前阶（6笔字）

四方环镇嵩当中（7笔字）

眉挑秋水惹是非（7笔字）

盆是半藏，花是半含（7笔字）

仆 午 少 引 木 队 丛 令 卯 未 术 民 汀 申 电 亥 伐 伟 戍 早 汕 肌 阳 亩 声 芬

荡起双桨弄扁舟(7笔字)	芬
今晨日未出(7笔字)	辰
一半清醒一半醉(7笔字)	酉
破镜折剑头(7笔字)	钊
作恶多端先判决(8笔字)	例
闺中初别离(8笔字)	闼
摇头摆尾河边游(8笔字)	抬
春芳半已凋(8笔字)	昉
春从底处领云来(8笔字)	昙
松柏后凋零(8笔字)	林
只消一点便清凉(8笔字)	泠
枝头叶底花间蕊(8笔字)	采
别后锁边城(8笔字)	钍
信拈一叶巧遮阳(8笔字)	陌
啼杀后栖鸦(8笔字)	鸣
赏心于此遇(9笔字)	呲
珠泪落尽空宫里(9笔字)	咫
3点14分离西安(9笔字)	唉
满头从此始(9笔字)	泚
中原初逐鹿(9笔字)	皆
脉脉秋波总含春(9笔字)	相
初冬叶始红(9笔字)	络
照着妖头就是一钉耙(9笔字)	耍
半脱衣衫去诱人(9笔字)	胯
为人须有宽厚心(9笔字)	茵
君归向东郑(9笔字)	郡

谜面	谜底
镜破有片明(9笔字)	钥
连旗下麂塞(9笔字)	陛
明月当空头陀寺(9笔字)	哩
游子李白闻乡音(9笔字)	香
共约来春会(10笔字)	栱
时暮牵牛垄上行(10笔字)	特
春香夜夜伴琴声(10笔字)	秦
中宵照春月(11笔字)	梢
三点演出到五更(11笔字)	寅
雨点乱溅逐飞舟(11笔字)	涿
我去河南说相声(11笔字)	象
吊脚楼前泉水流(12笔字)	棉
相失东海傍(12笔字)	湘
离乱重逢留个影(14笔字)	兢
春来湖畔品早茶(多笔字)	藻

王保武,1954年4月生,河南南阳人。南阳市职工灯谜协会理事长,河南省民协灯谜学委员会副会长。

王寅丑

就义柴市有孤忠（少笔字）	一
水中卧倒要小心（少笔字）	了
雁阵横连飞天际（少笔字）	大
鸭伸双翅意高翔（少笔字）	飞
画桥清风里，几度表爱心（少笔字）	冗
裙衣方脱去，斜径登横山（少笔字）	尹
伊人形隐声也隐（少笔字）	尹
赤心就义呼声闻（少笔字）	文
并排双膝跪地平（5笔字）	丝
至死不低头（5笔字）	仨
吟咏唱和同处聚（5笔字）	田
河道弯弯行舟连（5笔字）	轧
加冠得宠呼万岁（5笔字）	龙
势如山倒退却去（5笔字）	印
妖女遁迹隐川中（6笔字）	乔
弯月前头表芳心（6笔字）	产
相连行舟临桥下（6笔字）	军
枝头芽蕾点点春（6笔字）	米
开弓雁斜——落（7笔字）	佛

36

脱下铠衣山边卧(7笔字)　　　　　　　匣

上下不着方知错(7笔字)　　　　　　　卤

山上大鸟向天飞(7笔字)　　　　　　　岛

病了清火,便是治病(7笔字)　　　　　疗

撇下幼小无力养(7笔字)　　　　　　　系

点卯之后晨日出(7笔字)　　　　　　　辰

苦难之中结同心(8笔字)　　　　　　　佶

早上辞别孙仲谋(8笔字)　　　　　　　枝

红尘同心共白头(8笔字)　　　　　　　砚

号召恢复老字号(8笔字)　　　　　　　虎

义诊不义要认清,为钱前来(8笔字)　　钐

连日争先干在前(8笔字)　　　　　　　鱼

赤足离开值初寒(9笔字)　　　　　　　弈

夜半相遇竟诗仙(9笔字)　　　　　　　柏

丢权之后少金钱(9笔字)　　　　　　　栈

东方又到日出时(9笔字)　　　　　　　树

重铸人生献爱心(9笔字)　　　　　　　牵

字猜对一半(9笔字)　　　　　　　　　狩

独守城头零雨落(9笔字)　　　　　　　玲

昂首进入而立年(9笔字)　　　　　　　草

字乃张旭体,一生苦求变(9笔字)　　　草

犹如古稀配鸳鸯(9笔字)　　　　　　　鸹

天际飘云月半遮(10笔字)　　　　　　套

白首同心在眼前(10笔字)　　　　　　息

眼前一桨斜,浪边横扁舟(10笔字)　　 息

老公前头亮一手(10笔字)　　　　　　拳

37

聚赌抽头吃一半,招数阴坏话刻薄(10笔字) 损
十七十八树雄心(10笔字) 桦
池畔高堂雁斜飞(10笔字) 海
揭开盖头看一看,双眉微蹙眼上翻(10笔字) 益
天上几点星星挂,小楼一弯斜月高(10笔字) 航
狱中释放念新生(10笔字) 获
古稀挥戈犹纵横(10笔字) 载
面带春色描晚妆(11笔字) 婧
看似行者猴头,喊时八戒应声(11笔字) 猪
留下悬念猜一半(11笔字) 猫
爱看斜阳落残红(11笔字) 绶
来人乱窜无方向(12笔字) 奥
帘下独留画堂中(12笔字) 幅
小窗连日看孤帆(12笔字) 幅
城边分别后,格格失踪了(12笔字) 棱
人结同心留个影(12笔字) 答
到了三十方一月(12笔字) 葫
酒后看猴模样变(12笔字) 酤
登舟亲近表心声(13笔字) 新
两口进门杯不离(13笔字) 桐
送礼后得官帽致富(13笔字) 福
二十四载边关守,砍削竹篾布营前(14笔字) 蒇
残冬公园变了样(14笔字) 酸
尽孝教育从头抓(15笔字) 撒
工作一接,就要负责到底(15笔字) 璎
狗护四方有重用(多笔字) 器

木石姻缘在一床（多笔字） 磨
春日一到芳心牵，园内游时初吻献（多笔字） 檀
波光前与其合个影（多笔字） 簸
屏声息言朝至尊（多笔字） 蹲

王寅丑，1946年8月生，河北邢台人。河北省职工灯谜协会副会长。

王楷波

几度临风拭泪痕（少笔字） 义
往来人度水中天（少笔字） 于
命理不合埋没了（少笔字） 卫
几番书声又入耳（少笔字） 殳
上下不一致，便会遇阻碍（5笔字） 卡
白首同心定三生（5笔字） 石
千载长天起大云（6笔字） 丢
先生伟哉古无有（6笔字） 伐
度其言语，无一过人之处（6笔字） 夺
人要争上进，又要快乐些（6笔字） 欢
奇迹始终会到来（6笔字） 达
夫谋之一不见用（6笔字） 达

如若这样,何以不可(6笔字)	似
古屋残破前门开(7笔字)	启
坦言要有上进心(7笔字)	忐
枝头一时鹂三声(7笔字)	李
若得西湖桥畔住(7笔字)	沐
不过最后仍回来(7笔字)	还
回首昭阳辞落日(7笔字)	邵
二八三五闱心切(7笔字)	闲
道路半隐上云巅(7笔字)	陆
唤起亭中入定人(8笔字)	侣
因了酒醉落水亡(8笔字)	卒
钟声悠韵四方来(8笔字)	周
心底如今思萦绕(8笔字)	念
一如水中花,一一幻化了(8笔字)	承
名声若日月(8笔字)	明
一丛花朵几绽放(8笔字)	枞
枝上流莺和泪闻(8笔字)	沭
受贿今朝终败亡(8笔字)	贪
怎得心如不系舟(8笔字)	迮
追喊道,前面站住(8笔字)	隹
我们刚出门不久(9笔字)	俄
给我们无尽叹息(9笔字)	咱
月明犬吠逐人来(9笔字)	咽
周末聚会堪称快(9笔字)	哙
一日归心十二时(9笔字)	恃
疏梅每开水清浅(9笔字)	栈

一般心做一般愁(9笔字)	秋
兄弟请起,有话便讲(9笔字)	说
舟能为水载,亦能为水覆(9笔字)	迹
天涯漂泊欲何之(10笔字)	倚
这一切真假参半(10笔字)	值
前生烧了断头香(10笔字)	晓
花香月明伴春宵(10笔字)	秦
心有贪念要不得(10笔字)	贿
春来江头尽醉归(10笔字)	酒
估计错误损失大(11笔字)	做
宫中日日放歌声(11笔字)	唱
一片深情成淡意(11笔字)	清
始终独倚念着伊(11笔字)	猗
半生为粮谋,苟能一度日(11笔字)	菊
共赏古调山谷中(11笔字)	黄
宣布下台引哗然(12笔字)	喧
三十年来,十年一过,空有星星发(12笔字)	森
尾生抱柱言有信(12笔字)	椎
相逢衣褐在淮西(12笔字)	渴
从头钩出是非来(12笔字)	锉
闻说及时雨,为人有大义(12笔字)	雯
一心伤悲苦不尽(12笔字,异体)	韮
停杯不饮待春来(13笔字)	椿
逢春入定不衔杯(13笔字)	椿
眼前苹果终须吃(13笔字)	瞄
前军统兵狠如狼(13笔字)	缤

无声清水流,垂钓莫心急(14笔字) 静
声称掌握了一半(15笔字) 撑
只叫杏花吹满头(多笔字) 藻

王楷波,1991年10月生,广东揭阳人。长安文虎社社员。

王德海

左边站个人,右边像只鹅,万万要记住,谜底特别多。(少笔字) 亿
恐弃前功心不安(少笔字) 凡
失恋后倒少点牵挂(5笔字) 业
一撇不成字,又来添两笔,秋后揭晓时,请在图中觅。(5笔字) 冬
一个字,山连山,猜不到,去外边。(5笔字) 出
游西湖下月为宜(5笔字) 古
小屋四四方,不见门和窗,有人犯了法,把他往里装。(5笔字) 囚
如去一口,仍少一人(5笔字) 奶
一个字,尾巴弯,虽有用,扔一边。(5笔字) 氿
一个字,有五画,在码头,在岩下。(5笔字) 石
一撇一捺,去掉一笔,合在一起,应能成字。(6笔字) 会
两只角,嘴巴多,跟着它,唱支歌。(6笔字) 曲
又要半天,又要一月,六画字中,一定不缺。(6笔字) 有
一个字,千张嘴,要想活,给它水。(6笔字) 舌

一间小屋,一道大门,猜不出来,向我垂询。(6笔字)	问
任他流水向人间(7笔字)	沪
花开之后方闻香(7笔字)	芳
藏宝盒,方又方,一块玉,放中央。(8笔字)	国
一人可猜一字,猜大猜何不算,谁能猜到谜底,必然身手不凡。(8笔字)	奇
雁阵横斜入画中(8笔字)	奋
握别后岁首重逢(8笔字)	拙
你也十八,我也十八,并肩协作,搞好绿化。(8笔字)	林
疏星残月衔远山(8笔字)	泓
两人相处,格外大方(9笔字)	徊
一任明月下西楼(9笔字)	查
两人走拢就拜师(10字)	徒
左边有十八,右边有十八,下边多一半,你说是个啥?(11笔字)	梦
两棵树,并排栽,着了火,烧起来。(12笔字)	焚
梦又不成灯又残(12笔字)	焚
两个合一起,猜竹不允许,要问为什么,我来告诉你!(12笔字)	答
房前疏篱隔残红(12笔字)	编
一个接一个,下官紧跟着(14笔字)	管
花前重逢忆从前(15笔字)	懂
浊水流尽湖水清(15笔字)	蝴

王德海,1965年2月生,四川富顺人。

邓凤鸣

谜面	谜底
全体要休息（少笔字）	一
水中一现是男人（少笔字）	丁
老头又来见皇上（5笔字）	圣
湖畔田间遇知音（5笔字）	汁
先生一来就介入（6笔字）	乔
有人告诉就懂得（6笔字）	会
一夕共处山水中（6笔字）	列
战后又来演京剧（6笔字）	戏
一弯新月挂眼前（6笔字）	自
舟上十载已白头（6笔字）	迁
男人出力为耕作（7笔字）	佃
他也不要用雇工（7笔字）	佣
落叶又来逢知音（7笔字）	吱
一方有人要争先（7笔字）	吹
歌后后台说大话（7笔字）	吹
又得用心来说话（7笔字）	译
戒赌后才会致富（7笔字）	财
赤手空拳力不足（8笔字）	券
双方结合廿一载（8笔字）	昔

眉月高挂举头望(8笔字)	觅
食在宝岛多甘味(8笔字)	饴
人说话要诚实(9笔字)	信
下令用力不畏惧(9笔字)	勇
又生一女心生气(9笔字)	怒
莲叶挺立荷塘面,三尾鱼儿戏其间(9笔字)	思
三口团结一条心(9笔字)	恒
先到汕头道声喜(9笔字)	洗
齐到海边伸援手(9笔字)	济
小子猜得出色(9笔字)	猞
不要将头盖掀开(9笔字,异体)	盉
明日无人伴(9笔字)	胖
吾立道旁听雨声(9笔字)	语
花言巧语来欺骗(9笔字)	诱
获赏后要回来团聚(10笔字)	圆
控制人口,团结一心(10笔字)	恩
雾中村前有小雨(10笔字)	涤
芙蓉为何会含羞(10笔字)	荷
说实在的(10笔字)	课
曰南北,曰西东(10笔字)	调
庚寅须前来会合(11笔字)	彪
周末风行(11笔字)	唬
提前三周作安排(11笔字)	措
六十载如一日(11笔字)	章
日前业已到汕头(12笔字)	湿
黄昏絮语(12笔字)	谟

日正当中江头立(14笔字)	漳
孤舟蓑笠翁(15笔字)	艘
船尾不见老汉在(15笔字)	艘
禁止日间接吻(15笔字)	踢
露后不要来后悔(15笔字)	霉
双方对哭闻泣声(多笔字)	器
林中见鬼应后退(多笔字)	魔

邓凤鸣,女,马来西亚公民,祖籍广东鹤山,1953年11月生。

邓当文

为西部改革出点子(7笔字)	豆
一生人正直,名利少牵挂(8笔字)	例
残月下章台(8笔字)	居
孤帆浪花四溅,高处雁阵纵横(8笔字)	态
前后用苦心,终于先脱贫(8笔字)	质
中国搞改革,人要勇为先(9笔字)	玲
献点滴爱心,显大公无私(9笔字)	突
用心改革,来日变样(9笔字)	茼
东伐西讨二十载(9笔字)	诚
一直真心会变样(10笔字)	套

人生改革不留后名(10笔字)	殊
π前面3.14为近似值(10笔字)	酒
是非前面终大白(11笔字)	奢
扁舟行江中,浪花三溅;残月挂枝头,小鸟双栖(11笔字)	悉
闺中只独看(11笔字)	眭
辛苦一日不算苦(11笔字)	章
个个齐用力,四方传佳音(11笔字)	笳
一见口号心就惊(12笔字)	愕
人一入春换新装(12笔字)	替
用心再来夺榜首(12笔字)	棒
连夜叹离别,孤单了一生(12笔字)	殛
西湖春晓(12笔字)	渣
枝头眉月影,风雨几点行(12笔字)	稀
知难而进别叹息(13笔字)	雉
一只鱼缸,两层联通,三竿垂钓,四鱼上钩(13笔字)	鼠
共同摘掉贫帽,一起开始致富(14笔字)	赛
夫人有了二手车(15笔字)	撵
北方浅草没马蹄(多笔字)	燕
目前减负要当先(多笔字)	瞟
搅个一塌糊涂(多笔字)	翰
立即上瓦成新居(多笔字)	甓
这次立志搞改革,前前后后献爱心(多笔字)	懿
桥下双帆进码头,桥上旧貌变新颜(多笔字)	蠹

邓当文,1940年生,河南三门峡人。三门峡灯谜学会副会长。

代述祥

为人一生，一定要大气（少笔字）	乞
前功尽弃，重新办理（少笔字）	为
闻警报开始下沉（少笔字）	井
天下大义，闻声响应（少笔字）	文
直待先生江东归（5笔字）	丘
离人去兮鸟飞鸣（5笔字）	号
流点汗，调理调理就可安定（5笔字）	平
百度一下就明了（5笔字）	白
收取川中，天下归心（6笔字）	乔
二桥架南北，双雀翔东西（6笔字）	亚
首先进入山谷中（6笔字）	伞
动机不纯（6笔字）	杂
一直牢记九一八（6笔字）	杂
财色兼收后不正（6笔字）	负
言而无信吃苦头（7笔字）	估
馨香散尽凤飞扬（7笔字）	声
改革——载入史册（7笔字）	更
雁阵斜天际，游鸭戏湖边（7笔字）	汽
突出一点见成果（8笔字）	实

是非先从口出(8笔字)	舍
企改转移到边区(8笔字)	齿
竞相上前套近乎(9笔字)	亲
减排重点都明了(9笔字)	咸
在心为志,发言为诗(9笔字)	封
授人以鱼不如授人以渔(9笔字)	洳
大桥上下,雨点乱溅(9笔字)	突
月上行走,小心跌倒(9笔字)	胥
高薪聘人抢先机(9笔字)	茶
故人离开后,战场成对手(10笔字)	敌
在客机中搏斗(10笔字)	格
粒米未进,滴水未沾(10笔字)	站
自带酒水谢绝(10笔字)	配
挖掉了穷根,一切由此改变(11笔字)	寅
双星伴新月,始终寄相思(12笔字)	悉
边城日暮雁飞低(12笔字)	堤
一从二令三人木(12笔字)	棒
不计前嫌,广为团结(13笔字)	廉
云遮月来马奔腾(13笔字)	誊
沪市首先进入调整(14笔字)	漏
一个是水中月,一个是镜中花(14笔字)	莶
领军北伐去讨袁(14笔字)	辕
书笺一封至,同心到白头(15笔字)	箴
是非之地,有大虫出没,不可留也(15笔字)	蜂
树雄心先图霸业,三顾晤面如其言(多笔字)	儒
政体错位受束缚(多笔字)	整

代述祥,1963年7月生,安徽安庆人。安庆市灯谜学会会长。

卢育明

子弹完了比棍棒(少笔字)	一
雨前天上有鹭鸣(少笔字)	一
为鱼终横铗,市义报孟尝(少笔字)	一
石头记有十八本,无双传缺二三套(少笔字)	予
水中纵横映七星(少笔字)	队
游人都是去白堤(少笔字)	讨
浑身是落花(5笔字)	玑
几竿疏竹伴一生(6笔字)	网
齐心同心少犯错(6笔字)	设
无权之前被人嘲(6笔字)	伯
邀人去放舟(7笔字)	怀
一杯未尽前情在(7笔字)	李
了却人间是与非(7笔字)	杠
及时雨润窗前花(7笔字)	甸
早上得绝句(7笔字)	诈
入寺见人在作诗(7笔字)	迎
大度豁达人尽仰(7笔字)	

禅观前后有市声(8笔字)

平易近人度一生(8笔字)

优秀先进别落后(8笔字)

山寺遇诗仙(8笔字)

三更山中看云起(9笔字)

闲吟不问今古事(9笔字)

空闲时间始观书(9笔字)

子方出游思回计(9笔字)

幽篁曲径有人来(9笔字)

月儿遥隔远山端(9笔字)

衣裳破了有人补(10笔字)

俯首空忆旧情意(10笔字)

齐心帮后进，终有出头日(10笔字)

松梢月落雪初消(10笔字)

马上横戈任纵横(10笔字)

合作改革得安宁(11笔字)

杯中蛇影空惊心(11笔字)

鸳鸯枕上伴三更(11笔字)

分离必在楼前头(11笔字)

母亲终在气头上(11笔字)

举头一顾西楼人(11笔字)

首先举手换了人(11笔字)

出丑羞得泪水流(11笔字)

公字当头至关紧(11笔字)

一号方在陕西，却称到了湖北(11笔字)

有财无才杨国忠(11笔字)

视 金 俐 信 拜 枯 树 浒 笈 胤 倘 倩 晞 档 载 寄 弶 彬 悉 梅 检 焕 着 窒 鄂 铡

与人交者诚为先(12笔字)	储
卖了《读者》计一千(12笔字)	储
安可乱中度一生(12笔字)	婷
十月一日去云游(12笔字)	朝
堤上疏条歇画眉(12笔字)	棱
剥开一层土见水(12笔字)	涯
一知半解得十分(12笔字)	短
有月下杏帘,风里暗香(12笔字)	稀
秋月当空照灵隐(12笔字)	稍
无人杏下来喝茶(12笔字)	葛
二十载来多苦辛(12笔字)	辜
先去投军后转干(13笔字)	毂
一半故溪几处山(13笔字)	潊
落魄江西度一生(13笔字)	瑰
有朋别后初会面(13笔字)	腧
西凉相逢霜冷时(13笔字)	零
将身藏在空树中(14笔字)	榭
湖边吹竹笛,六桥犹如画(14笔字)	演
伯约先到前寨,放倒旗杆(14笔字)	缩
欲罢老不能,心化千千结(15笔字)	德
前头村中定有鸡(多笔字)	樽
品茶之后游西湖(多笔字)	澡
血酒已干结同心(多笔字)	醢
初听横笛急赋书(多笔字)	籁
品茶人去泪痕在(多笔字)	藻

卢育明,1969年生,广东普宁人。普宁市民协谜学研究会秘书长。

史宝明

谜面	谜底
元旦三日游(少笔字)	儿
扬眉剑出鞘(少笔字)	币
负负得正,一一相加(少笔字)	王
一笔改变人生(6笔字)	件
中堂落浮灰(6笔字)	尘
东边有山,西边有河(6笔字)	汕
上船小心一点(6笔字)	过
双燕归来雨中飞(7笔字)	两
张先生携人去川中(7笔字)	佛
扬鞭策马赴西域(7笔字)	坞
上岗端端正正,下岗歪歪扭扭(7笔字)	岖
村前寨后,林木森森(7笔字)	杜
高节人相重(7笔字)	苁
劈破旁门见月明(7笔字)	间
恻隐之心,人皆有之(8笔字)	侧
正数三个二,倒数两个三(8笔字)	奉
正是孙仲谋(8笔字)	枝
灾后救人要争先(8笔字)	炊

心血凝成怜悯情(9笔字) 恤
奋发改革献丹心(9笔字) 畎
倾心相携三十载(9笔字) 革
先将老帅送出关(9笔字) 追
雨中犹见残月影(10笔字) 弱
人残志不残,雄心永在前(10笔字) 恁
意下如何(10笔字) 恕
半锁楼台半复开(10笔字) 格
柴门闻犬吠(10笔字) 润
着我扁舟一叶(10笔字) 途
为父干在前头(10笔字) 釜
崇山峻岭隐残月(11笔字) 崛
今日去台北(11笔字) 晗
曲目翻新传吉利(11笔字) 曹
一去乡下住一载(11笔字) 维
电光一闪即到(11笔字) 阁
改变旧貌共争先(11笔字) 黄
李白不显姓,杜甫不扬名(12笔字) 楮
一个住西城,一个住东村(12笔字) 等
减去两个剩三个,减去三个剩两个(12笔字) 筌
明日去电大(12笔字) 腌
我家传出读书声(12笔字) 舒
双双夺冠军(12笔字) 辍
且偷暇日弄孤舟(12笔字) 遐
一住十八载(12笔字) 集
相由心生(13笔字) 想

连续两日，粒米未进(13笔字)   暗
残花弄影异香来(13笔字)   楷
环环必相扣，个个不落空(13笔字)   瑟
南阳征地三十亩(13笔字)   畹
梁间双燕舞(13笔字)   梁
纵横交错(13笔字)   锚
羊续悬鱼世少有(14笔字)   鲜
与人同居西北部(15笔字)   僻
花残尤散香(15笔字)   稽
迷失于年终岁尾(15笔字)   遴
人人动口，个个务工(多笔字)   噬
金乌玉兔天上行(多笔字)   曌
转眼又回山东省(多笔字)   鳗

史宝明，1949年2月生，山西文水人。南阳市谜协秘书长。

叶国泉

文不加点全无误(少笔字)   一
方著罗衣顿生哀(少笔字)   口
个人远游去，一直有归心(少笔字)   川
寒宅空宾客，寂寞守窗前(少笔字)   九

人间此会亦应稀(少笔字)　　　　　　云
宵小一点爱心无(少笔字)　　　　　　月
正因敢为先,故所以称牛(少笔字)　　丑
日日思君不见君(少笔字)　　　　　　心
石压笋斜出(5笔字)　　　　　　　　右
能裂犀兕之革,曳九牛之尾(5笔字)　夯
人格变态被收监(5笔字)　　　　　　囚
五音不全当女角(5笔字)　　　　　　旦
平沙人归落雁后(5笔字)　　　　　　丛
见招拆招有一手(5笔字)　　　　　　召
孤舟一橹摇,出没风波里(5笔字)　　必
十年动乱受损失(5笔字)　　　　　　禾
无火不生烟,总是有根由(6笔字)　　因
叶展新姿一枝斜(6笔字)　　　　　　舌
凡心一动到人间(6笔字)　　　　　　优
放他一马叫滚人(6笔字)　　　　　　驰
檐前双燕并头栖(6笔字)　　　　　　米
共谋转型在太原(6笔字)　　　　　　并
槛外长江空自流(7笔字)　　　　　　杠
一块方石墩,上放平板仪(7笔字)　　否
驿外风月也无边(7笔字)　　　　　　驳
一下便到花甲年,历尽困苦表心声(7笔字)　辛
芳心一乱出闺门(8笔字)　　　　　　卦
摇头晃脑行在前(8笔字)　　　　　　拍
男儿方二十,律己严要求(8笔字)　　苟
百行孝为先(8笔字)　　　　　　　　往

56

发出呼声不重视(8笔字)	忽
蓦听西楼初更报(8笔字)	抹
相亲节目立推出(8笔字)	林
张仪连横对合纵(8笔字)	侨
人一为名利,必定要失和(8笔字)	例
连衽成帷,举袂成幕,挥汗成雨(8笔字)	侈
不贪绝色,不贪金钱(8笔字)	线
劫后重拾力(9笔字)	荔
同心携手,直到白头(9笔字)	括
三更真有声,疑是玉人来(9笔字)	珍
先贤咸集兰亭前(9笔字)	竖
一直会面在缅甸(9笔字)	绚
看似只有一尺,实际却是八寸(9笔字)	咫
转折关头一夕间(9笔字)	奖
一念放下,万般如旧(9笔字)	禹
漂泊江湖,泪洒流沙河畔;植根桂林,权栖榕杉桥头(9笔字)	染
山水画中独具一格(11笔字)	副
每去寻梅皆雪后,足迹点点是人留(11笔字)	椒
到乡翻似烂柯人(11笔字)	笙
水乡山貌尽变青(11笔字)	绿
灾难当前迎面上(11笔字)	寂
廿载方遇枕边人(12笔字)	葆
二十二载如一日,一点爱心奉娘亲(12笔字)	萱
阳关三叠唱京腔(12笔字)	晶
上马击狂胡,下马草军书(12笔字)	斌
笑区区一桧亦何能(13笔字)	槎

万众面皆春（13笔字）	筷
黄莺久往成好友（13笔字）	鹏
尽力为穷人，解困改旧貌（14笔字）	榕
三七、省头草、人参加百合（14笔字）	斡
杨柳枝头点点雨，乱叶微翻月上迟（15笔字）	糊
相思正逢疏疏雨，柳丝轻摇淡淡风（15笔字）	澎
自古有分必有合（多笔字）	憩
年底岁末猜哑谜（多笔字）	遴
日本一别回北京（多笔字）	檀
张翰辞官是何缘（多笔字）	鳃
蝉鸣已静蛙叫停（多笔字）	躁
唱彻五更天未晓（多笔字）	黯

叶国泉，1944年12月生，广东南海人。广西壮族自治区民协灯谜学会副会长。

叶春荣

掀起盖头美人出（少笔字）	一
坐看画中双燕飞（少笔字）	一
春意频频入梦来（少笔字）	夕
长空新月入镜中（少笔字）	才

只抵春宵一梦长（少笔字）
几度纵横计不就（少笔字）
竹笛吹调陈与义（5笔字）
迁居僻处无人顾（5笔字）
留得林梢一抹红（6笔字）
不负石上三生约（7笔字）
人欲小卧初纳凉（7笔字）
柳含春意点点芽（7笔字）
不用玉关一丸泥（7笔字）
崎岖出尽可休矣（7笔字）
旷野日沉近故乡（7笔字）
远随孤棹落前汀（7笔字）
离别心起愁几许（7笔字）
晚潮时带夕阳还（7笔字）
扁舟不系归意在（7笔字）
早潮才落晚潮来（8笔字）
十载亲友半零落（8笔字）
口渴不喝盗泉水（8笔字）
西院星出玉阶明（8笔字）
别后离乱重相聚（9笔字）
陌头春色无限情（9笔字）
眼前有道不相识（9笔字）
一江清流皆秋色（9笔字）
久起回心正系舟（9笔字）
孤舟晚系已夜半（9笔字）
柔条新芽隋堤上（9笔字）

木讥古立朱伍冷卯坏査序沉秃肘还朋枝泊玠剋恨枳珀适逊郝

来日折柳亲送别(9笔字)	音
塞北千里雁归来(10笔字)	乘
疲困一生书千卷(10笔字)	倦
边陲羌笛无限意(10笔字)	恳
九重宫殿锁雾中(10笔字)	格
佳梦已休夜阑珊(10笔字)	桂
青春有梦,改变人生(10笔字)	殊
君家住在江之头(10笔字)	润
自言诗成一生穷(10笔字)	特
画中藏计心暗惊(10笔字)	谅
小桥浮云雁声长(11笔字)	偿
横吹竹笛半空中(11笔字)	寅
溪声更使离人愁(11笔字)	悉
爱听溪声惊鹊起(11笔字)	惜
云雨零落有谁怜(11笔字)	惟
梦回人间已黄昏(11笔字)	梵
残烛有心独含情(11笔字)	猜
残烛有心添愁多(11笔字)	移
角声三两秋风里(11笔字)	铰
望断秋色思前情(12笔字)	惶
一夜相伴如春梦(12笔字)	森
月照团荷映露珠(12笔字)	渭
冯唐头白欲佐王(12笔字)	湟
微雨侵破窗,人待漏初残(12笔字)	溅
只将残梦伴残灯(12笔字)	焚
塞上清霜侵马蹄(12笔字)	煮

残月如水牵牛归(12笔字)	犀
人生有离合,何人能免之(12笔字)	犄
唯有归鸦不见鸣(12笔字)	雅
上元景色入画中(12笔字)	鲁
寒渚雪融两三滴(13笔字)	塞
滩头日落见栖鸦(13笔字)	滆
行过竹篱逢细雨(13笔字)	漓
秋水无言谁为伴(13笔字)	睢
半空残阳衔树落(13笔字)	窠
露水笼月润梨花(13笔字)	腺
客下边陲无限路(13笔字)	跟
塞北相聚客先醉(13笔字)	酩
霜凝地头秋来早(13笔字)	锗
日边大雁共南飞(13笔字)	鹊
松窗半掩昨夜雨(14笔字)	榨
愁满眼前心自知(14笔字)	瞅
春葱半露,又将媚眼儿转(14笔字)	蔓
贾谊上书尚未晚(14笔字)	谭
情重二十载,春色留不住(15笔字)	懂
明月倒影古渡头(15笔字)	潮
疏影半隐雪飞晚(15笔字)	霉
今朝始见鹤归来(多笔字)	翰
夕阳还恋路旁鸦(多笔字)	蹋
眼前雪村无寻处(多笔字)	霜
诸葛著书安天下(多笔字)	霭

叶春荣,1950年2月生,浙江温州人。温州市职工谜协副会长。

叶曙光

占其一则哀,占其二则喜(少笔字)	口
愿得一心人,自小到白发(少笔字)	厈
文化多一点,始终不会穷(少笔字)	父
乞得人间巧,不知巧已多(5笔字)	仡
帘钩半挂窗前立,孤帆一片日边来(5笔字)	叩
命中没有莫求人(5笔字)	叨
部下私语偷设局(5笔字)	司
高堂梅落扫残红(5笔字)	母
达济天下,穷则穴居(5笔字)	边
关临天水寒意生(6笔字)	冰
"九一八"怀旧逐倭寇(6笔字)	杂
雨点一直落,伴随潇潇声(6笔字)	网
开诚布公消成见(6笔字)	讼
满城春色宫墙柳(6笔字)	囷
满园春色变晚景,一枝红杏出墙来(7笔字)	囱
女生一白遮百丑(7笔字)	妞
身形如鹤临风立(7笔字)	飑
人人横竖要见上帝(8笔字)	辛

志士不取盗泉水(8笔字)	怕
披星戴月为生计(8笔字)	明
正逢三五月团圆(8笔字)	胀
恨与叹,在心口凝聚;叙余生,如根断缠绵(8笔字)	艰
泪洒天上河汉阻,隔断牵牛织女星(8笔字)	变
一生为名,终生为利(9笔字)	咧
一直推行中西结合(9笔字)	哂
圣上驾崩,勾心斗角(9笔字)	垒
两山排闼送青来(9笔字)	柮
有心摘蕊,无心插柳(9笔字)	栟
顺治出世求清净(9笔字)	祖
万恶贪为首,百善孝当先(9笔字)	羑
征人回向月中看(10笔字)	倡
赈灾始终牵挂,震后献点爱心(10笔字)	宸
甫入异乡,束身就缚(10笔字)	射
画桥水似练,叠高山如睡(10笔字)	浸
细诉君初别,折柳左右抛(11笔字)	晰
半隐秋山带夕照(11笔字)	秒
处心积虑遭业报(11笔字)	虚
初建暖香坞,谜人尽着迷(12笔字)	储
含春泪,有情芍药;临江想,无心流(12笔字)	湘
心空无所恋,一如烛光灭(12笔字)	蛮
言出必行盟终定,耗尽心血论半生(12笔字)	谧
为情颠倒初相会,切莫随意付真心(13笔字)	慎
屈子何由泽畔来(13笔字)	源
无材可去补苍天(13笔字)	碑

修竹绕门邀明月(13笔字)	简
一生犹盼抵足眠,目光相伴意相随(13笔字)	跟
秋后风习习,清风绕户吹(14笔字)	煽
两弯水流分清浊(14笔字)	蜻
始终阿附权贵,好财断送终生(15笔字)	樱
双星东西隔,人如参与商(15笔字)	熵
一刀割断是非根(15笔字)	瞎
生活始终属一般(15笔字)	磐
巴金三部曲,佳话传春秋(15笔字)	镓
浩然一水隔,两岸盼三通(15笔字)	靠
吕布反复如犬辈(多笔字)	器
生女犹得嫁比邻(多笔字)	嬲

叶曙光,1970年生,安徽太湖人。长安文虎社常务副社长,灯谜博客圈圈主。

石爱民

倒影犹照人(少笔字)	入
此日登临见旧人(少笔字)	个
不见他人传野闻(少笔字)	也
用心一听是风声(少笔字)	丰

始乱终弃声声诉(少笔字)
一旦不能有(少笔字)
山岳隐隐闻秋声(5笔字)
南高峰对北高峰(5笔字)
不见旧日人相会(5笔字)
知音相伴共始终(5笔字)
前溪灯火暗听声(5笔字)
乳燕穿庭户(5笔字)
不见夫人白了头(6笔字)
人生终了声渐闻(6笔字)
白头入仕人闻达(6笔字)
前声断咽后声急(6笔字)
西城小住听晨语(6笔字)
闻声知是叶又落(7笔字)
出言有误听无声(7笔字)
前情听后语欣然(7笔字)
初听相逢说幸会(7笔字)
清明之前去不还(7笔字)
小住深宫里,夜初传更声(8笔字)
自到南岳凡心远(8笔字)
村头小桥山水间(8笔字)
二分尘土天际远(8笔字)
为君覆明月(8笔字)
半朽临风树(8笔字)
凤落梧桐闻箫声(8笔字)
尽失边疆土,八载南宋亡(8笔字)

升 日 丘 出 去 只 汀 闪 亘 件 任 吉 尘 吱 吴 忻 杏 远 京 凯 刺 奈 旺 枫 枭 穹

戏说畦边续前缘（8笔字）	细
同心定计传捷报（8笔字）	诘
共泣相掩泪（9笔字）	亲
人来与君别（9笔字）	咿
会上双方一致，想想实是可笑（9笔字）	哈
二分明月长系心（9笔字）	恒
庭中始为篱（9笔字）	扁
横川明月逐人来（9笔字）	春
枕前旧痕闻哭声（9笔字）	枯
日日两缱绻，倾心共相依（9笔字）	毗
听要约会即含羞（9笔字）	药
随声宫中烛火熄（9笔字）	虽
秋晨始相语（9笔字）	香
上天如垂顾，吴女听余音（10笔字）	娱
故人初到闻笛声（10笔字）	敌
夜听一叶落花前（10笔字）	晔
两地生孤木（10笔字）	桂
南宋相会秦丞相（10笔字）	桧
江头一问声渐闻（10笔字）	涧
连山半藏碧（10笔字）	础
秋离别，初春会，思周后，听琴音（10笔字）	秦
空山残花风雨中（10笔字）	邕
人家短竹篱（11笔字）	偏
三山错落出层云（11笔字）	崛
几点春意与柳梢（11笔字）	梵
山洞午间遥传声（11笔字）	窑

66

竹姿变幻水清浅(11笔字)
沿水行舟听传说(11笔字)
此是边城第一声(12笔字)
早梅盈手初含苞(12笔字)
芳心一了各离分(12笔字)
春晚初静听情话(12笔字)
春入柳条将半(12笔字)
杨柳梢头,松声分韵(12笔字)
相邀归渡头(12笔字)
对君倾心两相依(12笔字)
一江清水残花影(12笔字)
老子关前连声叫(12笔字)
边城暮雨(13笔字)
黄昏香火寄孤心(13笔字)
听传说,将人休,前缘尽,悬梁间(13笔字)
相逢低声共说梅(13笔字)
含屈八载终出牢(13笔字)
平川寸竹一径斜(13笔字)
千里婵娟半卷书(13笔字)
心系屈平声声怨(14笔字)
短竹前会听涧声(15笔字)
竹篱深处有人家(15笔字)
别西湖,人相伴;赏春水,听溪声(15笔字)
连续悬鱼廉声传(15笔字)
吕布援手解困境,弯弓射中曹阿瞒(多笔字)
枝头春带雨,露上杨柳梢(多笔字)

笺船堤搭敦晴森森湘琵琵联蓥愁橡楣窟筹腾愿箭篇滕鲢操霖

67

雪后掩路听鹿鸣（多笔字） 露

石爱民，1972年12月生，祖籍河北涉县。河北省职工灯谜学会副主席，邯郸市灯谜协会副主席，武安市灯谜诗词楹联协会副主席兼秘书长。

乔北海

半墙斜月上高台（6笔字） 丢
取东川、取西川、天下归心（6笔字） 乔
雁阵点点入画中（6笔字） 伞
独在风中空守夜（6笔字） 夙
取经先看西游记（6笔字） 纪
真佛面前来叩头（7笔字） 估
初见端倪未声张（7笔字） 位
比赛之前先到位（7笔字） 佗
东川西川，曲径弯弯，有人来到，赛过神仙（7笔字） 佛
乱则必治，治则必胜（7笔字） 克
初次参加须尽力（7笔字） 冶
军前效力二十载（7笔字） 劳
要为天下抛身躯（7笔字） 查
齐心帮后进，一同向前进（7笔字） 希

东征西拼了一生(7笔字)	扯
大江东去月一镰(7笔字)	沃
月斜西天云初散(7笔字)	矣
清明之日到坟前(7笔字)	肚
送儿远去到台北(7笔字)	运
新月又上西城头(7笔字)	麦
一排雁阵入画中(8笔字)	奋
王冠之上两颗珠(8笔字)	宝
点点滴滴枕边泪(8笔字)	沭
秋日清香入户来(8笔字)	炉
不要无端惹是非(8笔字)	环
古来念书如尝胆(8笔字)	苦
白首弃高官,归来田舍边(8笔字)	阜
困难之中咱先助(9笔字)	保
产量要上去,厂里需团结(9笔字)	厘
一生苦心求转机(9笔字)	垛
未来定是好年头(9笔字)	妹
冠盖如云聚堂前(9笔字)	尝
离别之后心挂牵(9笔字)	恼
看起来一定会丰收(9笔字)	拜
为夫一定记心间(9笔字)	舂
看似搞调查,变相游日本(9笔字)	昧
明月隐约天尽头(9笔字)	昼
久居边区盼春归(9笔字)	枢
半生荣辱终难忘(9笔字)	树
擦干泪水放低声(9笔字)	眉

戴上乌纱帽,切记公为先(9笔字)	窃
异乡客中度残年(9笔字)	绛
富贵面前不忘义(9笔字)	蚁
做工须要认得人(9笔字)	诬
小舟相伴初月夜(9笔字)	迹
酒旗新月小城西(9笔字)	郝
应到后面排一队(9笔字)	险
沟中泉水清见底(9笔字)	鬼
千里北上寻离人(10笔字)	乘
双方同心结情侣(10笔字)	倩
当前京中消费高(10笔字)	唢
公字当头人心向(10笔字)	容
至今念卿分西东(10笔字)	恳
抱残守缺终欠妥(10笔字)	抒
一生创业在南阳(10笔字)	晋
游子方离母挂牵(10笔字)	海
华灯初上光灿灿(10笔字)	烨
厂外河水绕厂流(10笔字)	疴
昂首纵横奋向前(10笔字)	皋
小桥横卧蓝天下(10笔字)	盉
春杳连日去听琴(10笔字)	秦
绝色少女初生爱(10笔字)	绥
临危关头终须助(10笔字)	顾
随从先帝方十载(11笔字)	啐
主动配合,善始善终(11笔字)	培
诗声传古韵,断桥掩西流(11笔字)	梳

初献香吻放低声（11笔字）	秸
直挂云帆揽月归（11笔字）	脚
改乡貌，献爱心，先苦后乐（11笔字）	萦
曲径弯弯初鸣蝉（12笔字）	强
行得端正心不偏（12笔字）	惩
依水伴月度清明（12笔字）	晴
燕雀南来叫一声（12笔字）	焦
存在两个夺金点（12笔字）	筌
始终系着一方民（12笔字）	缗
多年之后爱如初（12笔字）	舜
身居数职不贪占（13笔字）	廉
北宋消亡南宋立（13笔字）	楺
祥云先入画堂中（13笔字）	福
品竹赏月到堂前（13笔字）	筲
号笛低沉入耳来（13笔字）	聘
春色秋色两变幻（13笔字）	腥
拆了东墙补西墙（13笔字）	褂
霜降之后，一点一点冷了（13笔字）	零
苦心相思又十载（13笔字）	鼓
吕布前军裹尘至（14笔字）	喑
来世再结木石盟（14笔字）	碟
孤帆一点添春色（14笔字）	蜻
一心常把家牵挂（14笔字）	豪
一一披甲立帐前（15笔字）	幢
新月上角楼，西流入画中（15笔字）	潘
爱上灯谜，十分投入（15笔字）	虩

闭目相依献初吻（15笔字） 褒
激流飞逝去不还（多笔字） 邀
星高月沉雁归来（多笔字） 膺
泪水模糊春带雨（多笔字） 霜

乔北海，1945年6月生，河南孟津人。三门峡市灯谜学会副会长。

伍耿怀

辩士自纵横（少笔字） 一
一寸赤心惟报国（少笔字） 丨
卞和上京三献玉（少笔字） 卜
卷土重来应有日（少笔字） 千
一日春容减一分（少笔字） 大
阑干雕砌燕交飞（少笔字） 互
一如钩帘隔双燕（少笔字） 水
一弯眉月正盈盈（5笔字） 仕
无人无牛不及犁（5笔字） 刊
叶莺啼尽板桥花（5笔字） 卉
灯影隔帘人语惑（6笔字） 伙
天工巧夺绘云屏（6笔字） 会
金丹一粒误先生（6笔字） 全

南音夜来一缕绝(6笔字)	名
一日思亲十二时(6笔字)	寺
一寸苦心为报国(6笔字)	寺
目至银钩首在低(6笔字)	自
掌中已垒参差茧(6笔字)	芊
云开日脚直(7笔字)	县
远山斜月高挂天(7笔字)	矣
残红万点犹如织(7笔字)	纺
恰似赤壁归来曹氏兵(7笔字)	花
鼠标一点连四方(8笔字)	享
勤为南亩一夫去(8笔字)	奋
滩声停云放月明(8笔字)	昙
弱羽巢林在一枝(8笔字)	枭
苦心终负托孤心(8笔字)	质
白头书生登蟾宫(8笔字)	青
远树舟影天上行(9笔字)	契
飞来峰拥古招提(9笔字)	峙
出口一定获成功(9笔字)	珈
异宝吐艳如半璧,游人得向三更看(9笔字)	珍
一片闲心对落花(9笔字)	秕
半弯残月雨点生(10笔字)	弱
此日不在车笠逢(10笔字)	晖
一抹新月柳梢初(10笔字)	秣
昨夜星桥雁影分(10笔字)	窄
化做梨花春尽处(10笔字)	莉
小立东湖更向东(11笔字)	梢

上林秋雁日西翔(11笔字)	巢
水窗低傍画栏斜(11笔字)	浑
纵心有恨泪不流(11笔字)	眼
秋水绕田水细流(11笔字)	铩
贝叶参差连草色(12笔字)	喷
偶向东湖更向东(12笔字)	棚
犹如潇湘黛未施(12笔字)	琳
波底金鸦夺眼明(13笔字)	滉
双星月影画中人(13笔字)	熤
鹤为大夫太荒唐(13笔字)	谬
遥山水月影幢幢(14笔字)	潚
雪泥鸿爪偶留痕(14笔字)	箸
十分相思水纵横(15笔字)	澍
避草下八戒偷生(15笔字)	蕤
三间茅构水之东(多笔字)	藻

伍耿怀,1957年生,福建晋江人。晋江市灯谜协会会长。

刘二安

前后苦相推(少笔字)	十
有鼻子有眼(少笔字)	公

由下向四方延伸(5笔字)
一人归来方从命(5笔字)
停车场出口(5笔字)
兀自高卧空山中(5笔字)
言之有据(5笔字)
安阳方言(5笔字)
河源发昆仑(6笔字)
云低星半隐(6笔字)
折扣重分两手空(7笔字)
湖中倒影人参差(7笔字)
孤山斜月挂疏桐(7笔字)
僧人不曾到寺来(8笔字)
廿载千里驻边城(8笔字)
水漫栈桥桥木淹(8笔字)
经由东南突破(8笔字)
此中人语云(8笔字)
闺中残诗(9笔字)
龟蛇倒映一川下(9笔字)
垂柳风扬一两枝(9笔字)
蛇年岁末抒怀(9笔字)
离别之后心相随(9笔字)
连接西南到上穹(9笔字)
断墙残月隐萤火(9笔字)
垂柳枝头衔落日(9笔字)
杳如一弯月(9笔字)
东方日出柳枝垂(9笔字)

冉 叩 叩 四 正 立 汕 牟 听 呆 私 侍 垂 浅 绎 者 封 带 彪 怨 恼 按 禹 香 香 香

落日楼头半行雁(9笔字)	香
妾住在横塘(10笔字)	婳
犹作布衣看(10笔字)	眠
去开罗之夜(10笔字)	罢
与梅并作十分春(10笔字)	莓
若有一言便相许(10笔字)	诺
从实招来(10笔字)	课
故为之说(10笔字)	诨
入得门来心上悦(10笔字)	阅
斧头砍去不顾前(10笔字)	颅
缠绵一半是相思(10笔字)	鸳
敌人撤开,旧友相聚(11笔字)	做
匠心独运补残篇(11笔字)	匾
白云生处有人家(11笔字)	崤
三山错落拥残月(11笔字)	崛
下岗之后心生惭(11笔字)	崭
骏马飞驰向东方(11笔字)	梭
抽刀断流(11笔字)	渐
黄河三尺鲤(11笔字)	渔
必河之鲤(11笔字)	渔
上有一善(11笔字)	琅
君自故乡来(11笔字)	理
未戴头盔去城西(11笔字)	盛
上有蟋蟀(11笔字)	蛀
一言既出犹茫然(11笔字)	谜
败下阵来再磨刀(12笔字)	剩

一尺见方(12笔字) 博

蛇年共弄潮(12笔字) 港

青春长与君(12笔字) 琳

从师须等先生来(12笔字) 筛

残红映眼已无多(12笔字) 缈

说话和蔼(12笔字) 葛

立于村头半折回(13笔字) 新

桃李满天下(14笔字) 夥

真亦假(14笔字) 墟

携手共向前,蛇年双跃进(15笔字) 撰

腾空千里北方来(15笔字) 滕

弄潮儿(15笔字) 潼

满眼江山都已逝(15笔字) 瞒

面面俱到(15笔字) 箱

无所不晓(15笔字) 跑

鸡年成旧岁(15笔字) 醋

刘二安,1951年生,河南安阳人。河南省民协灯谜学委员会会长。

刘精耕

储君出诸君子中(少笔字)	千
何用别寻方外去(少笔字)	彳
义字系一生(少笔字)	丶
排行老八,却是老大(少笔字)	兀
鸟向檐上飞(5笔字)	术
弯钩垂钓不心急(6笔字)	争
洞中有洞洞套洞(6笔字)	回
长河浪头连天黑(6笔字)	汐
连山到海隅(6笔字)	汕
组织三人踢足球(6笔字)	似
夺一金者正是我(7笔字)	余
海水扬其波(7笔字)	每
终日不成章(7笔字)	辛
断垣残壁不见人(8笔字)	佳
宿鸟惊东林(8笔字)	怵
水上一箭入云端(8笔字)	法
合格率百分之九十九(8笔字)	环
没有半点兴致(9笔字)	举
败落居末位(9笔字)	故

下月就是妇女节(9笔字) 春

一韵到底金不换(9笔字) 钧

秋分之后日出迟(9笔字) 香

定睛之后瞧丽容(10笔字) 倩

春归在客先(10笔字) 栖

年末岁尾迎春来(10笔字) 桀

中庭杂树多(10笔字) 梃

充耳即闻犬吠声(10笔字) 润

婴儿呱呱坠地(11笔字) 旌

癫狂柳絮随风舞(11笔字) 彪

一语道破露先机(11笔字) 梧

梅枝初绽十二月(11笔字) 婧

上吐下拉泪水流(11笔字) 涪

伸手摘梨花(多笔字) 攀

刘精耕,1948年11月生,江西新余人。江苏省南通市职工灯谜协会常务理事。

吕　祥

成对成双(少笔字) 又

两山错落一径斜(少笔字) 乡

独在案头写生字(少笔字)	子
清除弊端立新异(少笔字)	巳
垂手扭身半含羞(少笔字)	丑
上下天光一望中(少笔字)	元
以一当十向前进(少笔字)	午
四季早起终无成(5笔字)	冬
侧隐柳边附耳聊(5笔字)	卯
晚来一枝栖寒蝉(5笔字)	外
提高一半(5笔字)	平
旁边之女如妹容(5笔字)	未
取长补短改旧貌(5笔字)	申
孔子回车(5笔字)	轧
最后时刻落了后(6笔字)	亥
一离仙山凡心动(6笔字)	伉
卧看山边错落梅(6笔字)	妇
横观水面轻扬柳(6笔字)	州
于口于心均无憾(6笔字)	戍
上下而易之(6笔字)	血
纤钩细饵钓残秋(7笔字)	私
西楼新月几能圆(7笔字)	秃
只为弄唇落口实(7笔字)	辰
一行西来寻友声(7笔字)	酉
始酌一尊心先醉(7笔字)	酉
叹鸾凤兮难和鸣(7笔字)	鸡
尖顶腾挪扭十字(8笔字)	卖
层云散尽重山现(8笔字)	屈

水波不兴半扬帆(8笔字)

枝头残花影重重(8笔字)

十二生肖缺十一(8笔字)

吃苦在前(8笔字)

转业从文(8笔字)

守土创业求一统(9笔字)

斜阳村头壮士归(9笔字)

一旦翻身大有为(9笔字)

早起房前上炉香(9笔字)

洗尽流沙始见金(9笔字)

剑影刀光动旌旗(9笔字)

独居客中自甘心(10笔字)

挥石揽得山间云(10笔字)

东北抗联,挥戈出战(10笔字)

成败倒应抛一侧(10笔字)

湖月尽收古尊中(10笔字)

独向东方求共融(10笔字)

独见塞北衰草黄(11笔字)

西岭明月送落日(11笔字)

溪畔尚留海棠在(11笔字)

半江曲水绕空山(11笔字)

湖边对晚晴(11笔字)

天下齐心四化成(11笔字)

和泪吞声免是非(12笔字)

琴瑟初谐两倾心(12笔字)

求知靠一点一滴积累(12笔字)

帔枇者若变垩将春秋钞险夏砝站致酒鬲寅崩梅涵清爽湄琵短

亲遭离乱心何安(12笔字)	竦
水面残花顾难全(12笔字)	颏
前头翻着，后头忘着(13笔字)	愈
棋盘纵横排局巧(13笔字)	椹
西湖明月出六桥(13笔字)	溟
一心凝聚建设中(13笔字)	肄
十分明亮(13笔字)	觥
醉后遭弃抛路旁(13笔字)	酪
月明晚照晚归鹤(13笔字)	鹏
清浊不分难为水(14笔字)	蜻
误许青春铸大错(15笔字)	樊
大江东去又一春(15笔字)	潜
出人出力出全勤(15笔字)	瑾
只要尽职，总会有成就(15笔字)	聪
孤身作战(15笔字)	觯
霜露初融初放梅(15笔字)	霉
衣着不改旧时习(多笔字)	褶
林畔逢初雪(多笔字)	霖
修竹一片根节盘(多笔字)	篁
初见蜂蝶冬已尽(多笔字)	蠢

吕祥，回族。1947年生，河南开封人。河南省民协灯谜学委员会副会长，开封市职工灯谜协会副会长。

孙　耀

有人鸣发不平声（少笔字）	厂
斜月孤星随舟去（少笔字）	丹
顶尖高手实不多（少笔字）	少
空山横杆垂钓钩（少笔字）	屯
孤星悬屋顶（少笔字）	户
移花接木后，古代女英雄（5笔字）	兰
某人一直都不在（5笔字）	甘
昏了头来定下心（5笔字）	申
上人首先坐中间（6笔字）	伞
紧急关头重组合（6笔字）	多
空前绝后有看头（6笔字）	宅
井口断裂（6笔字）	并
狗年垂钓钩（6笔字）	戍
空中斗转星移（6笔字）	米
一根电杆三横担，底下拉个八字线（6笔字）	耒
孤鸟落山上（7笔字）	岛
影破云层横雁字（8笔字）	参
先就职后掌权（8笔字）	取
三更缔结盟下缘（8笔字）	孟

83

残月繁星挂半天(8笔字)

下基层别后悔(8笔字)

调查结尾无踪影(8笔字)

缩头猴子立树梢(8笔字)

斜月灯后离知音(8笔字)

累得全身散了架(8笔字)

沛然变化响语声(8笔字)

首先乡乡起变化(9笔字)

全面调整下基层(9笔字)

同心上人提前来(9笔字)

七上八下叶参差(9笔字)

醒来空中星已落(9笔字)

生死关头来眼前(9笔字)

左右开弓射四箭(10笔字)

徒后出走没前途(10笔字)

权利又下放(11笔字)

星星斜月树梢挂，小小轻舟浪中行(11笔字)

倾心求偶一泪流(11笔字)

德政先须用全心(12笔字)

与对手握别(12笔字)

下有对策(12笔字)

没马骑了先牵牛(12笔字)

老子入关(12笔字)

释前嫌广为团结(13笔字)

鸡年遛狗到关前(13笔字)

不惑之年居高楼(13笔字)

态
怯
杳
果
炙
细
雨
兹
奎
拾
轵
茜
首
弱
徐
梨
悉
混
惩
掰
棘
犄
联
廉
猷
置

几度秋凉领略先(13笔字) 颓
竹篱上面高高屋(15笔字) 篇
鸡年到来整三周(15笔字) 酷
泪眼之间别又难(多笔字) 瞿

孙耀,1956年生,甘肃成县人。

孙胜利

下车伊始(少笔字) 千
直接介入丢了人(少笔字) 川
小心无大错(少笔字) 父
空头套牢(少笔字) 牛
鸭争钓钩鱼(少笔字) 瓦
云雾崖上闻鸡鸣(5笔字) 击
挨个上,念起来(6笔字) 企
车辙两道马路弯(6笔字) 曲
初吻心怀念(7笔字) 吟
横竖都要让(7笔字) 证
齐聚山水间(8笔字) 剂
拆开花窗落颗钉(8笔字) 卧
上上下下结同心(8笔字) 咔

天下一统，四方团圆(8笔字)	奋
直接开到大连(8笔字)	奔
鱼戏莲叶东，鱼戏莲叶西，鱼戏莲叶南，鱼戏莲叶北(8笔字)	画
当前适值三更天(8笔字)	郑
渔网晒在屋檐下(9笔字)	扁
生旦净丑(9笔字)	星
后来分工巧安排(9笔字)	盾
翻看甲骨半片残(9笔字)	胄
古时有此月，此时有没有(9笔字)	胡
著名记者(9笔字)	茗
拆大补小定宽心(9笔字)	茶
低头前不着村，仰头后不着店(10笔字)	俯
心随蝶舞生爱意(10笔字)	恋
匆匆而来匆匆去，失之交臂书房中(10笔字)	斋
安装煤气不用煤(10笔字)	氢
叫声郎呀就是有点狠(10笔字)	狼
一而再，再而三(10笔字)	积
云南昆明二日游(10笔字)	能
主动运营出口(10笔字)	莹
主要一条，诚信为先(10笔字)	谁
五柳先生高品位(11笔字)	梧
调整出售(11笔字)	唯
隶属广东南部(11笔字)	康
转动乾坤始千年(11笔字)	徘
前面站着草上飞(11笔字)	章
絮飞如画里(11笔字)	累

宫中藏画缺边框(12笔字)	富
双眉锁,二目睁,张口结舌心生憎(12笔字)	曾
江西省面貌新(12笔字)	渺
自称不是少数民族(12笔字)	淑
灾后重建,首先靠人(12笔字)	焱
早料到是破鞋一双(12笔字)	粥
传来书声是我家(12笔字)	舒
望文释义针对人(12笔字)	锉
冲撞足下,小心摔倒(13笔字)	楚
仅投一注(13笔字)	滩
杏花吹尽(14笔字)	嗽
不令冷雨入户间(14笔字)	漏
上衣破了缝三针(14笔字)	裴
重点是有人招商(15笔字)	熵
满眼竹木听乡音(15笔字)	箱
竹篱掩人家(15笔字)	篰
心系苏北心连心(15笔字)	蕊
题字惹是非,来客指脑门(15笔字)	额
失足便落后(多笔字)	潞
参差柏树半缩放(多笔字)	橄
吹落竹木散(多笔字)	簌
咱前来整容展丰姿(多笔字)	豁
有争先恐后,无畏尾畏首(多笔字)	鳁

孙胜利,1968年7月生,江苏宿迁人。

朱锦华

谜面	谜底
灯火阑珊人独立(少笔字)	亍
帘底纤纤月(少笔字)	币
孤月浪中翻(少笔字)	心
人人要结后生缘(5笔字)	丛
系得东西南北人(5笔字)	囚
扁舟轻楫穿浪里(5笔字)	必
西楼月如钩(5笔字)	札
斜月入前楹(5笔字)	禾
楼前有雁斜书(6笔字)	休
村庄后即佛地(6笔字)	寺
孤舟短楫尽日横(6笔字)	死
残红曲径人穿行(6笔字)	级
双箭上弦人侧立(7笔字)	佛
和云伴月不分明(7笔字)	县
城西清风里,独把珠泪滴(7笔字)	坑
新春伊始来植树(7笔字)	床
春来客心归(7笔字)	条
江畔几点雁横塞(7笔字)	沅
破格招揽人才(7笔字)	财

岭前倒影入门来(7笔字)　　闽
月落鹃鸟去未归(8笔字)　　味
而立之年仍孤身(8笔字)　　奔
瓜前李下变了样(8笔字)　　孤
头顶乌纱成正果(8笔字)　　实
一将来系林教头(8笔字)　　枉
迎春诗会(8笔字)　　　　　枫
小窗依山傍水(8笔字)　　　洽
烟雨垂柳浪拍舟(8笔字)　　泌
归汉辗转二十载(8笔字)　　泽
星月掩映云朦胧(8笔字)　　育
带头改革有方(8笔字)　　　苦
画中星桥破云出(9笔字)　　室
安得此女配吕布(9笔字)　　宫
六桥美景帘下看(9笔字)　　帝
飞舟逐浪入画中(9笔字)　　思
私字当头，总有缺点(9笔字)　怠
斜阳独倚西楼(9笔字)　　　查
有位佳人，在水一方(9笔字)　洳
眉月枝头花弄影(9笔字)　　秕
人同心，乡貌变(9笔字)　　给
孤帆一点江东来(9笔字)　　虹
情人相会特开心(10笔字)　　倩
曙色小厅前(10笔字)　　　　原
傍山远树系客心(10笔字)　　峰
庭前双燕落墙头(10笔字)　　座

给人扣帽子缺德(10 笔字)	损
斜阳却照栏杆(10 笔字)	晋
老家在东山(10 笔字)	根
游子方离母牵挂(10 笔字)	海
庭中落照映清流(10 笔字)	涧
眉锁远山月影重(10 笔字)	翁
西陵桥头迎春归(10 笔字)	梛
八哥闯进门(10 笔字)	阅
午前西楼会母来(11 笔字)	梅
流到楼前更不流(11 笔字)	梗
春来枕头泪涟涟(11 笔字)	淋
海棠开时梅已残(11 笔字)	淌
西湖春色归(11 笔字)	清
暗香浮动又黄昏(11 笔字)	移
洪水退去田出头(11 笔字)	黄
女方独居在金陵(12 笔字)	婷
孤舟双帆微微浪(12 笔字)	悲
西楼半帘斜日(12 笔字)	棉
杜鹃啼落枝头月(12 笔字)	棚
明日一去复逢春(12 笔字)	棚
东方木偶团(12 笔字)	森
山环水绕日光明(12 笔字)	渭
远山一抹带雨痕(12 笔字)	湄
西湖残柳入眼来(12 笔字)	湘
雁阵黄昏临西河(12 笔字)	湜
二王今安在(12 笔字)	琴

枝头残月入画中(12笔字)	番
寸土必争,个个当前(12笔字)	等
江帆隐约映篁影(12笔字)	筑
黄昏新月枝头挂(12笔字)	酥
远山含春意(13笔字)	楣
环山疏林新月照(13笔字)	稞
秋色连波玉镜悬(13笔字)	腺
西方云生处,一片孤帆来(13笔字)	锦
寒冰消融春来到(14笔字)	寨
到手后略有更动(14笔字)	摺
阳关一曲水西流(14笔字)	漕
晓来泪痕未干(14笔字)	漳
花前月下语依依(14笔字)	蔼
老头子滴酒不沾(14笔字)	酻
家在竹篱深处(15笔字)	篇
耳到、眼到、口到、心到(15笔字)	聪
容颜半损为南客(15笔字)	额
枝头春意已先露(多笔字)	霖
宫中离乱如一豕(多笔字)	嚎
帆影莲田落残红(多笔字)	螺
枝头留鸟迹,月影入画中(多笔字)	翻

朱锦华,1968年3月生,福建东山人。漳州市青少年灯谜协会常务理事,东山灯谜社秘书长。

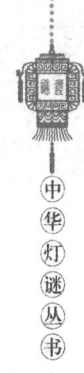

纪志康

谜面	谜底
小荷才露尖尖角（少笔字）	千
前功尽弃不作为（少笔字）	办
孤星只在殿西头（少笔字）	户
处处草香暮春时（少笔字）	日
搜得奇峰入笔稿（5笔字）	囚
巧改平顶防雨水（6笔字）	伞
双珠泉下识红娘（6笔字）	冰
山水风云寸心中（6笔字）	刘
一日相会十二时（6笔字）	寺
前头有竹堪置酒（6笔字）	延
山河有边风无边（7笔字）	汹
默声又到凤池头（7笔字）	没
缠丝作钩无心笔（7笔字）	纯
九宫格里走龙蛇（7笔字）	进
五线谱上写个字（8笔字）	奉
台下幕后，心挂两头（8笔字）	帜
层云散尽星万点（8笔字）	房
雨洒其间蕾新成（8笔字）	苗
远岫半蒙闻笛声（8笔字）	迪

掀开东西破了皮(9笔字)	斫
新月池畔笔堂中(9笔字)	活
又将乌纱扔出手(9笔字)	盈
梅倚深堂有月来(10笔字)	娟
送别舟楫有月来(10笔字)	朕
闺门半掩床半空(10笔字)	桂
睡前闭上两眼睛(11笔字)	唾
人生离乱合成愁(11笔字)	悉
妙计送出关,留下乱蹄痕(11笔字)	谜
接连三杯不得了(12笔字)	森
乱叶边月满关西(12笔字)	湖
千里怀人月当头(12笔字)	稍
草下隐然藏鱼鳖(14笔字)	蔽

纪志康,1963年生,浙江舟山人。杭州市职工灯谜研究会会员。

纪清华

大白于天下(少笔字)	一
使天下之人(少笔字)	二八
摘掉穷帽,挖掉穷根(少笔字)	八
一贯带头搞改革(少笔字)	三

元少先生（少笔字）	兀
自留清白在人间（少笔字）	大
今岁今宵尽（少笔字）	山
涧水流终日（少笔字）	门
人似月中来（少笔字）	仁
一刀割断是非根（少笔字）	切
放权之后厂貌改（少笔字）	反
一纵又一横（少笔字）	支
无端引来是非多（少笔字）	王
与人诚为先（少笔字）	认
复得东邻伴（少笔字）	邓
变化大了（少笔字）	队
归雁落阳边（少笔字）	队
单人拦网得一分（5笔字）	丙
太乙连太白（5笔字）	出
残月依依云脚下（5笔字）	弘
点缀在枝头（5笔字）	术
小径横纵通四方（5笔字）	申
同心巧结香（5笔字）	禾
初月飞来画杖头（5笔字）	禾
保得一方安（6笔字）	休
摆脱困境树雄心（6笔字）	休
年登古稀雄心在（6笔字）	华
为客裁乌帽（6笔字）	各
一知半解惹是非（6笔字）	吉
日暮怀此山（6笔字）	岁

谜面	谜底
雪上空留鸟行迹（6笔字）	当
落日有波浮（6笔字）	汐
大小巧安排（6笔字）	灯
樽前席上成双（6笔字）	米
失败之后争上进（6笔字）	负
午时门始开（6笔字）	闩
勿求偏方（7笔字）	吻
邻人满墙头（7笔字）	坐
同心改革干到底（7笔字）	旱
东风吹拂柳条舞（7笔字）	杉
小桥灯影落残星（7笔字）	灾
离子叹别重团聚（8笔字）	亟
清除弊端改本相（8笔字）	奔
秋色茫茫归帆满（8笔字）	帛
唯看孤帆影（8笔字）	帜
天外一钩残月、带三星（8笔字）	悉
为存偏心毁一生（8笔字）	性
出口果汁（8笔字）	沽
浪击飞舟浪花溅（8笔字）	泌
放眼江东垂钓处（8笔字）	盱
半窗残月（8笔字）	穹
乡下变样眼底宽（8笔字）	组
是非只为多开口（8笔字）	者
闭门不与西邻通（8笔字）	郑
骅骝事天子（8笔字）	驻
临阁飞燕双剪影（9笔字）	俎

几度残柳堤前会(9笔字)	垛
那能不携手(9笔字)	揶
阳关巧遇杜拾遗(9笔字)	查
占断四时春(9笔字)	柳
傍水山影十分低(9笔字)	浔
日月数初并(9笔字)	胆
有如围住了广寒宫(9笔字)	胞
结交二十载(9笔字)	茭
红烛半消残焰短(9笔字)	虹
蟋蟀近中堂(9笔字)	虽
有赚头,没奔头(9笔字)	贲
老子第一(9笔字)	闻
开户半蟾生(9笔字)	闽
春色依然人不见(10笔字)	倩
便向人间觅是非(10笔字)	埂
六桥相间匠心具(10笔字)	宾
十日一携手(10笔字)	捍
东林送客处(10笔字)	栖
蛱蝶引春来(10笔字)	桒
环山依稀欲晓天(10笔字)	留
新月挂疏林,三星伴孤舟(10笔字)	秘
枯木横槎卧古田(10笔字)	耕
只身零落依草木(10笔字)	荼
孤帆远树中(10笔字)	蚌
千万别偏心(11笔字)	惊
今日一别,来日团聚(11笔字)	晗

连日来闺门紧闭(11笔字)　　　畦

弱冠已银印(11笔字)　　　　　菅

死当结草(11笔字)　　　　　　萃

远帆一片沐朝晖(11笔字)　　　蚶

坠落青楼口难开(12笔字)　　　嵝

先礼而后兵(12笔字)　　　　　斌

横叶弄影招婵娟(12笔字)　　　朝

岗峦相对出,松林参差是(12笔字)　棵

楼前出骑马(12笔字)　　　　　椅

伴人直至黄昏雨(12笔字)　　　湜

尽在不言中(12笔字)　　　　　皖

眼底残片相映(12笔字)　　　　鼎

小桥横处,乱叶残红参差是(13笔字)　嗦

即刻解疑(13笔字)　　　　　　新

六桥流水衔日影(13笔字)　　　溟

是是非非十分难解(13笔字)　　鲑

平反归来二十载(14笔字)　　　蔷

滴酒不沾是好样(14笔字)　　　酿

职位虽变心犹安(15笔字)　　　聪

门篱掩映远帆影(15笔字)　　　蝙

鸟声转幽静(多笔字)　　　　　蹄

纪清华,1947年6月生,福建石狮人。石狮市蚶江侨乡谜社社长。

97

许友金

现代诗人见闻多(少笔字)	一
合纵连横明心志(少笔字)	一
听其声,出人意表;观其形,仪态横生(少笔字)	一
得人和者得天下(少笔字)	一
人口节育要合作(少笔字)	一
木以何为本(少笔字)	一
天作之合大有为(少笔字)	一
采石矶处将星落(少笔字)	凡
东西南北燕齐飞(少笔字)	口
要密切必须多点爱心(少笔字)	山
全要投入大改革(少笔字)	千
柳絮点点东风舞(少笔字)	飞
窗中列远岫(少笔字)	公
一双轻燕蹴筝弦(5笔字)	丛
鸡唱声中舰起锚(5笔字)	击
四方齐合力,佳音传更多(5笔字)	加
天边新月挂琼钩(5笔字)	叱
天不拘兮地不羁(5笔字)	囚
人先要虚心一点(5笔字)	龙

建设人成就大业（6笔字）
一箭正中双飞翼（6笔字）
点滴积累学有成（6笔字）
小心一点无火灾（6笔字）
一人作美齐颂扬（6笔字）
天际人归送入关（6笔字）
柳花飞入正行舟（6笔字）
怒目横眉发厉声（7笔字）
乱中取胜巧安排（7笔字）
峨眉峰似两眉愁（7笔字）
翻山人影相叠出（7笔字）
仅见几片树叶飘（7笔字）
水珠四溅里，扁舟浮沉中（7笔字）
一点不少，一定正确（7笔字）
窗前燕子衔根草（7笔字）
争先直上广寒宫（7笔字）
歌声鼓韵传山中（7笔字）
兰开二度结同心（7笔字）
揭竿为旗做主人（7笔字）
言而无信，一定失败（8笔字）
人心一点不丢（8笔字）
提前致富上波音（8笔字）
明月浮空十二栏（8笔字）
春来老叶草露珠（8笔字）
提前执行拘首犯（8笔字）
玉成其人杨贵妃（8笔字）

亚 伞 字 守 羊 达 迅 丽 克 兵 医 役 忍 步 究 角 谷 豆 陈 乖 态 拨 旺 泄 狗 环

又见嫦娥下凡尘(8笔字)	股
好像燕子云里穿(8笔字)	臾
遇阻后从容应变(9笔字)	俎
守卫四方,心雄有建树(9笔字)	保
东西南北共拥戴(9笔字)	哉
鼓励争先改现状(9笔字)	奖
氤氲暧叇绕山间(9笔字)	幽
广为团结,携手挺住(9笔字)	庭
真心合作展新颜(9笔字)	春
——补足就对了(9笔字)	是
箫声笛韵入耳来(9笔字)	洗
贡献一生建大桥(9笔字)	牵
听众之声传千里(9笔字)	重
树雄心开发西部(10笔字)	倍
运匠心,巧扣合(10笔字)	哲
为东方树立榜样(10笔字)	旁
人建大业指日待(10笔字)	晋
春游东郊,又叫又笑,声声盈耳(10笔字)	校
一经接受便领先(10笔字)	爱
黄昏却下潇潇雨(10笔字)	酒
贵在不拘一格(11笔字)	匮
柳碍东风一向斜(11笔字)	彬
一同向前,但求寸进(11笔字)	得
虽没作声,却是京剧名派(11笔字)	梅
春到沂蒙溪作响(11笔字)	浙
盛名之下大变样(11笔字)	盒

点点滴,酿成蜜(11笔字)　　　　　　　　蛇

盆栽业赚钱(12笔字)　　　　　　　　　　凿

执业悬壶治相思(12笔字)　　　　　　　壹

乡疏两度断,老树犹在村(12笔字)　　　彭

是耶,非耶,且把春留住(12笔字)　　　　植

春到汉中大变样(12笔字)　　　　　　　淑

秋雁飞时四序移(12笔字)　　　　　　　税

共取空中揽日月(12笔字)　　　　　　　腊

读书声里是吾家(12笔字)　　　　　　　舒

说一声,是心声(13笔字)　　　　　　　意

风送习习半掩扉(13笔字,异体)　　　　搧

伐木声声信口吹(13笔字)　　　　　　　歌

别后一月全变样(13笔字)　　　　　　　瑜

吕布作古,画戟犹存(13笔字)　　　　　鄙

听数件:两把相向三钉耙,两支牙棒一弯刀(13笔字)　鼠

虎跑名扬四方(14笔字)　　　　　　　　龛

河里夺冠展奇才(14笔字)　　　　　　　漪

春在点点碧绿中(14笔字)　　　　　　　精

平生不解藏人善(15笔字)　　　　　　　嘶

得见张飞如添翼(15笔字)　　　　　　　德

在世一天作春蚕(15笔字)　　　　　　　蝶

疏篁临窗外,双燕掠江东(多笔字)　　　噬

变相回扣不堪入目(多笔字)　　　　　　操

单人抵挡双杀手(多笔字)　　　　　　　攀

三连冠,表心声(多笔字)　　　　　　　鑫

许友金,1946年10月生,福建厦门人。厦门市职工谜协副会长,同安谜协会长。

许海奎

谜面	谜底
年前定计划(6笔字)	许
东村佳人约地头(8笔字)	侍
承印二度删卷尾(8笔字)	乇
望高空明月流光(8笔字)	旺
人虽退休余热在(8笔字)	杰
河边曲径上天台(8笔字)	泓
宋先生早作调动(9笔字)	宣
一直向前莫后退(10笔字)	借
丁原又去劝吕布(10笔字)	哿
星月相伴映小桥(10笔字)	宵
从上至下首要廉(10笔字)	座
士别一日刮目相看(10笔字)	桔
吃亏在于大包揽(11笔字)	鲍
西山残月挂重峦(11笔字)	崛
大小算是二把手(11笔字)	捺
老头遮阳戴草帽(11笔字)	著
双方阵前对弯弓(11笔字)	鄂

地头移杏作西栽（12笔字） 堡

冬末参赛后裁员（12笔字） 寒

西峡木桥草高掩（12笔字） 嵝

村前寨后杏方开（12笔字） 森

田头禾中双雀栖（12笔字） 番

自小离散到异乡（12笔字） 纱

方到二十他先变（12笔字） 蒇

湖畔枝头蝴蝶栖（13笔字） 滦

田中插禾同劳动（13笔字） 稠

早上相遇一小伙（14笔字） 僚

山月半斜鹃鸟飞（14笔字） 嗍

大手遮日当草帽（14笔字） 摹

家和要同心（14笔字） 豪

残花片片染秋霜（14笔字） 锴

千里挂念记前情（15笔字） 懂

连日见君在辛劳（15笔字） 璋

为谁抛却无言泪（多笔字） 潍

许海奎，1950年2月生，甘肃礼县人。天水市灯谜学会会长。

严宗达

则损三分之二也（少笔字）	一
为非作歹夜逃亡（少笔字）	一
乘风飞去又归来（少笔字）	凤
《南方周末》变了样（5笔字）	句
力求大事化小，小事化了（5笔字）	夯
雁阵斜飞入云端（6笔字）	丢
皇天在上（6笔字）	百
转移误区（6笔字）	网
若是出错，倒放了真凶（6笔字）	网
把握关头要用心（6笔字）	羊
用心扫除争先进（6笔字）	舟
同改革，争先进（7笔字）	伺
更说甚，是和非（7笔字）	坛
后犬屈膝跪拜，前犬肃立受礼（7笔字）	犹
本季奶产好外销（7笔字）	秀
万念俱寂，只剩泪一滴（7笔字）	芳
为有良宵成好梦（8笔字）	林
东方一别泪珠连（8笔字）	枣
庙前念先圣（9笔字）	度

谜面	谜底
自始至终用方言（9笔字）	诰
八卦乾坤大转移（9笔字）	韭
春节前，秋分后，总念乡音（9笔字）	香
评头品足不可取（10笔字）	唔
明火持刃，来者不善（10笔字）	烈
九点会提前到四点（10笔字）	热
书圣父子，不辨东西（10笔字）	班
长念寸草心（10笔字）	莳
经商得美元（10笔字）	贾
一缕东风桥面过，闻声疑是纪昀来（11笔字）	鞁
人皆可以为尧舜（11笔字）	笼
奉先一箭逞聪明（12笔字）	智
初约家下互交心（12笔字）	缘
纵横千里去云游（12笔字）	董
风吹柳丝见行人（12笔字）	趁
再到河西来沽酒（12笔字）	酤
只见小窗疏篱，无人伺候（13笔字）	嗣
兴水利要听意见（13笔字）	溢
藏有八十几身西装（13笔字）	躲
是非到来均在立春之后（13笔字）	韵
青春再误尚单身（15笔字）	樊
吐真言者皆君子（15笔字）	箴
爱上双双，左右即时邀来，见者无不叫绝（多笔字）	爵
八卦山上下产竹器（多笔字）	篦
心中有爱念，双双翘首盼（多笔字）	懵
只顾前行，不见后影（多笔字）	颢

鬼子兵烧杀抢掠,无恶不作(多笔字)	曝
欲辩无言,唯等瓜代(多笔字)	辫
夏至上午,点点滴滴正在下(多笔字)	夔
请备下三份罐头(多笔字)	罍
天下人人皆缄默(多笔字)	露

严宗达,1926年生,辽宁辽中人。天津职工灯谜协会顾问。

吴乐荣

春在枝头已十分(少笔字)	又
擅拿回扣不检点(少笔字)	三
春末夏初昼渐长(少笔字)	尺
六曲画廊非旧日(少笔字)	引
鼓韵钟声迎国君(5笔字)	主
谗言免及客心归(5笔字)	冬
画出清明二月天(5笔字)	汁
闲人只是爱春光(5笔字)	闪
收拾雄心重做人(6笔字)	休
二十八将佐中兴(6笔字)	共
便是孤帆从此去(7笔字)	却
欲脱袆衣先下帘(7笔字)	怅

106

谜面	谜底
海不辞流心不悔（7笔字）	每
船儿荡起层层波（7笔字）	沁
烟岚散尽因风起（7笔字）	灿
今朝始得分明见（7笔字）	芩
一遇浮丘断不还（7笔字）	近
犹带昭阳日影来（7笔字）	邵
垂杨深处有人家（7笔字）	闲
得人嫌处只缘多（8笔字）	侈
协力同心任纵横（8笔字）	劼
且就洞庭赊月色（8笔字）	沽
是非千载在人间（8笔字）	秆
始知云伴马头生（9笔字）	侯
付出真心到白头（9笔字）	俦
宽心是药更无方（9笔字）	哟
断垣残壁半蒙尘（9笔字）	垚
一枝梅影正横窗（9笔字）	姞
二分明月映星桥（9笔字）	宣
池边芳草隐曲径,别样柳丝舞东风（9笔字）	荡
残梅犹着旧时花（10笔字）	桦
眉月疏星半夜潮（10笔字）	浮
扬子江头月半斜（10笔字）	浮
西湖残雪又隐桥（10笔字）	浸
剪取吴松半江水（10笔字）	涑
廉纤小雨湿黄昏（10笔字）	酒
公字当头,真心不二,油水不沾（11笔字）	寅
天下男儿志四方,个人得失置脑后（11笔字）	崎

十二峰头月欲低（11笔字）	靖
河塘的鱼虾蹦又跳（11笔字）	涵
竹影横斜水清浅（11笔字）	笺
焰火腾空尽化花（11笔字）	荙
古树掩村飞鸟鸣（12笔字）	喜
临水一枝春占早（12笔字）	渣
坐等白头误终生（12笔字）	矬
奔腾千里荡尘埃（13笔字）	塍
东边一棵树,西边一棵树,南边一棵树,北边一棵树（13笔字）	楞
窗前残月映重峦（13笔字）	窟
支边将士上前方（13笔字）	鼓
消尽寒冰落尽梅（14笔字）	寨
卧看星河共一天（14笔字）	漫
早日腾飞开好头,同心团结上前方（15笔字）	嬉
日落西边古渡头（15笔字）	潭
尽日池边钓锦鳞（15笔字）	澨
犹念异乡盟月下（15笔字）	蕴
孟德楼前扣吕布（多笔字）	操
浊水清波何异源（多笔字）	螈
荔满枝头请品尝（多笔字）	藻

吴乐荣,1952年生,福建南安人。南安市职工谜协副会长兼副秘书长。

张松林

酒水喝完客散去（少笔字）	一
山西创业时日来（少笔字）	一
三中六中要减负（少笔字）	一
离开以后别挂念（少笔字）	一
春日出游人不在（少笔字）	三
来人一定要小心（少笔字）	亍
命里注定靠一人（5笔字）	叩
一定小心向外行（5笔字）	可
小窗远山望宝岛（5笔字）	台
春末夏初来集中（5笔字）	旦
笔直马路通上海（5笔字）	申
同心改革向前进（5笔字）	白
今后乘船要小心（5笔字）	辽
人人都要有雄心（6笔字）	众
人生正好逢古稀（6笔字）	华
困难之中要上进（7笔字）	体
两个晚上有人来（8笔字）	侈
早上必须一齐来（8笔字）	卓
大小正好有变化（8笔字）	卖

109

小窗斜月挂树梢（8笔字）	和
天上斜月照小窗（8笔字）	知
干到两点大变样（8笔字）	金
周末来了意中人（9笔字）	咽
转业一日就升级（10笔字）	晋
明末清初在南京（10笔字）	消
正在盖起八层楼（10笔字）	真
一日一曲听潮声（11笔字）	曹
雨落横山梨花开（11笔字）	雪
共同出行到小巷（12笔字）	衔
新月高挂在树梢（15笔字）	稿
泪眼朦胧迷失道（多笔字）	潞

张松林，1937年6月生，山西陵川人。长治市职工灯谜协会副会长兼秘书长。

李文林

旦者，日之出也（少笔字）	一
闪电云端唤雨声（少笔字）	与
云端闪电挂高空（少笔字）	专
一分为二看是非（少笔字）	丰

谜面	谜底
三十而立收获大(少笔字)	丰
孤星曲径会知音(少笔字)	之
一钩新月挂空中(少笔字)	办
二人双膝跪地上(5笔字)	丝
泪滴一点留至今(5笔字)	令
尾生人守高桥下(5笔字)	央
一直上进不走歪(5笔字)	正
西湖升新月,曲径伴孤星(7笔字)	泛
月当头,箫声起,东湖堂前俏人离(7笔字)	肖
西部蜀犬吠,东方吴牛喘(8笔字)	明
眉月西挂,古风挥就吟诗声(8笔字)	虱
素不相识莫出声(8笔字)	陌
空幽山处大散关(9笔字)	兹
人隐高桥下,残月落山中(9笔字)	费
千里塞北会离人(10笔字)	乘
斗鸡眼,瓜皮帽,八字胡下戴口罩(10笔字)	容
东坡前来会安石(10笔字)	破
由来箭端鸣镝声(11笔字)	笛
江边放眼看,远树若一排(12笔字)	湃
西楼双星残月影(12笔字)	粥
秋来早,日正西,潭水清处听琴音(12笔字)	覃
失足摔倒才叫爹(12笔字)	跌
影片上方有个眼(12笔字)	鼎
离散四十年,一夕得相见(14笔字)	舞
两层楼,四间房,没有门,只有窗(多笔字)	噩
人入行中,必有玄机(多笔字)	衡

城头悬挂一残月,横川漂浮两画荷(多笔字)　　　　　　疆

李文林,1943年4月生,北京人。北京谜友联谊会会员。

李创龙

也与人间断不平(少笔字)　　　　　　　　　　　　厂
接吻之后动芳心(5笔字)　　　　　　　　　　　　匆
解得圣意蒙上宠,为君分忧心头乐(5笔字)　　　　　龙
花草凋日三春去(6笔字)　　　　　　　　　　　　伦
一钩月上星三点(7笔字)　　　　　　　　　　　　忐
枝上同宿,客里相逢(7笔字)　　　　　　　　　　条
每见海上出明月(7笔字)　　　　　　　　　　　　汩
晚来西厢约,拟把芳心托(8笔字)　　　　　　　　　兔
唇底留香多少日(8笔字)　　　　　　　　　　　　和
西厢花影动,疑是玉人来(9笔字)　　　　　　　　　珍
林下焚香闲度日(9笔字)　　　　　　　　　　　　秋
何必又牵一人作伴也(10笔字)　　　　　　　　　　倚
门前流水清如玉(10笔字)　　　　　　　　　　　　润
枕前说起心中意(10笔字)　　　　　　　　　　　　课
从戎始赠相如赋(10笔字)　　　　　　　　　　　　赋
樱唇半开还半合(10笔字)　　　　　　　　　　　　速

中宵望月上西楼(11笔字) 梢

闻笛客中湿枕头(11笔字) 涤

唯见玩月亭,不见玩月人(11笔字) 停

从此芳心托古调(11笔字) 啐

冥冥之中早注定(11笔字) 涓

潮头却向西陵出(11笔字) 淩

万古之下名终留(12笔字) 喝

狗尾草在风中起舞(12笔字) 敬

西楼望月两回圆(12笔字) 棚

自折琼枝置枕旁(12笔字) 琳

若今琅玕不向东(12笔字) 琴

环山秋色空愁绝(12笔字) 缌

日日相会兰亭上(13笔字) 暗

燕尾有如刀剪裁(13笔字) 煎

初春梦失砧声起(14笔字) 榛

春日游,林花插我头(14笔字) 榛

言与谢公松下戴(14笔字) 榭

枝头留春春不住(14笔字) 榴

一生住在练湖边(14笔字) 潍

曲调翻成离别难,知音霍起惊嗟叹(多笔字) 嘆

馨香飘上白云山(多笔字) 磬

李创龙,1973年10月生,广东普宁人。普宁市灯谜协会秘书长。

李国安

一点可以推吉凶（少笔字）　　　　　　　　　　卜
声音向上再提高（少笔字）　　　　　　　　　　升
目中无人终入狱（5笔字）　　　　　　　　　　囚
一一出园会双双（5笔字）　　　　　　　　　　四
品质至上有说辞（5笔字）　　　　　　　　　　白
两点确实去采购（6笔字）　　　　　　　　　　买
开始创业排第二（6笔字）　　　　　　　　　　亚
午后相会两倾心（6笔字）　　　　　　　　　　毕
舞后遭不幸（6笔字）　　　　　　　　　　　　舛
明明才进门，却道关了门（6笔字）　　　　　　闭
一剪寒梅自吟诵（7笔字）　　　　　　　　　　宋
供水不足反说滥（7笔字）　　　　　　　　　　泛
虚心正派对待人（7笔字）　　　　　　　　　　花
双方加强共坚守（8笔字）　　　　　　　　　　固
一大一小来对付（8笔字）　　　　　　　　　　奈
白头巾是丝织品（8笔字）　　　　　　　　　　帛
十八抵湘涕泗流（8笔字）　　　　　　　　　　泪
朝天阙（8笔字）　　　　　　　　　　　　　　现
来到新乡作故乡（8笔字）　　　　　　　　　　郎

谜面	谜底
一人平反补现款(8笔字)	金
付诸东流一家书(9笔字)	信
聚至寨前发誓言(9笔字)	室
减半征收讲策略(9笔字)	政
有板有眼似宰辅(9笔字)	相
出言一狂遭人欺(9笔字)	诳
对方下马说脏话(9笔字)	骂
半路相逢声相隔(10笔字)	格
摆脱困境,一改旧貌(10笔字)	桓
兵临西湖小河沟(10笔字)	浜
爱上你后居南寨(10笔字)	称
毛老今年八十岁(10笔字)	耄
车工后代居东坡(10笔字)	轼
里间可以免戴帽(11笔字)	冕
两夕一句不嫌少(11笔字)	够
东到海,与天连(11笔字)	晦
猜错一半忙搜求(11笔字)	猎
考虑不周小孩子(12笔字)	崽
树先进,常先进,唱先进(12笔字)	棠
出诊之前必须走(12笔字)	趁
站立二日眼觉黑(13笔字)	暗
红粉东墙唤昭君(14笔字)	嫱
羊续悬鱼不常见(14笔字)	鲜
边走边取边督促(15笔字)	趣

李国安,1945年生,河南新郑人。河南省民协灯谜学委员会副会

长,郑州市灯谜学委员会主席。

李明富

尾生死前命中定,真心不二难成双(少笔字)	一
似龙倒像鸭,添上双翅翩翩舞;念一却居二,配给一人万万多(少笔字)	乙
一弯月悬三星堆(少笔字)	心
言出很狡诈,情况真可怕(6笔字)	危
几人相伴先师去(8笔字)	佩
马路南和北,横竖有障碍(8笔字)	卓
杯杯不空不罢休(8笔字)	林
日中起争端,四方扯进来(8笔字)	鱼
方待黄昏听弦音(9笔字)	咸
手将儿抚泪两行(9笔字)	挑
钱少毕竟还是钱(9笔字)	钞
柳下闲聊杳扑鼻(9笔字)	闻
山水变样别后逢(10笔字)	剥
手托残卷听泉声(10笔字)	拳
小手遮住半边脸(10笔字)	捎
残花片片祭亡灵(10笔字)	毙
河谷中可去不得(10笔字)	浴

为君出户立潺湲(10笔字) 润
阁门打开迎月来(10笔字) 胳
推销产品诚为先(10笔字) 读
小贩吆喝声独闻(10笔字) 读
父王翘起八字胡(10笔字) 釜
一路人马应先行(10笔字) 验
蒿草尽处闻羔声(10笔字) 高
四蹄踏处成焦土(11笔字) 堆
时催人老时光逝(11笔字) 崔
各怀所思口难开(12笔字) 愆
二十载广汉变迁(12笔字) 渡
秋寒临近君方还(12笔字) 程
清除腐肉长新肉(12笔字) 腑
披衣日在房(12笔字) 裥
继承祖先一方田,美好生活全靠它(13笔字) 福
百岁曾无百岁人(14笔字) 僧
幽篁相依绿(14笔字) 箐
投产顺应搞改革(15笔字) 颜
只因变态而害人(多笔字) 豁
往昔笔耕半有成(多笔字) 籍

李明富,1955年生,四川泸州人。

束洪波

涉黑即罢官(5笔字)	出
一洗前耻不负望(5笔字)	正
羽翼未丰难共事(5笔字)	田
柳畔倾心白首盟(5笔字)	印
柳丝垂露舒纤臂(6笔字)	州
先贴封条后查没(6笔字)	杀
危难当头人乐观(6笔字)	欢
临山渡水遇急流(6笔字)	而
共同到白首(7笔字)	伺
上前画个关闭钮(7笔字)	卤
一一排查得结果(7笔字)	杏
来人好模样,心中暗称意(7笔字)	肖
尘缘错结添白首(7笔字)	赤
添得酒后杳四溢(8笔字)	享
为儿操心费心,老公未老先衰(8笔字)	兖
千里送别去边关(8笔字)	刮
盐城改造出盛景(8笔字)	卦
五点一刻参加演出(8笔字)	宙
荷叶轻浮水涟漪(8笔字)	畓

企图变脸隐山中(8笔字)	齿
头名状元天下扬(9笔字)	奘
少找点借口(9笔字)	拽
落叶乔木变槁黄(9笔字)	枯
轻舟双帆鼓,孤燕掠桅梢(9笔字)	追
无情任西东(10笔字)	倩
各负担一半亏缺(10笔字)	损
一味地迁就纵容(10笔字)	桔
销尽秋装换冬装(10笔字)	消
三度领先终失利(10笔字)	秦
狱中虚度二十载(10笔字)	获
春衫半露体横陈(10笔字)	袒
会员交一元二分(10笔字)	贾
新婚别后杳无音(11笔字)	娄
东海隐明月(11笔字)	晦
翻飞穿行水浪潜(11笔字)	痕
谑而不虐皆成趣(11笔字)	谐
杳然一别如隔世(11笔字)	喋
而立之年意何猜(11笔字)	描
画竹,力争先得于胸(12笔字)	筋
只身在外讨生活(12笔字)	谢
如染此疾须忌口(13笔字)	嫉
依稀残月影,错落北斗星(13笔字)	溺
取前十位号码(13笔字)	聘
蓦地雨来荷叶闹(13笔字)	雷
几页书稿扔一边(13笔字)	颓

弃前嫌,同心合作来争先(14笔字)	歉
行行雁阵半空舞,点点倦鸟树梢栖(14笔字)	鄰
残茶冷灶衣裳少(15笔字)	樘
不可一日无主(15笔字)	璋

束洪波,1971年1月生,黑龙江大庆人。黑龙江省灯谜学会副秘书长,网络互动谜社社长。

杨建忠

建言献计任纵横(少笔字)	十
黄昏外出来求签(少笔字)	卜
寿终恰在日落时(少笔字)	寸
终生抱负有雄心(少笔字)	壬
双雁落平沙(5笔字)	丛
难中见义举(5笔字)	仪
男女搭配准行(5笔字)	可
一叶小舟,橹摇渔火一二点(5笔字)	必
飘似清风向西行(5笔字)	示
云遮远山月明净(6笔字)	旦
一直合力抓重点(6笔字)	协
厂内养狗讨人嫌(6笔字)	厌

夜深独坐清风里（6笔字）	夙
羊城夺冠共祝贺（6笔字）	庆
黄昏西海观晚潮（6笔字）	汐
失败之后应争先（6笔字）	负
爱心一点春长在（7笔字）	宋
凭栏半依共白头（7笔字）	秃
挖穷根，摘穷帽，一切靠合作（7笔字）	谷
不求贪财心则安（8笔字）	念
当君还归日（8笔字）	旺
困苦中，自始至终来相伴（8笔字）	杵
同心纵横驱东洋（9笔字）	洁
吕温侯杀上阵前（9笔字）	郝
点滴助人同奉献（10笔字）	炯
秋日煲汤香飘远（10笔字）	烫
陌头柔柳共垂杨（10笔字）	郴
抛却头颅为公理（10笔字）	颂
西轩画桥会东坡（11笔字）	鞍
钟声中断催着衣（11笔字）	铱
明辨是非见赤心（12笔字）	晴
四方同心扬帆影（15笔字）	蝠
全家同心争上游（多笔字）	濠

杨建忠，1950年2月生，浙江丽水人。丽水市民协灯谜专委会委员，莲都区职工谜协会员。

汪德亨

云笼远岫雁穿行(少笔字) 夫
彭泽初归相思断(5笔字) 汁
村妇携女踏春去(6笔字) 寻
归云拥树失远山(6笔字) 耒
画图已露春意来(7笔字) 困
娇羞未去拜小乔(7笔字) 妞
长安市上难寻觅(7笔字) 帐
倚枕坠泪春事消(7笔字) 沈
急去索鱼待渔樵(7笔字) 沐
几声又见栖鸦归(7笔字) 鸡
初值入夜圆残梦(8笔字) 佟
千里护嫂人不离(8笔字) 委
书为东野时逢春(8笔字) 杼
叠叠残化晚节香(8笔字) 枇
临流弃车轻相许(8笔字) 泾
辞家弃车会稼轩(8笔字) 秆
自有晚风传遥声(8笔字) 肴
初夜窗外,几见长桥如画(9笔字) 亮
入明街中冠盖多(9笔字) 封

廿载埋尸大散关（9笔字）　　屏
士已失志离上苑（9笔字）　　怨
尽说诗怀不可收（9笔字）　　恃
终日望夫独不归（9笔字）　　春
富春渡口钓钩横（9笔字）　　柯
只见秋千人不见（9笔字）　　炽
庭前风露先觉冷（9笔字）　　疯
终待春来无端艳（9笔字）　　绝
营前孤月照边陲（9笔字）　　荫
闻鸡练剑真奇事（10笔字）　　剞
方知移动是远山（10笔字）　　唉
桑妇迟归堂前立（10笔字）　　档
城头截取碧云根（10笔字）　　硢
蓟北狼烟又半起（10笔字）　　获
访旧半已成老头（10笔字）　　诸
榭外残月过别村（10笔字）　　躬
钓台半露石下矶（10笔字）　　铅
李杜同游高亭望（11笔字）　　埠
好碑石残夜半摸（11笔字）　　婢
前报关外降旗升（11笔字）　　掷
见梅欲放春方尽（11笔字）　　敏
错许奉先拜灯前（11笔字）　　烯
不因犬吠起狼烟（11笔字）　　烺
客祭黛玉散衣襟（11笔字）　　票
前程如梦山林隐（11笔字）　　秽
窗前批点小儿书（11笔字）　　窥

123

好竹连村人踏春(11笔字)	符
苍山半现曲水隐(11笔字)	菡
留得当时相赠袍(11笔字)	裆
此夕乘舟先入蜀(11笔字)	逻
西凉客来认前村(12笔字)	溧
南归楚女乘月行(12笔字)	婿
八女踏春随山行(12笔字)	嵝
随君西征首已霜(12笔字)	徨
睡前已觉漏声残(12笔字)	湄
百姓西渡日欲落(12笔字)	湣
残月水中变又无(12笔字)	湾
初笑越人夸矛好(12笔字)	筏
已让云长一着先(12笔字)	翔
入门罗衣带余香(12笔字)	裥
白头老夫戏金莲(12笔字)	跌
执矛放马休西牧(12笔字)	骜
半掀春帘始见光(13笔字)	愰
前见香炉遂心愿(13笔字)	愁
春雨晚来始得句(13笔字)	煦
珍珠前献必起用(13笔字)	瑟
上苑碑残入宋稀(13笔字)	碗
虽回下蔡恋北京(13笔字)	禀
至今心慕晚节香(13笔字)	稔
丞相撩草观蹄痕(13笔字)	蒸
客遇并州已一载(13笔字)	酬
近疑商女笛声传(14笔字)	嫡

124

夜半回舟饮半盅（14笔字）　　艋
长蛇必伏在初寒（14笔字）　　蜜
旦起移舟曲始闻（14笔字）　　遭
南宫少女锦缠头（14笔字）　　镂
雨停渔人相对语（14笔字）　　鲙
空山幽鸟鸣尊前（14笔字）　　鹉
杏刚半开出西墙（15笔字）　　樯
遥对流莺舟远去（15笔字）　　鹋
文到征人尽束装（15笔字）　　整
日下游鱼啄柳影（多笔字）　　橹
断送一生自要强（多笔字）　　犟
客到前村先一笑（多笔字）　　簌
惟见罗成一夕闲（多笔字）　　雁
一迷西山别无山（多笔字）　　醚
渔女唱晚汝知否（多笔字）　　鲳
南宫拜石残年夜（多笔字）　　磷
虽是残月散满衣（多笔字）　　襟
五羖大夫欲东游（多笔字）　　豀
濯足山间遥对月（多笔字）　　蹦
初雪而无衣可添（多笔字）　　襦
雁随残照归鞍晚（多笔字）　　鹦

汪德亨，1947年5月生，浙江温州人。温州市职工谜协会长。

沈志宏

谜面	谜底
六根清净无用心（少笔字）	丹
投寄芳心结绸抛（少笔字）	丹
叠山重影连天边（5笔字）	丝
六根清净入寺前（5笔字）	主
大散关下辞夫人（5笔字）	兰
明月一出浮云散（5笔字）	台
一弯眉月悬空中（5笔字）	瓜
蒙头转向落网中（5笔字）	用
高堂牵挂儿子心（6笔字）	她
侵吞土地立案中（6笔字）	曲
解困之中得宽心（6笔字）	杂
林前不要抛东西（6笔字）	芒
用心改制不盲目（6笔字）	宋
杯不落空陪高官（7笔字）	岖
离岗调动路不平（7笔字）	纶
茶中倾心约前来（7笔字）	花
佛前念经需虔心（7笔字）	豆
一生首先品为高（7笔字）	豆
同心结合善为先（7笔字）	

明月之下散闷心（7笔字）　　间
清光水月寄客心（7笔字）　　麦
岁岁移山见雄心（8笔字）　　佟
男女混合是非生（8笔字）　　坷
杏枝又飘残叶落（8笔字）　　林
离别东坡起身谢（8笔字）　　诗
素食之后巴减肥（8笔字）　　青
争先恐后去当头（9笔字）　　急
先后劝导杯不离（9笔字）　　树
开发东海捕鲜鱼（9笔字）　　洋
雪后江边隐前寺（9笔字）　　浔
沾上毒品灾临头（10笔字）　害
西湖桥头系客心（10笔字）　涤
急下关前幽山行（13笔字）　慈
清净流水悄无声（14笔字）　静
秋分之前换装备（15笔字）　穑

沈志宏，1948年生，浙江定海人。舟山市职工谜协常务副会长。

苏　颖

文中少一字（少笔字）　　义

谜面	谜底
没有夸大损失（少笔字）	亏
传艺只一半（少笔字）	亿
持刀在手乃出招（少笔字）	口
一头披肩发，土得真难看（少笔字）	丑
一星相伴空中月（少笔字）	丹
人侧立,将炮仗立好,抻出引线（少笔字）	仆
不及沟中水（少笔字）	勾
首帖我先来（少笔字）	币
此栋乃是木结构(5笔字)	东
柑桔运去吉林(5笔字)	甘
明日去垂钓(5笔字)	甩
以后人人要团结(6笔字)	众
派一人去外围(6笔字)	伟
下雪之时不见日(6笔字)	寻
新春伊始天下同贺(6笔字)	庆
提前到九点(6笔字)	执
再度看错三围(6笔字)	网
连连出错没用心(6笔字)	网
三星横映空中月(6笔字)	舟
白首依旧，真心不二(7笔字)	但
蹩眉观之,那方形隧道,从这头入口能望到那头出口(7笔字)	囧
不在五行中，却在八卦中(7笔字)	坎
座中走出飞将军(7笔字)	坐
先贤入土为安(7笔字)	坚
斜月三星一钩悬(7笔字)	寿
付出一直是真心(7笔字)	寿

风送普陀来(7笔字)

残月孤星柳丝斜(7笔字)

春风东北起(7笔字)

获释之后不认人(7笔字)

队形变化小(7笔字)

人不高兴需宽心(8笔字)

一方斜阳落草下(8笔字)

是非正是由口出(8笔字)

一定小心求合作(8笔字)

案中案(8笔字)

先平安夜后圣诞(8笔字)

扬手一去赴上海(8笔字)

争先抢后为厂献言(8笔字)

未发一言细琢磨(8笔字)

全为改革出尽力(8笔字)

没努力,需用心(9笔字)

东坡下车以手援(9笔字)

不用占星术,何人能断之(9笔字)

四方团结有奔头(9笔字)

获释之后又获刑(9笔字)

出营后,牵牛归(9笔字)

缺一半,补一半(9笔字)

进得门来断后路(9笔字)

落日枝头现新月(9笔字)

没心情见人(10笔字)

姚明前来盖帽(10笔字)

岚形杉译邻供哎坤奇始宝畅诡详金怒拭柯胃荆荜袄阁香倩宴

谜面	谜底
来世枕边共呢喃(10笔字)	谍
雨里风中去,驾舟赴江东(10笔字)	恐
一点列车到,三点车又行(10笔字)	烈
郁闷出门去,无心遭杀头(10笔字)	都
影后属虎(11笔字)	彪
如今有心露一手(11笔字)	捻
一人配备一手电(11笔字)	掩
为兄来祝寿(11笔字)	祷
两个频道(11笔字)	答
首先选择西安交大(12笔字)	奠
闻乡音,泪洒村前(12笔字)	湘
紧要关头来此处(12笔字)	紫
是非终有定(12笔字)	腓
弃孤子,以求占角(12笔字)	觚
今别贵州去(12笔字)	黑
莫使染尘埃(13笔字)	墓
分析之后可成立(13笔字)	新
独立分析,言为心声(13笔字)	新
将炉支在栅栏边(13笔字)	煸
同月同日出生(13笔字)	腥
五行向中藏(13笔字)	衙
赤膊上阵(13笔字)	舼
包头有雨(13笔字)	雹
二月相逢在汕尾(14笔字)	潮
虽两地分居,可来电联系(14笔字)	蝇
难中显真心,八方来相助(15笔字)	僵

眼前春色着笔端（15笔字）
三方携手共植树（多笔字）
天明回北京，三点抵达（多笔字）
海南居一日（多笔字）
画中莲叶缺半边（多笔字）

箱操澶璟曧

苏颖，1972年2月生，辽宁沈阳人。辽宁网络灯谜协会会长，春风谜社社长。

苏岩俊

客散黄昏掌灯后（少笔字）
始信远山云如盖（少笔字）
唏声亏负锁愁眉（少笔字）
莫要念却未归人（5笔字）
留连山水风景中（6笔字）
春节初七集市闹（6笔字）
飑出旌旗耀日明（6笔字）
笔端笑纳千金酬（7笔字）
月时不待十分圆（7笔字）
扁舟不系意为归（7笔字）
叔子独千载（8笔字）

于仁兮旦刘闫阴妖肘还伴

佳人难觅芳心易(8笔字)

十载归来方始圻(8笔字)

献点爱心为玉树(8笔字)

雁南飞,明月逐人归(8笔字)

天上广寒宫(8笔字)

淮西山遥吴天远(8笔字)

少卿之心终无汉(8笔字)

乱山深处过重阳(8笔字)

明月疏星云端隐(8笔字)

人间何处寻芳草(8笔字)

西装革履配衬衣(9笔字)

良人失约,二月清明尽飘雨(9笔字)

赏心亭下始相逢(9笔字)

桥畔对月空独倚(9笔字)

新亭四面山相向(9笔字)

轻舟点点下吴会(9笔字)

梅陇东行人独归(9笔字)

银河半落星相侵(10笔字)

草桥流萤已初秋(10笔字)

十载离乱亲始成(10笔字)

白头牵系心劳苦(10笔字)

结婚先要讨彩头(10笔字)

晚来清梦到郎边(10笔字)

北定中原千载间(11笔字)

不舍握别心悲切(11笔字)

星桥火树上元时(11笔字)

卦坤宝昃明治泖画育苛封星柯栅界送除浪烛竟索绥梆宿排烷

结尽同心断桥头（11笔字）	续
只在布衣中（11笔字）	衷
今夜梦中无觅处（12笔字）	棽
核泄漏后，日本变样（13笔字）	楂
万里桥西置宅上（13笔字）	楞
苏北别后，后会有期（13笔字）	蒯
今宵归梦姚江边（14笔字）	溇
楚折杨柳游子离（14笔字）	漩
星桥火树人随俗（14笔字）	熔
香妃终逝心无愧（多笔字）	魏

苏岩俊，1951年10月生，浙江温州人。温州市职工谜协副会长。

苏德友

天下之大，无奇不有（少笔字）	一
普天之下，莫非王土（少笔字）	一
真心不二专念伊（少笔字）	一
听其声依然夺冠（少笔字）	一
十室九空，形单影只（少笔字）	一
一点也不对（少笔字）	义
不在北京在南京（少笔字）	小

尖在上，不在下（少笔字）	小
西汉灭亡东汉兴（少笔字）	双
小车不倒一直推（5笔字）	东
直出浮云间（5笔字）	去
雪下师前立有时（5笔字）	归
澄江一道月分明（5笔字）	旦
古国休提一戈字（6笔字）	回
新月一钩天上星（6笔字）	庆
树上的鸟儿成双对（6笔字）	米
三十天夺得锦旗（6笔字）	阴
东方明珠在桥畔（7笔字）	宋
无言心许（7笔字）	忤
头球攻门（7笔字）	闰
疏林飞鸟稀（8笔字）	枭
鸟宿池边树（8笔字）	沭
先有苦来后有甜（8笔字）	苷
英国人说再见，中国人行个礼（9笔字）	拜
三人同日冬后生（9笔字）	春
合作成功，乡下变样（9笔字）	给
天低眉月挂枝头（9笔字）	香
鼻子长何处？（10笔字）	倍
言语不多心自明（10笔字）	悟
打靶十环（11笔字）	惠
半决赛（12笔字）	寒
不显山，却露水（12笔字）	湿
说话十分体贴（12笔字）	谢

亲自断后，不用旧招（13笔字）

苏德友，1947年生，河南卫辉人。宁夏灯谜学会会长。

邱茂文

酒干客散独念伊（少笔字）	一
占有江东可称王（少笔字）	一
有人自大，占地称王（少笔字）	一
白头纵遇应不识（少笔字）	三
翻翼翱翔各成双（少笔字）	习
有言在先忘不了（少笔字）	己
一贯用心收获大（少笔字）	丰
夜幕降临到贵州（少笔字）	今
带个马扎来看戏（少笔字）	戈
来日一定能成星（少笔字）	牛
卧看花上眉月升（少笔字）	牛
直到长大才变美（5笔字）	兰
直到进城后，才知是广州（5笔字）	兰
忧心如焚致白头（5笔字）	龙
横竖要到大连去（6笔字）	会
从前如何说相声（6笔字）	向

一遇客来会应酬（6笔字）	州
畅游上海沐春光（6笔字）	汤
朱颜绝色天下无（6笔字）	红
一去不见有人还（6笔字）	达
中州聚会听音乐（7笔字）	兑
反复打量似父子（7笔字）	孜
与我携手共读书（7笔字）	抒
重组解困见成果（7笔字）	杏
得人心者得天下（8笔字）	怂
拼将割吾爱，为君续前情（8笔字）	怪
无心虑及失先机（8笔字）	虎
入门之后当老板（9笔字）	品
公主头扎羊角辫（9笔字）	姜
大连少女就是美（9笔字）	姜
未到白头妻先去（9笔字）	妹
闺女出门年尚幼（9笔字）	娃
白头无计与书生（9笔字）	星
正月初五一定到（9笔字）	星
尾生抱柱大桥下（9笔字）	牵
日落星月出，克敌闻乐声（9笔字）	胜
旧习革除后，十载又恢复（10笔字）	翅
老大一到成上宾（11笔字）	宿
扣合主要靠形变（11笔字）	掴
重阳佳节人团聚（11笔字）	畦
一点一滴总如意（11笔字）	竟
花前遇南宫，联句脱口出（11笔字）	菊

同为华人当自珍(11笔字) 龚
遇到摄影赛,都要露一手(12笔字) 揩
二人结对压马路(12笔字) 替
失散十年方遇君(12笔字) 程
投资浦东建商店(12笔字) 铺
生女有所归(13笔字) 嫁
为政清正得民心(13笔字) 憨
职位变化心依然(15笔字) 聪
站在马路上,格外要留心(多笔字) 噫
为政施改革,神州变化大(多笔字) 整
傍晚赶到湖北省(多笔字) 酬
晚年回山东,山东面貌变(多笔字) 鳍
东北地区辽宁省(多笔字) 黠

邱茂文,1964年8月生,安徽六安人。江苏省职工谜协理事。

邹文功

几回改变劝酒声(少笔字) 九
上有横钩要小心(少笔字) 了
里面是除号,外面像方框,里外合起来,妈妈换新装(5笔字) 母
收获前,爷儿父子少休息(5笔字) 节

上了岗之后,一直都小心(6笔字)   刚
扶持一方,务必出力(6笔字)   各
离城之后,扬手告别(6笔字)   场
先有姓,后有名,一左一右就写成(6笔字)   如
一定要表白(6笔字)   百
出线后,记住别多言(6笔字)   纪
到了两点才得令(7笔字)   冷
用心作调整,冠军要力争(7笔字)   劳
看来口角少,其实常在闹(7笔字)   吵
追究之后把力添(7笔字)   穷
两人在一起,总是爱扯皮(8笔字)   彼
成交后,把手分(8笔字)   爸
几献爱心到北京(9笔字)   亮
出线后,方可打的前去(9笔字)   哟
目字不是上声(9笔字)   眉
辖区出了错,惹得心不安(10笔字)   匪
一次倒半瓶(10笔字)   瓷
日字四画对了头(11笔字)   曼
一错连三错,人还挺快活(11笔字)   爽
个个要保本(11笔字)   笨
支援西部见苦心(11笔字)   菩
一马当先,大有可为(11笔字)   骑
一鸣惊人有歌声(11笔字)   鸽
裙衣未干挂窗前(12笔字)   窘
出站后,有一里(12笔字)   童
清除浊水街边净(12笔字)   蛙

横竖筹点钱,来月好开店(12笔字)   铺
一到坡前,便依山而立(13笔字)   瑞
劳力外出后,一定要养猪(13笔字)   蒙
先补习,先下课(13笔字)   裸
泳装错位不大美(14笔字)   漾
失利之后先隐蔽(14笔字)   稳
成心少一点,转眼尝苦头(14笔字)   蔑
熬到头来有赚头(14笔字)   赘
昔日莫留恋,珍惜此晚年(14笔字)   暮
前面走的是和尚(15笔字)   趟
踩下去后感柔和(多笔字)   蹂

邹文功,1951年11月生,四川富顺人。

陆建堡

未来一定美好(少笔字)   人
采石矶畔闻鸡声(少笔字)   几
进入村中就绿化(少笔字)   又
一泓清水出远山(少笔字)   弓
湾前水清蝴蝶飞(少笔字)   弓
一定用心夺高产(少笔字)   丰

谜面	谜底
海角天涯风中行（少笔字）	亢
减员之前作调整（少笔字）	内
连日思君不见君（少笔字）	心
三只鸟儿一个窝，两只窝边转，一只飞进窝（少笔字）	心
明天不来听音乐（少笔字）	月
骗子对人行骗（5笔字）	仔
仙山无人入不得（5笔字）	出
两个笔架竖双层（5笔字）	出
一山主峰穿云端（5笔字）	击
另有改革传佳音（5笔字）	加
等腰相似三角形（5笔字）	去
一生执教育后人（5笔字）	帅
寄寓客家，寂寞寒窗前（5笔字）	穴
山间瀑布遮主峰（6笔字）	凼
先写了一点（6笔字）	字
此日登临曙色开（6笔字）	尧
依依垂柳绽新芽（6笔字）	州
异乡人生路曲折（6笔字）	级
带鱼味道美（6笔字）	羊
微风轻吹雨声响（6笔字）	羽
闻讯速来（6笔字）	迅
致富之后摘穷帽（7笔字）	男
村前眉月挂远山（7笔字）	私
西楼高台迎新月（7笔字）	私
送出关，不回来（7笔字）	还
客人一到置水酒（7笔字）	酉

东风吹拂柳条舞，雁阵纵横远山高（8笔字）	参
枝头新月小窗前（8笔字）	和
毕业之后改旧貌（8笔字）	坦
种田有奔头，团结鼓劲干（8笔字）	奋
离开南宁来上海（8笔字）	审
层云消尽峰叠嶂（8笔字）	屈
音乐声声友人来（8笔字）	朋
秋雨连绵侵横山（8笔字）	秉
一年四季清水流（8笔字）	青
清水流淌日出晴（8笔字）	青
佳人有约提前到（9笔字）	挂
森林被毁河断流（9笔字）	柯
海南别后到上海（9笔字）	坤
要当明星日日来（9笔字）	胜
萤火虫不见了（9笔字）	荧
钱字当头要不得（9笔字）	钚
独具匠心巧分扣（10笔字）	哲
听听音乐人欢快（10笔字）	悦
春临江边，雾中鸣笛（10笔字）	涤
远山天边月高挂，轻舟一叶逐浪行（11笔字）	悬
顺川行前面有码头（11笔字）	硕
一对枕头放床前（11笔字）	麻
清明节前后天气好（12笔字）	晴
明月当空伴春色，横山映影清水流（12笔字）	晴
月照湖中悬倒影（12笔字）	朝
一江清水映夜景（12笔字）	琼

举头红日近，回首白云低（13笔字）	嵩
枕边空，泪滴干，心上常思念（13笔字）	想
横山倒映清水湖（13笔字）	瑚
春雨植树又插秧（14笔字）	榛
三厂同改革，联合出新品（15笔字）	磊
明月当空照海南（多笔字）	璟
远山叠叠复斜径，梯田层层映平川（多笔字）	纑
枝头梨花参差放（多笔字）	橄
眼前春雨寒意来（多笔字）	霜

陆建堡，1942年5月生，海南文昌人。海口市灯谜协会副会长。

陈良庆

田间直去见平堤（少笔字）	一
恰似游鱼脱钓钩（少笔字）	刁
远山上空新月悬（少笔字）	么
直破云端揽新月（少笔字）	千
同里改革兴华夏（少笔字）	中
山道弯弯明月悬（少笔字）	之
盘山公路迎日出（少笔字）	之
三只蝴蝶绕堤飞（少笔字）	六

战后持枪听歌声（少笔字）	戈
周公一行晚上来（少笔字）	日
早上少云，午后多云（少笔字）	计
云中雁阵恰成双（5笔字）	丛
岭上多白云（5笔字）	出
苦心构筑画中游（5笔字）	击
城边树掩村（5笔字）	圣
对影山中掩孤星（5笔字）	玉
马路直达上海（5笔字）	申
误走江东日落时（5笔字）	讨
中国苦心求变革（6笔字）	华
君子离贵阳（6笔字）	巩
恰似斜雁过西楼（6笔字）	朱
瀑布岭头悬（6笔字）	汕
南京改革变化大（6笔字）	灯
一对斑鸠蹲树上（6笔字）	米
马孟起休走，赵子龙别动（7笔字）	劭
畅游上海春来早（7笔字）	杨
斜月双星照人间（8笔字）	炙
秋后异乡听钟声（8笔字）	终
染就一江秋色（8笔字）	钏
篱落疏疏一径深（8笔字）	非
旁人说起镇三山（9笔字）	信
独自来街心，单约闺中人（9笔字）	奎
宋元明清后（9笔字）	宣
太原城上笼残月（9笔字）	屏

杜绝是非多高兴(9笔字)	栎
春别广西到江西(9笔字)	洼
花前白石生(9笔字)	荠
仙山隐,残月罩重峦(10笔字)	倔
战士埋伏星桥下(10笔字)	宾
二人联手抓重点(10笔字)	拳
明日阴,有零星小雨(10笔字)	消
夜临山水间,独见马蹄痕(10笔字)	烈
希望争先夺高产(10笔字)	艳
西部开发献青春(10笔字)	郴
三点一定到西安(10笔字)	酒
孤岭重峦残月高(11笔字)	崛
携手向苍穹(11笔字)	控
泪别重庆心牵挂(13笔字)	愈
曲园乘舟波浪行(13笔字)	愈
婢女失踪在码头(14笔字)	碑
用心不正乱大明(14笔字)	膜
两点十分到山西(多笔字)	毯

陈良庆,1950年2月生,北京人。保定市灯谜学会副秘书长。

陈征文

谜面	谜底
天下大势去也（少笔字）	一
一望月明肝胆在（少笔字）	干
提起从前泪点滴（少笔字）	火
两人同去一人归（5笔字）	丙
泪珠双落丹书重（5笔字）	册
归心长在空对月（5笔字）	册
窗前残灯静悄悄（5笔字）	宁
走出岷山为百姓（5笔字）	民
海边早上看日出（5笔字）	汁
开头结尾，一直贯穿（5笔字）	申
人生有聚必有一散（6笔字）	件
开放之后人貌变（6笔字）	仿
离土在外子要归（6笔字）	存
宾客一来会应酬（6笔字）	州
日无音信言难托（7笔字）	位
告别昨天做新人（7笔字）	作
昨暮同为人（7笔字）	作
齐人有一妻一妾（7笔字）	佞
湖中倒映雁南归（7笔字）	呆

谜面	谜底
画桥流水清风里(7笔字)	沉
失足之后重新做人(8笔字)	侣
下雪翻过二座山(8笔字)	帚
中国改革人人参加(8笔字)	往
山上山下一片绿(8笔字)	绌
断肠芳草远(8笔字)	肪
三十载后方相逢(8笔字)	苦
山南山北草初齐(8笔字)	茁
此日一别半载归(9笔字)	哉
片片残花零乱叶(9笔字)	哗
春雨断桥人迹稀(9笔字)	奏
绵绵春雨压天低(9笔字)	奏
曲中求直,翻出新意(9笔字)	带
昨日分别心牵挂(9笔字)	怎
一旦变心成永远(9笔字)	恒
真心待人日相见(9笔字)	春
湖光水月接断桥(9笔字)	枯
生有一子号青莲(9笔字)	柏
百竿高节上云齐(9笔字)	皇
待到团圆是几时(9笔字)	胖
花枝前头人独眠(9笔字)	茶
草桥相会,十八相送(9笔字)	荣
悔不用心早读书(9笔字)	诲
雁行千里带残阳(9笔字)	香
千里人归空白头(9笔字)	香
友分南北自居中(10笔字)	夏

高空雁阵南方来（10笔字）	容
人怀其母记前情（10笔字）	悔
依然故我心生变（10笔字）	悟
归人十载离乱后（10笔字）	栝
霁后柳梢别有天（10笔字）	桥
汉水长桥山倒映（10笔字）	浸
方见江头月照低（10笔字）	涓
近水亭间先见月（10笔字）	涓
西湖月初吐（10笔字）	涓
山河半壁今安在（10笔字）	浲
音信断后二十载（10笔字）	莅
千里挑一，百里挑一，还要一比（11笔字）	偕
日从海西没（11笔字）	晦
将心探后见深情（11笔字）	清
西岭古柏似已枯落（11笔字）	皑
残红半坠清泉水（11笔字）	绪
绝色无双又重来（11笔字）	缀
安乱之后可一统（12笔字）	婷
山横水长春归来（12笔字）	棣
推窗恰见水边月（12笔字）	渭
仙山高处雁迹稀（13笔字）	催
情发一心泪先流（13笔字）	睛
竹影临门明月光（13笔字）	简
西楼一曲明月沉（15笔字）	槽
桃腮半露春带雨（15笔字）	潸
清明前后桃李先（15笔字）	潜

梦后空留西江月(15笔字) 凊
廿四点到达北方(多笔字) 燕
独来东北寻旧梦(多笔字) 薨
休教人去空瞻望(多笔字) 檐
断桥残雪看不足(多笔字) 霜

陈征文,1947年10月生,浙江温州人。温州市职工谜协副会长。

陈昌年

横跨水中央(少笔字) 丁
一钩新月是相知(少笔字) 又
白头经过落红处(少笔字) 夂
即位之初,大赦天下(少笔字) 千
鹰钩鼻伴柳眉生(少笔字) 小
一夏没有到大厦(少笔字) 厦
吴门别后无须问(少笔字) 天
疏林一入便休闲(5笔字) 们
开口一定要小心(5笔字) 可
毕业之后又重逢(5笔字) 圣
日落之时树遮村(5笔字) 对
云断半弦新月来(5笔字) 弘

谜面	谜底
油水莫留须尽倒(5笔字)	甲
天边新月挂琼钩(5笔字)	矢
半钩新月挂西楼(5笔字)	禾
归云拥足下(6笔字)	会
日出之时雪初销(6笔字)	寻
岂让己名扬四方(6笔字)	岁
凤栖枝头几欲飞(6笔字)	权
汉奸改装尽奴相(6笔字)	汗
夕至名门为哪般(6笔字)	问
车队相连不见人(6笔字)	阵
昨日一封信,打开却无言(7笔字)	作
如今红颜不复存(7笔字)	吟
二人一起会吴王(7笔字)	呈
前场接应,左路下底(7笔字)	址
岸上一行飞鸟落(7笔字)	岛
雾中唯见桥头露(7笔字)	条
天外一钩残月,带三星(7笔字)	沃
花开之后入园中(7笔字)	芜
花前独立无人会(7笔字)	芸
闭门谢绝贿赂金(7笔字)	财
金乌晚坠孤星现(8笔字)	兔
儿女相逢认兄妹(8笔字)	味
华夏领土须一统(8笔字)	坤
爱心献给下一代(8笔字)	学
要离西安到上海(8笔字)	审
江头残月映,花下一人藏(8笔字)	泥

窗前唯有江水流（8笔字）
星月相隔不盈尺（8笔字）
阵前掩旗又重举（8笔字）
孩子走后方归来（9笔字）
不要言诗惹是非（9笔字）
志在四方士远行（9笔字）
明月一出逐鬼魅（9笔字）
夕阳余辉映雁阵（9笔字）
花前柳边相依偎（9笔字）
四方人至川中游（9笔字）
长亭一别泪水洒（9笔字）
炮火之下，撒腿撤退（9笔字）
麋鹿一走去不还（9笔字）
兄妹别后二人逢（10笔字）
采摘几朵送佳人（10笔字）
归前抱琴今何在（10笔字）
碑前犹存东坡作（10笔字）
封盘之后继续比（10笔字）
进门兄弟始相逢（10笔字）
阶前角上露鼠头（10笔字）
黄昏方全水结冰（11笔字）
双方相逢在花前（11笔字）
梦断一夕佳人来（11笔字）
凤帏寂寞无人伴（11笔字）
暮色降临柳枝头（11笔字）
凉争冰雪甜争蜜（11笔字）

空
肩
轰
咳
封
思
昧
是
栉
界
盼
胞
迷
娱
桂
班
破
舭
阅
陷
减
喏
婪
婵
梦
钰

室内唯有小东西(11笔字)	窒
嫩箨香苞初出林(11笔字)	笙
花下隐隐藏翠羽(11笔字)	萃
解闷散心剔火焰(11笔字)	阎
长安优人已凋零(12笔字)	就
撕掉两边开口吹(12笔字)	欺
明本清初存古迹(12笔字)	湖
街心浊水不复在(12笔字)	蛙
针抛丛里浑难辨(12笔字)	锉
厂价削后售方尽(12笔字)	雁
销售之后送到户(12笔字)	雇
厂被兼并后上市(13笔字)	廉
白浪三尺须停泊(13笔字)	粮
申城星隐雨连绵(14笔字)	漏
子在盘中巧变化(14笔字)	艋
黄家前后植桃李(15笔字)	蕨
亭前相偎依,日入至三更(15笔字)	醇
皇上出游洒雨露(多笔字)	璐

陈昌年,1964年1月生,江苏如东人。如东灯谜研究会会长,南通群艺谜社副社长。

陈振凡

无双春夜盼郎归(少笔字)	一
初谋合纵计终成(少笔字)	一
琢玉无瑕巧夺工(少笔字)	一
少林梦断暮溪声(少笔字)	夕
用心不一误半生(少笔字)	计
涛声乱海韵,小窗含远山(5笔字)	台
斜风吹雨洗诸尘(5笔字)	布
无人作伴更宁静(5笔字)	平
展翅向高天,横竖要小心(6笔字)	丞
塘前垂钓逗双鱼(6笔字)	尘
心苦头尽白(6笔字)	早
染就春水看早晖(6笔字)	旭
枫林桥畔,柳村槐谢,梅枝初绽(6笔字)	杂
溪声犹带夜来雨(6笔字)	汐
带鱼不多(6笔字)	羊
目前白头犹念字(6笔字)	自
一弯新月,三间平房(6笔字)	血
中学立高志,誓夺凤冠归(7笔字)	壳
垂藤亭前压树低(7笔字)	床

独倚小楼看雨斜(7笔字) 彤
闲随舞鹤忘归门(7笔字) 杨
疏影横斜迎春到(7笔字) 每
边城秋日犹飘香(7笔字) 灶
话到嘴边留三分(7笔字) 皂
空山垂钓初经雨(7笔字) 纯
闺楼宜半掩,无事且听弦(7笔字) 闲
琼瑶不见心添惊(8笔字) 京
几回斜雁雨中飞(8笔字) 佩
以小犯上亡西汉(8笔字) 叔
双峰叠映浮屠端(8笔字) 屈
蜀犬怪而吠之,吴牛怖而喘之(8笔字) 明
晴空一色排云上(8笔字) 昙
枝头出墙冷初生(8笔字) 枣
半掩溪云半掩月(8笔字) 泓
移山造田写意图(8笔字) 画
画中三帆鼓东风(8笔字) 甾
窗高堪窥朦胧月(8笔字) 穹
古风撇弃闻师道(8笔字) 虱
未锁拉链截一段(8笔字) 非
始得旧笔画空竹(9笔字) 律
暮鼓声声共哭声(9笔字) 枯
黄昏无酒辞上客(9笔字) 洛
古画上端染泪痕(9笔字) 津
衰桃一树傍涧前(9笔字) 洮
湘中寻根共举樽(9笔字) 酋

153

秋寒日暮闻乡音(9笔字) 　　　　　　　　　　　香
九重门锁锢嫔妃(10笔字) 　　　　　　　　　　娴
蹙眉翘胡伤客心(10笔字) 　　　　　　　　　　容
晋阳已陷权旁落(10笔字) 　　　　　　　　　　桠
一夜能走红,与众皆不同。晏同叔扬名,书声贯耳中(10笔字) 殊
陕西琴韵(10笔字) 　　　　　　　　　　　　　秦
早春香雨惹禽鸣(10笔字) 　　　　　　　　　　秦
蓟北狼烟犹半带(10笔字) 　　　　　　　　　　荻
离间计大同小异(10笔字) 　　　　　　　　　　读
计生合同书(10笔字) 　　　　　　　　　　　　调
墙头酒望拂梨花(10笔字) 　　　　　　　　　　都
秋荷团团叶(10笔字) 　　　　　　　　　　　　钿
三峰缭绕隐古居(11笔字) 　　　　　　　　　　崛
灵运评说自家才(11笔字) 　　　　　　　　　　斜
语堂连夜考红楼(11笔字) 　　　　　　　　　　梦
西湖梧桐禁漏残(11笔字) 　　　　　　　　　　淋
犹如先主有卧龙(11笔字) 　　　　　　　　　　渔
疏烟远树织客心(11笔字) 　　　　　　　　　　烽
山高夜澜秋来早(11笔字) 　　　　　　　　　　秽
竹放新姿移旧根(11笔字) 　　　　　　　　　　笛
人倦却掩残经坐(11笔字) 　　　　　　　　　　绻
金声玉韵咏黄花(11笔字) 　　　　　　　　　　菊
洞庭水月掩帆影(11笔字) 　　　　　　　　　　蛄
红颜泛舟暗香动(11笔字) 　　　　　　　　　　透
岸上垂柳透曙光(12笔字) 　　　　　　　　　　嵴
草桥残柳伴孤峰(12笔字) 　　　　　　　　　　嵘

浪涌孤舟一二点,鸥栖双桅三两行(12笔字)   悲

楼前梨花映半帘(12笔字)   棉

湖光水月古花梢(12笔字)   楛

渔樵初到先放眼(12笔字)   湘

闻乡音泪洒枕头(12笔字)   湘

西湖冰轮映楼桥(12笔字)   滑

栅栏高,画桥低,残帘掩东溪(12笔字)   滞

枝头双星残月影(12笔字)   粥

庭外墙头粉痕残(12笔字,异体)   粧

阳光变幻弄晴阴(12笔字)   腈

哀哉只因招吕布(12笔字)   裁

画轩半现群鸥影(12笔字)   韜

点点寒光照边域(13笔字)   塞

春临南宫画梅枝(13笔字)   楼

半销宿酒枕山峪(13笔字)   溶

阆中经雨苔初生(13笔字)   蒗

书卷半开得谋略(13笔字)   誊

香雨残花颜半展(13笔字)   颖

南巷花窗蹄痕低(14笔字)   熙

停车公路听猿鸣(14笔字)   辕

月上西泠桥边树(15笔字)   潀

枕头繁灯火掩映(多笔字)   橙

残照楼前谁复言(多笔字)   樵

吊脚楼前听音乐(多笔字)   龠

寒秋又念古旧心(多笔字,繁体)   穫

孤月高悬轩窗上,双星低垂翠楼前(多笔字)   翻

花前点点侵肤露(多笔字)　　　　　　　　　　　　　藤

陈振凡,1939年2月生,浙江苍南人。虎友谜社名誉社长。

陈清泉

一直没有到池东(少笔字)　　　　　　　　　　　　　乜
吕布左右被骂出(少笔字)　　　　　　　　　　　　　马
带头转变九十度(少笔字)　　　　　　　　　　　　　丰
眼镜蛇直立(少笔字)　　　　　　　　　　　　　　　巴
义务劳动扛扁担(少笔字)　　　　　　　　　　　　　文
一剑横扫,卿子冠军身首分离(少笔字)　　　　　　　文
母心两滴血,如同用刀割(少笔字)　　　　　　　　　毋
谋去西南又及陇(5笔字)　　　　　　　　　　　　　甘
庙后旗杆乃悟空尾巴所变(5笔字)　　　　　　　　　电
昂首不见归来人(6笔字)　　　　　　　　　　　　　仰
一直戒掉了(6笔字)　　　　　　　　　　　　　　　戎
君住江之头(7笔字)　　　　　　　　　　　　　　　汪
送走云长便上车(7笔字)　　　　　　　　　　　　　连
水中行走了三回(8笔字)　　　　　　　　　　　　　承
先去陕西,后到陇西(8笔字)　　　　　　　　　　　郏
目标为三处:正北方、西南方、东南方(9笔字)　　　品

双方相处不分离(9笔字) 昝
来人直立且傲然(10笔字) 敖
王双中刀血点滴(10笔字) 班
西北破格使用南方人(10笔字) 贾
中国又添一金(10笔字) 钰
甘宁断后,黄盖先行(11笔字) 寅
淮水流至北山处(11笔字) 崔
差点成为注水猪(11笔字) 涿
浊水干处驼马行(11笔字) 蛇
还是不去仍录取(11笔字) 逯
诸位不要站着(12笔字) 储
今上召见王双(12笔字) 琴
君之未来不孤单(13笔字) 群

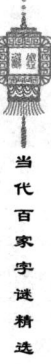

陈清泉,1949年5月生,甘肃天水人。天水市灯谜学会顾问组组长,西北谜友联谊会理事。

陈绪雄

白头惟有赤心存(少笔字) 厂
先声夺人显官样(5笔字) 仕
各位属下,且把公务放下(5笔字) 只

摆摊推销土特产(5笔字)　　　　　　　　圣
女子怀孕产两子(5笔字)　　　　　　　　奶
点珠成金(6笔字)　　　　　　　　　　　全
双方合作需包容(6笔字)　　　　　　　　回
危急关头先集合(6笔字)　　　　　　　　多
一吃苦头即翻身(6笔字)　　　　　　　　早
冰雪融化成何物(6笔字)　　　　　　　　池
翻了一番(6笔字)　　　　　　　　　　　羽
家中着火猪走失(7笔字)　　　　　　　　灾
有进化就不落后(7笔字)　　　　　　　　花
空中飞人腾四方(7笔字)　　　　　　　　谷
送出关后不回返(7笔字)　　　　　　　　还
抚心自问咱离开(7笔字)　　　　　　　　闷
向前一扣(8笔字)　　　　　　　　　　　拍
同心改革展前景(8笔字)　　　　　　　　昌
实在是变味了(8笔字)　　　　　　　　　果
发烧之后戒吵嘴(8笔字)　　　　　　　　炒
苦心耗尽显孝心(8笔字)　　　　　　　　若
煞住苗头才安心(9笔字)　　　　　　　　思
心口如一做在先(9笔字)　　　　　　　　恬
空山横架铁索桥(10笔字)　　　　　　　 匪
格格不入不成器(10笔字)　　　　　　　 哭
一起承担接着干(10笔字)　　　　　　　 捍
一夜间,残花一再掉(10笔字)　　　　　　毙
狱中缄口吃苦头(10笔字)　　　　　　　 获
一路失足多半贪(10笔字)　　　　　　　 赂

158

醉后丢下我一人(10笔字)　　　　　配
分田后就合作化(11笔字)　　　　　啥
立即反扣(11笔字)　　　　　　　　堵
是是非非要明说(11笔字)　　　　　崛
山到尽头还连山(11笔字)　　　　　彬
植树节后风雨斜(11笔字)　　　　　斛
分则打斗,合则成器(11笔字)　　　　眼
得银丢金泪水流(11笔字)　　　　　菌
和解合作二十载(11笔字)　　　　　善
未到关头要守口(12笔字)　　　　　揖
能听能说能捉摸(12笔字)　　　　　揩
比拼落后一百分(12笔字)　　　　　棒
三人用心守桥头(12笔字)　　　　　慎
真的后悔莫及(13笔字)　　　　　　滩
汉淮水一处流(13笔字)　　　　　　痴
口疾并发症(13笔字)　　　　　　　墙
平反之后回西城(14笔字)　　　　　嚣
双方进球,对方夺冠(多笔字)　　　　噩
王霸四方恶声传(多笔字)　　　　　噪
三方合作解困境(多笔字)　　　　　翼
连日同复习,共为展翅飞(多笔字)　　鳗
稍离山东,转眼又回(多笔字)

陈绪雄,1943年11月生,广东汕头人。

陈道平

谜面	谜底
村前正要见子美（少笔字）	一
依靠工人保安全（少笔字）	一
削尖脑袋丢了人（少笔字）	一
十分了得鼓上蚤（少笔字）	日
来到台北变了天（6笔字）	会
大人在上弄不开（6笔字）	全
高架桥隐虎头纹（6笔字）	再
衣架挂衣少一点（6笔字）	农
园中改革一无成（6笔字）	西
乱笔重书现胜景（7笔字）	克
今时旧时不一样（7笔字）	坎
读书还须我出手（7笔字）	抒
对日必须打出手（7笔字）	町
古梅林卜了凡心（8笔字）	咒
大口一开五百张（8笔字）	图
拱手别来见老广（8笔字）	庙
西湖相会践前约（8笔字）	浅
连日争先夺桂冠（8笔字）	鱼
开战之后又和谈（9笔字）	诚

有车开进河北省(9笔字)	轲
请放宽心到成都(10笔字)	容
同用此计去访查(10笔字)	调
全部调动来作伴(10笔字)	陪
帅府千金呼豆豆(11笔字)	婃
小心落入空言中(11笔字)	惊
刚出娘胎闻惊声(11笔字)	旌
说来双方都受损(11笔字)	谔
陌上一别又逢君(11笔字)	隉
身陷狱中折高寿(12笔字)	谢
身陷丐帮见落花(12笔字)	谢
眼看老陆已西去(13笔字)	睦
言辞尽了成莫逆(13笔字)	跤
一面旗飘古图中(13笔字)	鄙
六桥高架隔津门(14笔字)	滴
细看口中正含枚(多笔字)	整
新官上任脱困境(多笔字)	桑
十载同心别又难(多笔字)	雕

陈道平,1940年9月生,广西北流人。曾任广西百色右江谜社社长。

陈锦麟

谜面	谜目	谜底
文心端正重音义（少笔字）		一
昔日挂念已消逝（少笔字）		一
铁路修到远山边（少笔字）		云
弯钩垂钓一竿斜（少笔字）		孔
残月孤星路萦回（少笔字）		乏
点滴贡献出成果（6笔字）		买
归帆先从天边来（6笔字）		师
独上西楼新月悬（6笔字）		朱
深山空见马帮来（6笔字）		缶
一点匠心道可传（7笔字）		诉
六十一载皆艰苦（7笔字）		辛
酒水未沾已先醉（7笔字）		酉
点滴积累为前程（8笔字）		和
为夫用心也专一（8笔字）		奉
到厂上岗要实干（8笔字）		岸
腊初又沿西南行（8笔字）		股
一直上到广寒宫（8笔字）		肯
钱财全靠点滴积（8笔字）		金
八卦山边旗帜扬（8笔字）		限

谜面	谜底
空山幽兰一一开(9笔字)	兹
远树小船天尽头(9笔字)	契
为人点滴好争先(9笔字)	姿
一枝梅影正横窗(9笔字)	娃
半空新月三两星(9笔字)	差
山西一行变化现(9笔字)	显
名为先生半生狂(9笔字)	狮
四围山色掩亭台(9笔字)	界
登高定能笑到后(9笔字)	癸
片片残花有暗香(9笔字)	秕
昨夜月同行(9笔字)	胙
虽已七十有劲头(9笔字)	轻
须经改革成通畅(9笔字)	顺
远山垄亩近天南(10笔字)	奋
连山上碧空(10笔字)	础
春夜新月照楼头(10笔字)	秦
草生图圄静(10笔字)	获
相遇黄昏日落时(10笔字)	酎
峰前月上杜鹃鸣(11笔字)	崩
但求寸进要向前(11笔字)	得
向外三尺是南天(12笔字)	奥
献点爱心有后福(12笔字)	富
享受新文化(12笔字)	敦
楼东离别泪痕斑(12笔字)	湘
骏马飞驰过东坡(12笔字)	皱
造化之时序属秋(12笔字)	错

江东日暮云(13笔字)	漠
六朝一显千古乱(13笔字)	辞
三更三点孤客至(13笔字)	酬
马如脱兔走四方(13笔字)	骝
昨夜窗前半枝残(14笔字)	榨
日暮荒村西(14笔字)	模
浊浪排空清水现(14笔字)	蜻
家居一方气魄大(14笔字)	豪
为非一生误此方(15笔字)	靠
中有一乃负心人(多笔字)	懒

陈锦麟,1944年2月生,广东广州人。广州市灯谜学会副会长。

周　昕

厢外亭后听声传(少笔字)	厅
其声隐现内心窘(少笔字)	尹
八拜之交一结义,斋前闻唤齐前来(少笔字)	文
思念使吾词语尽(5笔字)	司
掌权之后先守法(5笔字)	汉
念君挥手去,劳心十七载(6笔字)	军
出错就下岗,误区须转变(6笔字)	网

谜面	谜底
分食于前，断袖在后（7笔字）	初
先后贪名生淫念（7笔字）	吟
调解员声音发窘（7笔字）	囧
板块先后断裂，边境反而加长（7笔字）	坂
半解纽扣羞摇头（7笔字）	扭
吴头楚尾，踏破芒鞋底（7笔字）	足
伏龙宠辱守节操（7笔字）	辰
儿将远行到台北（7笔字）	运
声吐前冤逃逸后（8笔字）	兔
有志功名逐半生（8笔字）	劼
初放华灯展新姿（8笔字）	卖
先进称号始吃香（8笔字）	和
喜忧参半生疑云（8笔字）	怡
正式开工吾所念（8笔字）	武
尽欢之后心无恨（8笔字）	艰
埋没骸骨于陇西（8笔字）	郊
一叉平放，一钩低垂，四鱼游至，逮之而去（8笔字）	隶
鹤般风度（8笔字）	飐
搭成人梯爬高楼（9笔字）	俎
举一反三，一举拿下终凯旋（9笔字）	段
有心摆阔始添乱（9笔字）	活
报捷号声绕半空（9笔字）	结
来日会晤话先讲（9笔字）	语
马上乔装吐娇声（9笔字）	骄
当初亲密终非真（10笔字）	宰
筘声豪放一口吹（10笔字）	家

半生宠辱缘称臣(10笔字) 宸

闻盏启唇宽心怀(10笔字) 展

切莫慕而逐洪流(10笔字) 恭

见文而可知哀声(10笔字) 斋

雾中楼台半隐现(10笔字) 格

每遭淘汰始后悔(10笔字) 海

脱巾挂石壁(10笔字) 砸

始较真,终作戏(10笔字) 载

预先放在火上炖(10笔字) 顿

半生独劳累,回首犹苦思(11笔字) 猫

分地条约终废弃(11笔字) 绫

附言赘述多了点(11笔字) 谜

高官名利终丰收(12笔字) 割

羊左之交名终传(12笔字) 嗟

百分之三为同类(12笔字) 奥

案中悬疑先后解(12笔字) 婿

画帘半卷台上飘(12笔字) 幅

海峡两边血相融(12笔字) 湍

意境初现一念同(12笔字) 童

来日地位他不顾(12笔字) 童

半生独恋犹念瞒(12笔字) 蛮

村后捕获鹆声传(13笔字) 搏

清晨前后离村头(13笔字) 潯

泪盈目,唇半启,终守约(13笔字) 潯

欲念如炽竟前来(13笔字) 煜

东流赴海无回波(14笔字) 毓

166

严字当头来整治（14笔字）	粽
先去勉励劝细心（15笔字）	飑
疏林一人影错落（15笔字）	樊
待到大白真皓首（15笔字）	皞
船破始遭水吞没（15笔字）	磐
出世之后食蟠桃（15笔字）	蝶
先避浊世始得权（15笔字）	蝶
是是非非一念中（15笔字）	鞋
各项工作先完成（15笔字）	额
半生只守酒杯间（多笔字）	樽
终厌炙热欠执着（多笔字）	燃
驾日曦和传声兮（多笔字）	羲
查明以后去禀告（多笔字）	檀
绝色艳容终成名（多笔字）	豁
半生沽名靠让权（多笔字）	瀣

周昕，1971年2月生，上海人。网络华灯谜社理事，济南谜协成员。

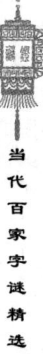

孟凡祥

人一离去两头空（少笔字）	内

167

落难之后人相助(少笔字)	仅
人一坠落致锁枷(5笔字)	丙
直教目中无偏私,丢失脑袋心不怯(5笔字)	去
勿为权首,终受其咎(5笔字)	叹
千里人跃进,向前夺头标(5笔字)	禾
轻舟短棹穿浪行(5笔字)	必
一直工作在前头(6笔字)	亚
晴空一色排云低(6笔字)	亘
有口才连升两级(6笔字)	囝
斜风之中月低悬(6笔字)	有
中国腾飞,大有作为(6笔字)	因
言而有信出君口(6笔字)	伊
人生要靠前半生(6笔字)	件
心也不能为之哀(6笔字)	衣
奉献一生无偏私(6笔字)	牟
一出口直截了当(6笔字)	阳
一直上进缺点少(7笔字)	步
一生无求品为高,奉献一生得善终(7笔字)	告
天上眉月映孤星,桥上依稀见远山(7笔字)	宏
半生操劳得善终(8笔字)	拐
松柏后凋终化泥(8笔字)	枇
芳心变,佳人离去(8笔字)	卦
一生本分为人正,杜绝是非有建树(8笔字)	林
外戚除尽权旁落(8笔字)	叔
点滴奉献全投入(8笔字)	全
日落地平线,又见眉月影(8笔字)	复

星星依旧伴眉月(8笔字)	怕
岁首知己几相逢(8笔字)	凯
失去金钱权又空(9笔字)	栈
点滴奉献,开拓前进(9笔字)	拼
月移窗前郎终来(9笔字)	哪
靠山倾倒业成虚(9笔字)	虐
以德为先图报国,埋头付出到白头(9笔字)	待
善始善终心得安(9笔字)	总
架空晃盖成泊头(9笔字)	洮
眉月如钩参北斗(9笔字)	洮
献点爱心心无怨(9笔字)	宛
悔之晚何若谨于前(9笔字)	诲
为佞不仁终招祸(10笔字)	娲
雾中行舫动,唯见远树来(10笔字)	逢
断霞半空雁斜飞(11笔字)	假
何当白首争天下(11笔字)	徛
小皇帝大权在握(12笔字)	椒
来日枝头现春色(12笔字)	椟
天天向上品为高(12笔字)	智
背离方向终成错,放胆改革始有获(12笔字)	腊
谅解后不计前嫌(12笔字)	谦
一泉清水残月影(12笔字)	粥
放手开拓一时新(13笔字)	碍
窗前乍见柳初生(13笔字)	榨
锋芒初敛迹也隐(13笔字)	蓬
岁首离淮安,汕头住一宿(14笔字)	潅

艺高人有胆(14笔字) 膜

吕布被扣,杀之没错(多笔字) 操

孟凡祥,1968年9月生,安徽霍邱人。六安市灯谜学会副会长。

昌庆锋

宁知心有忆(少笔字) 乙

一日恰逢兄台来(少笔字) 比

见水污浊把手摇(6笔字) 军

名君如日至天明(6笔字) 尧

等到三回才见面(6笔字) 而

贫中顾惜衣(7笔字) 初

强携刀笔换荷衣(7笔字) 初

一直在动,为争夺一个棋眼(7笔字) 劫

四目相交巧开口(7笔字) 圆

林海之内梅花开(7笔字) 沐

宅前云水满(7笔字) 沪

靠梯欲捉枝头鸟(7笔字) 甫

胡杨一生离枯远(7笔字) 肠

恰好街中无行人(8笔字) 佳

落叶穿破屋(8笔字) 居

双燕归来细雨中（8笔字）	炎
各自得钱却叫穷（8笔字）	贫
有人喊扒手，没有一人不上前（9笔字）	俞
念及聚首时，音容犹在耳（9笔字）	茸
委身于人到日本（10笔字）	倭
别离叮咛念相见（10笔字）	宽
秋晓半寻香自开（10笔字）	烧
将大变小计安出（10笔字）	读
西湖半醉黄昏雨（10笔字）	酒
发现万有引力真牛（10笔字）	顿
吕雉半作无知状（11笔字）	唯
出山之前半隐居（11笔字）	崛
抵消后大小相等（11笔字）	捺
河汉纵且横，北斗横复直（11笔字）	渊
新绿苞初解（11笔字）	笙
竹摇清影罩幽窗（11笔字）	笸
欲送罗成关已闭（11笔字）	逻
秦邦宪已然作古（12笔字）	博
西北角鼓声起，乃吕布也（12笔字）	喆
人一向类聚，分合之时，不易解也（12笔字）	奥
岂容日侵中原土（12笔字）	暑
引弓正值雪花飞（12笔字）	粥
今云长虽犯法，不忍违却前盟（13笔字，异体）	搧
雨时得闲日，老农吹一曲（13笔字）	澪
七星桥畔扁舟过（13笔字）	梁
花钱节约献爱心（13笔字）	鉴

蚯蚓两露盒半开，钓钩三垂鱼四散（13笔字）	鼠
木石有缘共一世（14笔字）	碟
除夕岁尽正三十（14笔字）	端
存盘在先免复制（14笔字）	艋
虽是分开仍中箭（14笔字）	蜘
下午一点集中同往（14笔字）	蜩
会合之后共离家（14笔字）	豪
成都草堂上银幕（多笔字）	牖
文章合有老波澜（多笔字）	斓
廿载北方献余热（多笔字）	燕
一念立使心头暖（多笔字）	蕙
台下丰采令动容（多笔字）	豁

昌庆锋，1968年4月生，安徽巢湖人。巢湖市职工灯谜协会秘书长。

林建兴

医道至高独为奇（少笔字）	一
心欲成器，先被厌弃，自发其臭，后来入狱（少笔字）	犬
当初曾是高官，后来一毛不值（6笔字）	宅
财色当头总失败（6笔字）	负

曾是高官后被揪,祸事来了众曰栽(7笔字)	灾
厅前占位,带头受贿,判决之后,便显污秽(8笔字)	厕
踞众之上,带头为贪,作恶到底,闻之耸然(8笔字)	怂
企图先占,踞众之上,耸人听闻,留作后患(8笔字)	怂
先要抓权,后要文凭(8笔字)	枫
晚节不保,前功尽弃,叹又何用(8笔字)	茄
频闻此声腔,如见贪模样,分明显贵后,还是穷酸相(8笔字)	贫
看似官模样,听似为公腔,富足虽居首,还是绝种相(9笔字)	宫
声腔如虎,每欲居上,早日铲除,到头活该(9笔字)	浒
垮台之前居首位,判决之后死临头(10笔字)	倒
依靠后台,取得官帽,居心顶毒,骇人听闻(10笔字)	害
功利到头有何用,抓去之后叹又空(10笔字)	捌
奸官除后正气升(10笔字)	氨
丧失晚节,劣质居首,后被清除,众皆曰杀(10笔字)	莎
以权谋利又外逃(11笔字)	梨
此崽思逃,先后揪出,最后名裂,何其臭污(11笔字)	秽
垮台之前是高官,真相露后死临头(11笔字)	室
判定要断头,钱财后皆空(11笔字)	铆
表面清廉,掌权之后,甘心堕落(12笔字)	渡
削权之后,台上断头,到头何苦(12笔字)	葆
带头搞腐败,人在幕后转(12笔字)	赓
带头要官要钱,后来成了下人(13笔字)	锭
霸占首席,凌驾在前,到头沦落,臭如死犬(15笔字)	瘪
凭借后台,成为首富,自高无上,居心顶毒(15笔字)	瞎
独霸其上,使人受侮,腐烂变质,还敢称没(15笔字)	霉
四方称王名声恶(多笔字)	噩

林建兴,1952年生,福建福鼎人,福鼎市谜会秘书长。

武 骝

舍空人迹叶翻飞(少笔字)	一
终生念伊减姿容(少笔字)	一
塘前水月几多清(少笔字)	一
宁弃乌纱不上钩(少笔字)	冇
明月中空挂半天(少笔字)	冗
几多叮咛珠泪滚(少笔字)	币
头戴鸭舌帽,麻秆肥外套(少笔字)	开
昔日已去今翻身(少笔字)	以
转身小心,安全为先(少笔字)	主
永不落后走在前(5笔字)	圣
难免以后生是非(5笔字)	买
小心倒下碰着头(6笔字)	亦
六盘水中映月镰(6笔字)	仵
正在气头上,他来也没用(6笔字)	伤
蓄后劲从容应变(6笔字)	关
无奈之下去自首(6笔字)	吓
模特台上方成星(6笔字)	

谜面	谜底
蔡中郎离城登舟（6笔字）	巡
一钩残月依旧（7笔字）	乱
四两顶一斤（7笔字）	兵
春满四合院（7笔字）	困
墙头结子一枝斜（7笔字）	孝
宿舍在南校在西（7笔字）	宋
同甘共苦心贴心（7笔字）	志
说得为兄点点头（7笔字）	言
剑锋走偏处（7笔字）	钊
星隐千帆动（8笔字）	佩
同桌之人总不及（8笔字）	卓
上页一行补在后（8笔字）	坯
十分开心人相会（8笔字）	奔
除尽首恶人人安（8笔字）	怂
柩后无不放悲声（8笔字）	杯
池涨柳垂钓，月弯鱼上钩（8笔字）	泌
且将是非来分清（8笔字）	直
两截五斗橱，上宽下头窄（9笔字）	冒
用心掌管，务须尽力（9笔字）	客
疏影横斜伴六出（9笔字）	彦
一夜固守荆江边（9笔字）	浏
泫泫竹垂露，丝丝柳近蝉（9笔字）	洲
前仰后合眼泪出（9笔字）	活
焊上U形钢，装上四轱辘（9笔字）	点
中学人生起变化（9笔字）	牵
半现妖态面三藏（9笔字）	耍

四方清览异乡月(9笔字)	胤
半是功劳半苦劳(9笔字)	荔
晨昏前后伴先生(10笔字)	倡
凤树盈盈山水中(10笔字)	㭎
兔年到此即终了(10笔字)	卿
投资终会有回报(10笔字)	圆
手执火把入其中(10笔字)	拳
携手走上前,收入翻一番(10笔字)	挫
夜宴杯不空(10笔字)	案
红颜独伴夜读书(10笔字)	殊
人生参透,一点无求(10笔字)	泰
洗头去头屑(10笔字)	消
清早躬身离长安(10笔字)	涨
临王先写十七帖(10笔字)	珲
桥南桥北两相思(10笔字)	莺
得计潜身三星洞(10笔字)	调
人生抱负点滴始(10笔字)	资
此身自是一孤舟(10笔字)	途
音书日见少,心向郎边去(10笔字)	部
吃进一笔,收获加倍(11笔字)	乾
人艺改编《日出》,改天与您见面(11笔字)	乾
云中山水画堂深(11笔字)	副
三十六计走为上(11笔字,异体)	埜
北大考上终有日(11笔字)	奢
大盖帽来了,加一点小心(11笔字)	寄
十载脱穷根,同心改面貌(11笔字)	寅

先生相爱形半销(11笔字)	彩
海棠半凋零乱落,眉月当头正三更(11笔字)	彩
学先进,树先进,从自身做起(11笔字)	彩
离散再相聚,亲人改容颜(11笔字)	检
浪拥石头没孤星(11笔字)	痕
曲调正起云霄中(11笔字)	票
玉宝潜随其后至(11笔字)	室
货架两对背靠背,三层两层各一对,三层分开成甬道,两层合起作门楣(11笔字)	菲
人生在世从长计(11笔字)	谍
队长最高获三票(11笔字,异体)	隗
同心三十载,改革冲在前(11笔字)	黄
初写六书须仿帖(12笔字)	傍
一旦出丑别后悔(12笔字)	悝
会上争先抢镜头(12笔字)	揿
冥冥之中天意在(12笔字)	晶
先生岂容耍滑头(12笔字)	湍
三面依山傍水,而合醉翁之意(12笔字)	湍
收贿先安置,没钱一边去(12笔字)	溅
乃不知有汉(12笔字)	甥
共登高桥上碧空(13笔字)	碘
和衣蒙首卧其中(13笔字)	衮
前耻当与后辈知(13笔字)	辑
人非至亲难同心(13笔字)	辞
六十一载隐居中(13笔字)	辟
细雨如丝看不见(13笔字)	雷

177

四方新柳参差插(14笔字)	榴
世博会前来碰头(14笔字)	碟
自古言多苦谬生(14笔字)	蓼
天蓬元帅伏草下(14笔字)	猪
泛舟游于赤壁之下(多笔字)	避
枕席之上入槐安(多笔字)	魔

武骝,1949年5月生,江苏连云港人。连云港市灯谜学术委员会会长。

罗泽清

圣上正要出行(少笔字)	一
日月可见胆识存(少笔字)	一
正月肯定要出游(少笔字)	一
莫让杜兴做鬼脸(少笔字)	儿
若得后劲,点滴有为(少笔字)	力
到菜园可见张青(少笔字)	子
要把西藏建设好(少笔字)	子
生子当如仲谋也(少笔字)	小
真心改旧制,给力能成功(少笔字)	工

闻声知是孟尝君（少笔字）

星光点点映横川（5笔字）

陷阱（5笔字）

琴声余韵直上云端（5笔字）

相似之处不在里面（5笔字）

离别前夕再聚首（6笔字）

除夕之夜，收获不少（6笔字）

日落之时到城西（6笔字）

为人从小有抱负（6笔字）

来者何人？打虎武松也（6笔字）

是非一点不分，必将错误葬身（7笔字）

一一组装到日本（7笔字）

青面兽有志难酬（7笔字）

狱中题诗，雄心犹存（8笔字）

头上乌纱非虚设（8笔字）

一套进口西服（8笔字）

向前一直走，拐个弯才到（8笔字）

做人首先要实干（8笔字）

西楼日落月如钩（9笔字）

双方合作，破格用人（10笔字）

是非曲直独自清（10笔字）

吕布阵前夸大其辞（11笔字）

镇三山难以置信（11笔字）

四方同心，从容向前（12笔字）

灾后重建，十分必要（12笔字）

为双枪将抱不平（12笔字）

文 兰 凹 去 外 列 多 寺 尖 行 坟 杏 杨 侍 实 明 狗 金 香 圆 都 鄂 黄 富 毯 董

一夜无梦到天明（13笔字） 楂

罗泽清，1967年7月生，福建沙县人。沙县文联灯谜工作者协会副主席兼秘书长。

郑庆元

马上建功东归去（少笔字） 五
云端新月似钩镰（少笔字） 元
回望前后树掩村（少笔字） 反
一方长亭静无声（5笔字） 宁
高天日出浮云淡（5笔字） 旦
一起台下垂钓钩（5笔字） 电
新月孤星天上挂（6笔字） 庆
钱眼虽小把手铐（6笔字） 扣
东北记者不日来（6笔字） 老
笛声传雅韵，飞燕横龙舟（6笔字） 达
四方统一，天下安定（7笔字） 吴
庚寅年初始前来（7笔字） 妥
老孙头来了笑声扬（7笔字） 孝
井边无力朝前走（7笔字） 进
一生辗转又相聚（7笔字） 麦

受冤摘帽听吐露(8笔字)

突听嫦娥唤捣药,夜晚来临动凡心(8笔字)

且将一生融画中(8笔字)

窗前残红影无踪(8笔字)

半生践约月老牵(8笔字)

兰花早放容颜新(8笔字)

张先生一直用川贝(9笔字)

老师前来送出关(9笔字)

白云上空,新月如钩(10笔字)

冲冠一怒为红颜(10笔字)

水头转三转,早上枝头顶(11笔字)

隐居仙山终称心(11笔字)

未到六十归故乡(11笔字)

未来只盼一生变(12笔字)

两座小桥通林间(12笔字)

清明节前人一聚(13笔字)

誊写无言心放宽(13笔字)

街道纵横连四方(多笔字)

吊楼唢呐响起来(多笔字)

家家南迁到深山(多笔字)

一心资助上大一(多笔字)

飞鹤小桥下,吟咏花前停(多笔字)

兔兔直空线芊赘追鬼氨巢您梓善棘漠窥噩噪齑懿鹳

郑庆元,1949年9月生,山东菏泽人。三门峡市灯谜学会会长。

郑远达

献言合纵连横策(少笔字)	十
江东助力会成功(少笔字)	工
几度采风山水间(少笔字)	刈
挂帅东征用白起(少笔字)	币
先生一见真英俊(5笔字)	帅
星儿错落新月横(5笔字)	龙
眉月半高听相声(6笔字)	向
先生依旧会高升(7笔字)	伯
雁阵二行叶正落(7笔字)	吴
六一正式播新闻(7笔字)	辛
曲直纠缠尤向前(7笔字)	陇
三星傍新月,夜半垂钓钩(8笔字)	乳
真心不二人可靠(8笔字)	奇
江东独往清明后(8笔字)	旺
定不容毁坏森林(8笔字)	杯
一贯是平易近人(8笔字)	金
半生坎坷守高节(9笔字)	封
渭水月空下,小舟穿浪来(9笔字)	思
四面山合围,月钩湖水平(9笔字)	思

刘关张合拼吕布（9笔字）

星儿近月远山影（9笔字）

言而有信，情心不移（10笔字）

先生一夜未读书（10笔字）

纵横中原取天下（10笔字）

小茅舍前无边月（10笔字）

曰春夏，曰秋冬（10笔字）

善始善终建首功（10笔字）

焦首终无悔（11笔字）

怎禁得秋流到冬，春流到夏（11笔字）

一来二去主动点（11笔字）

辛苦半生得善终（11笔字）

纪念屈原投水处（11笔字）

人生计划三十年（11笔字）

破格重用人，小厂换新貌（11笔字）

云际分明入画中（12笔字）

三无产品得惊闻（12笔字）

前期闲间听奇闻（12笔字）

大小运会，纵横一生行（12笔字）

细浪水平月似钩（12笔字）

欣闻工资要加倍（13笔字）

治厂有方抓重点，引进人才创大业（13笔字）

春 胤 倩 殊 皋 荼 请 缸 惟 清 球 菩 萍 谍 领 晴 晶 棋 狭 缌 新 碰

郑远达，1950年2月生，重庆人。重庆谜协副秘书长。

金 鸽

断子绝孙(少笔字)	小
心无杂念脱口吟,琴下意表现已明(少笔字)	今
吓得松了口,有点声音变(少笔字)	卞
脱下衣袄扮女妖,个个见了笑开花(少笔字)	夭
天上地下,唯我独尊(少笔字)	王
改革变化太大了(5笔字)	代
秋过已把季节换,始终未见天气寒(5笔字)	冬
人一生,命相连(5笔字)	叩
三人在开会辩论(5笔字)	弁
其意深奥,有一点小悬念(5笔字)	玄
大陆台北多离乱,合在一处共图腾(5笔字)	龙
一定要以人为本(6笔字)	休
独进两球,全取三分(6笔字)	伞
松了一口气(6笔字)	吃
拆东墙补西墙(6笔字)	圭
春来又闻泉声响(6笔字)	权
众人分离再别君(6笔字)	肉
听到是忙音,心儿一直乱得慌(6笔字)	芒
大连万达(6笔字)	迈

谜面	谜底
今着三点透寒意(7笔字)	冷
心上悟我意,语言成多余(7笔字)	吾
眉来眼去是非生(7笔字)	声
上有老,下有儿,聚在一块笑声起(7笔字)	孝
决心要一点一点下(7笔字)	快
派头有点大(7笔字)	汰
人生一半为名利(8笔字)	例
听声劝,出手动拳不动刀(8笔字)	券
一日不得安宁(8笔字)	吁
人要开心一点(8笔字)	态
连声令传更放心(8笔字)	伶
后来果然捷报传(8笔字)	杰
只为前缘结知音(8笔字)	织
新月一撇天地间(8笔字)	者
见到你,就爱上了你(8笔字)	觅
讨价还价生是非(8笔字)	诗
行之有素(8笔字)	迫
真心换得真情来(8笔字)	青
人每无言受欺负(9笔字)	侮
笑得合不拢嘴(9笔字)	哈
一旦有心永不变(9笔字)	恒
白头偕老同心结(9笔字)	恬
声称棋圣来,却不见其踪影(9笔字)	柽
休怪别人不放心(9笔字)	桎
法律调解中心(9笔字)	津
人生易变,爱心不变(9笔字)	牵

注册没有一点水分(9笔字)	珊
少在眼前晃来晃去(9笔字)	省
花前月下,耳鬓厮磨(9笔字)	荫
并非一定要白酒(9笔字)	韭
脑袋搬家入土安(10笔字)	冢
理解万岁挂嘴边(10笔字)	哩
退休有劳保(10笔字)	唠
半生不顺厄运连,故道拜访再回首(10笔字)	顾
为人要正派,处世诚为先(11笔字)	谍
抛开左右,来点享受(11笔字)	孰
直见到人在,方放下心来(11笔字)	悠
处心积虑为就业(11笔字)	虚
记者舍己为人(12笔字)	储
一一安排上岗,重点解决就业(12笔字)	凿
一见如来变了形(12笔字)	媪
老公心中只有我(12笔字)	淑
知识靠一点一点积累,没有见识就是缺陷(12笔字)	短
左右开弓三尺长(12笔字)	粥
音色必于琴上传(13笔字)	瑟
官府安能任我行(13笔字)	衙
七十前后,人犹读书(13笔字)	输
借钱得把东西送(13笔字)	错
干部结构要调整(13笔字)	障
西湖柳吹动,依稀树有声(14笔字)	漱
耳聆真言劝告,个个心有感触(15笔字)	箴
心有挂念,上下志忑不安(15笔字)	蕊

听好,东西不要搞错(15笔字) 　　　　镐
小两口哭成一团(多笔字) 　　　　　　器
四方不见狗踪影,传来两口哭泣声(多笔字) 器
心存依赖体不勤(多笔字) 　　　　　　懒
人要三思后行(多笔字) 　　　　　　　僵
伤口烂了,有点点麻木(多笔字) 　　　　糜
鞍前马后共四载(多笔字) 　　　　　　羁
为害八方非人为(多笔字) 　　　　　　豁
人去凉风伴,月上共潮生(多笔字) 　　　瀚
水去没声香却留(多笔字) 　　　　　　馨
曲调两声行将别,目含泪水又难舍(多笔字) 衢

金鸽,1972年7月生,浙江岱山人。舟山市谜协理事,岱山县谜协副秘书长。

俞敦诗

文不加点无差错(少笔字) 　　　　　　一
芳心遥寄空中月(少笔字) 　　　　　　丹
歌声唤我西部去(少笔字) 　　　　　　戈
——向上插翅飞(少笔字) 　　　　　　气
言而无信,一文不值(5笔字) 　　　　　仪

名扬四方，芳心倾倒（5笔字）	外
舟楫摇乱三潭月（5笔字）	必
凡心一动出仙山（6笔字）	伉
二人相依芳心动（6笔字）	伏
秋后月中吟佳韵（6笔字）	夹
改变戎装女生威（6笔字）	戍
休了内人铸重错（6笔字）	网
兄台潦倒，流落一方（7笔字）	吮
改革关头献丹心（7笔字）	状
一粒小樱桃（8笔字）	京
出师西域几人回（8笔字）	佩
外出夜不归，重惹是与非（8笔字）	卦
出言来献计，奋起除弊端（8笔字）	奔
戴上乌纱没走正（8笔字）	定
献点爱心，倾力相助（8笔字）	宜
巧对十一点（8笔字）	幸
一勺清泉水（8笔字）	的
老师去后苦心留（8笔字）	阜
鹊桥隔男女，孤星悬天际（9笔字）	亭
出点子创翻身业（9笔字）	孪
星桥在上，路在脚下（9笔字）	客
酒肆东西列，惹得口流涎（9笔字）	津
有位佳人，在水一方（9笔字）	洳
街上种草净无尘（9笔字）	荇
植树种草献爱心（9笔字）	荣
家慈教人诚为先（9笔字）	诲

白首脱官帽,退休隐终南(9笔字)   追

离人千日念乡音(9笔字)   香

山雾之中巧埋伏(10笔字)   倏

层云过尽月当头(10笔字)   屑

又见枝头成双栖(10笔字)   桑

眉月三星照,携友上鹊桥(10笔字)   爱

山山相约禁毁林(10笔字)   祟

琴声悠悠春日游,半个月亮挂枝头(10笔字)   秦

星月挂在柳梢头(10笔字)   秌

晴空日月絮如飞(10笔字)   素

干戈撩乱阵旗靡(10笔字)   载

风雨无边,山空花残(10笔字)   邕

山水无边际,纤月挂疏林(11笔字)   梨

年年植树我在前(11笔字)   彬

闲谈聚首柳树下(11笔字)   聊

手掩重门,不闻不问(12笔字)   揞

别后人无依,凤寐几消沉(12笔字)   裂

尽释前嫌广为交(13笔字)   廉

北斗明暗月影残(13笔字)   溺

关云长刮骨疗毒(13笔字)   谬

隐身之术在机变(13笔字)   躲

木石相邀来世缘(14笔字)   磲

远树弄影日西沉,弦月如舟荡三星(15笔字)   慧

天网无边挂疏林(15笔字)   樊

蒙头遮两眼,意在隐真情(15笔字)   瞒

宝黛相恋命多舛(15笔字)   磔

三思之后始宽心（15笔字）　　　　　　　　　　蕊

爱上要掏心，有口却难鸣（15笔字）　　　　　　鹞

放眼远山笑中收（多笔字）　　　　　　　　　　篡

六一迁居去不还（多笔字）　　　　　　　　　　避

树起正义戈，共同来对日（多笔字）　　　　　　戴

俞敦诗，1937年12月生，北京人。石家庄市灯谜协会理事。

施志光

阴雨初晴晓阶前（6笔字）　　　　　　　　　　阳

丹心方寄旧阳关（7笔字）　　　　　　　　　　亨

尽道今后用功点（7笔字）　　　　　　　　　　劲

肩挑星月担道义（7笔字）　　　　　　　　　　层

美眉一出不安生（7笔字）　　　　　　　　　　牢

此日媒妁定婚约（7笔字）　　　　　　　　　　纸

万里春光共婵娟（7笔字）　　　　　　　　　　肠

丝竹声韵有味道（7笔字）　　　　　　　　　　苏

金声雅韵更美好（8笔字）　　　　　　　　　　佳

白头拄杖荒台下（8笔字）　　　　　　　　　　侃

一为名利人失和（8笔字）　　　　　　　　　　例

小女月下多娇俏（8笔字）　　　　　　　　　　侨

妹且别姐入宫中(8笔字)　　味
囚犯越狱守卫乱(8笔字)　　命
候到封侯圣旨下(8笔字)　　坤
梅枝纵横残雪压(8笔字)　　妻
南岳层峦云亦飞(8笔字)　　屈
沧桑历尽无双汉(8笔字)　　枪
酒味先已扑鼻来(8笔字)　　治
而今画桥共沉吟(8笔字)　　沿
梦碎绛珠归天去(8笔字)　　矽
七上八下似幻觉(8笔字)　　练
入口点点有味道(8笔字)　　茄
四方分田均贫富(8笔字)　　贮
东风有信为传言(8笔字)　　转
有点恋栈为权钱(8笔字)　　钗
良人书简来宝岛(8笔字)　　饴
低头又来侍巾帚(9笔字)　　侵
仰头浮想别湘心(9笔字)　　俘
月影堂前映俏脸(9笔字)　　俭
后宫专横结外戚,外戚专横倚后宫(9笔字)　　咸
狂妄半生毁未来(9笔字)　　姜
唱响寨前第一声(9笔字)　　宫
空中架桥穿市过(9笔字)　　帝
战乱前后隐斜川(9笔字)　　毡
酒肆前后古渡头(9笔字)　　津
用心改变兴化貌(9笔字)　　洪
汉将又将破前敌(9笔字)　　活

谜面	谜底
瑶琴半掩珠泪滴(9笔字)	玲
孤舟双桨荡秋波(9笔字)	盼
小女争先连称妙(9笔字)	秒
贪色足以上绝路(9笔字)	络
方蹬鼻子就上脸(9笔字)	胎
许配千金得半子(9笔字)	胥
花前梦回消春困(9笔字)	茗
郊月清阴映花前(9笔字)	荍
春色先从草际归(9笔字)	茶
万里春光花满头(9笔字)	荡
伊人掩口立阶前(9笔字)	郡
燕剪秋色出墙来(9笔字)	钠
颠倒乾坤卦象奇(9笔字)	韭
雨中挥鞭飞札至(10笔字)	桃
尘缘一断慧心生(10笔字)	珩
村落有树方系船(10笔字)	舨
蠑首瑶鼻柳叶眉(10笔字)	蚣
纵使百变亦有迹(10笔字)	造
古今吟别别又难(10笔字)	隼
春光香透瑶池前(12笔字)	湟
温香前拥帘掩灯(12笔字)	湫
镇日僧尼笃笃敲(多笔字)	橹

施志光,1949年10月生,福建厦门人。厦门市职工灯谜协会会员。

祖振扣

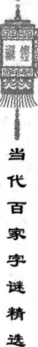

离休后多半在外（少笔字）	仆
狗翘尾巴别效仿（少笔字）	尤
先排队，后小睡（5笔字）	令
二人约会在西堤（5笔字）	去
一到上海有人接（6笔字）	仲
人去云游大散关（6笔字）	伞
枯株伐后木森森（6笔字）	杂
一点乘风去远航（6笔字）	舟
困难之中建基业（7笔字）	体
携手建设新西藏（7笔字）	折
颠倒是非最下流（7笔字）	旱
高空之中，火光点点（7笔字）	谷
二人平安到江东（7笔字）	巫
难中独具宽容心（8笔字）	供
着力收缴摇头丸（8笔字）	势
人生为何要夺冠（8笔字）	奇
鸢鸟飞走，不肯落后（8笔字）	武
上下坚贞有德能（8笔字）	贤
古稀之年又重逢（8笔字）	轰

193

争先恐后去寻根（9笔字）　　　　　　　　　急
解救人质真得用心（9笔字）　　　　　　　盾
孩子出走，还得过日子（9笔字）　　　　　骇
摇头晃脑惹是非（10笔字）　　　　　　　　捏
居心叵测抢先到（10笔字）　　　　　　　　损
芍药开后减衣裳（11笔字）　　　　　　　　绔
亏得双方有言在先（11笔字）　　　　　　　谔
干在前头总开心（12笔字）　　　　　　　　善
休闲一日塞上游（12笔字）　　　　　　　　堡
罪魁逃逸留后患（12笔字）　　　　　　　　悲
埋头苦干三十天（12笔字）　　　　　　　　朝
谁先出面释前嫌（12笔字）　　　　　　　　谦
兴邦丧邦凭一言（13笔字）　　　　　　　　誉
北宋南宋共一统（14笔字）　　　　　　　　寨
前嫌尽弃又联欢（14笔字）　　　　　　　　歉
爱上黄昏日落时（14笔字）　　　　　　　　醉
吊唁之前哭泣声（多笔字）　　　　　　　　器
孤星映雁朝前飞（多笔字）　　　　　　　　膺
今飞贵州，后留海南（多笔字）　　　　　　黥

祖振扣，1940年1月生，河北深州人。北京谜友联谊会会员。

胥登品

顶天立地有根基（少笔字）
退职之前位置变（5笔字）
脱掉风衣到花前（5笔字）
有女上前来助威（6笔字）
圆周率国际通用（6笔字）
了却凡心希出头（7笔字）
日军进村后全军覆没（7笔字）
向前进就会有转机（7笔字）
儿女结伴前致辞（7笔字）
男女混杂生乱子（7笔字）
吃尽苦头开始好（8笔字）
两点一定要结束（8笔字）
留下上山绘新图（8笔字）
后爸晚期亦发胖（8笔字）
点心揣在破衣里（9笔字）
正月初七要上西藏（9笔字）
重点是要修旧车（9笔字）
内乱到后来变心（9笔字）
西村码头要改造（9笔字）

三 叭 艾 戍 西 岚 时 秃 诃 阿 姑 枣 画 肥 哀 姻 恒 恻 柏

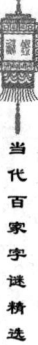

两个倾心必结合（9笔字）	悠
北方有人来献计（9笔字）	浒
一江清水绕中原（9笔字）	皇
心宽就会无恨心（9笔字）	茛
移栽松柏吐芬芳（9笔字）	香
庭前二人来寻根（10笔字）	俯
码头工人团结紧（10笔字）	砼
心里害怕吓乱套（10笔字）	蚝
大小调配有计划（10笔字）	读
工作首先要同心（10笔字）	矼
有人要上高架桥（10笔字）	贾
送出关后心中喜（10笔字）	逗
北京修建双孔桥（10笔字）	高
支前回来有出头（11笔字）	崮
两口一直记心上（11笔字）	患
人人都变得大方（11笔字）	族
灾后上山献丹心（11笔字）	烺
来到新乡搞销售（11笔字）	续
心满意足就先说（11笔字）	谙
去山中创业挣钱（12笔字）	凿
爱上女友定专一（12笔字）	媛
西部开发正出新产品（13笔字）	鄙
剥去画皮露出尾巴（13笔字）	雷
正当转业配成双（14笔字）	赫
二十载后立新居（多笔字）	薛
洪水淹到马路上（多笔字）	瀑

胥登品,1940年8月生,贵州桐梓人。

荣耀祥

雁书破天何堪及(少笔字)	一
应似飞鸿踏雪泥(少笔字)	个
有了雄心不落后(少笔字)	千
边草无穷日暮(少笔字)	大
一画写开湘水碧,数行草破楚天青(少笔字)	大
携手来听读书声(少笔字)	予
出于公心,一一道来(少笔字)	云
定其心,应天下之变(少笔字)	仁
碧波深处雁纷飞(少笔字)	仄
老钱听闻差一点(少笔字)	文
闻声知雅意,染丝织纹章(少笔字)	文
诚为先,何能失人格(少笔字)	订
人命悬一线,出口定曲直(5笔字)	叩
山水间兮畅游月余,足虽断兮越声盈耳(6笔字)	刖
别来几度春风(6笔字)	杀
有心牵挂,且去台北(7笔字)	县
未吐一字,从头做起(7笔字)	杉

纵观天下,成就未来(8笔字)	佯
日夜泪珠堪洗面,依依挽手吐芳心(8笔字)	兔
人跨三栏挺用心,刮目相看连叫棒(8笔字)	奉
走遍天下吃四方(8笔字)	奋
始终和好不离分(8笔字)	季
千里人归夜半迟(8笔字)	季
一别上海后患多(8笔字)	忠
孤帆细浪腾轻舟(8笔字)	忠
火起水到冲云端(9笔字)	浃
分明团聚目前事,缘何转眼又别离(9笔字)	盼
规则已定,火炬腾空一箭驰(9笔字)	矩
杜鹃鸣残花对影(9笔字)	背
破土朝前走(9笔字)	背
背后却不置一词(9笔字)	胚
阶前碎月铺花影(9笔字)	荫
弟子出刀翻转躺,千里挑一应点名(10笔字)	倒
一夜走红,异乎寻常(10笔字)	殊
山间清泉听雨韵(10笔字)	浴
水火一贯勿相容(10笔字)	烫
斜月画桥会知己(10笔字)	爱
晚节不保悔之晚矣(10笔字)	莓
今日相聚格外亲(11笔字)	晗
错错错,全一人之错,说得痛快(11笔字)	爽
佳人愁眉送出关(11笔字)	遠
时光只解催人老(12笔字)	晬
一到山西就下雨(12笔字)	湿

家前路头见倾心（12笔字） 跎
内容虽变，还是条虫（13笔字） 蜗
门外草萋时，难得又相逢（14笔字） 蔺
去去关中八百里，战骑声声报前来（多笔字） 臻

荣耀祥，1942年生，江苏无锡人。无锡市太湖谜艺社原社长，现太湖谜艺社名誉社长。

赵 轲

有心来日要报恩（少笔字） 人
欲说无言心总伤（少笔字） 儿
多叹虚名梦终空（少笔字） 又
同叹别苦猿啼哀（少笔字） 口
白云深处绿水前（少笔字） 互
共惜春时晨易暮（少笔字） 日
误会终消变熟悉（少笔字） 认
浓睡帘垂帘泪落（6笔字） 农
对月相依共谁伴（7笔字） 佣
整日长吁又短叹（7笔字） 盱
俯首贴耳跟在后（8笔字） 佷
读书心闲鸥鸟远（8笔字） 枢

一杯怅然能释怀（8笔字）　　　　　　枨

岁岁花前草初生（8笔字）　　　　　　茁

冰冷凄凉共吹散（9笔字）　　　　　　咨

西楼夜阑帘半卷（9笔字）　　　　　　柿

为祖先而续后嗣（9笔字）　　　　　　祠

人同桃李共芬芳（9笔字）　　　　　　荼

亭中秋草半凋零（9笔字）　　　　　　荧

绿绕红绽共芍开（9笔字）　　　　　　药

拆掉一点露个口（10笔字）　　　　　哲

人如云散，独留风声（10笔字）　　　套

惟见残英共寂寞（10笔字）　　　　　宽

凝碧池头无心闲（10笔字）　　　　　润

半炷茗香点点残（10笔字）　　　　　荼

别后秾李已开半（11笔字）　　　　　梨

参差残碧绕堤边（11笔字）　　　　　堵

窗前云起小山近（11笔字）　　　　　崇

半枕松涛听林声（11笔字）　　　　　淋

月下泪潸泪已尽（11笔字）　　　　　淋

七点就关门闪人（11笔字）　　　　　淡

对月缠绵共续缘（11笔字）　　　　　绷

一生客里郁而终（11笔字）　　　　　隆

眉月才挂香焚起（12笔字）　　　　　森

每见土中有梅堕（12笔字）　　　　　椭

眼前梢头绿初现（12笔字）　　　　　缃

花梢月上叶参差（12笔字）　　　　　葫

对樽终别又长叹（13笔字）　　　　　嗓

妾泪泣别必离分(13笔字) 媳
关前用力高声骂(14笔字) 嘉
如得平反心解困(14笔字) 嫱
仿佛如丝之细柳(14笔字) 榴
一骑先行狂浪起(14笔字) 漪
虽分两地月正圆(15笔字) 蝴
同见早春飞琼乱(多笔字) 璟
病起含辛春已半(多笔字) 瘁

赵轲,1980年2月生,河南西华人。郑州市灯谜协会会员。

赵子鑫

今后一定要小心(少笔字) 子
好好学,里面都有(少笔字) 子
一不小心就露点(少笔字) 六
枫林里隐藏杀机(少笔字) 木
老爸的意思是小心没有错(少笔字) 父
用刀来划,更加方便(6笔字) 伐
嫂子病前就消瘦(6笔字) 好
时日不多,无须叮咛(6笔字) 守
西北望,射天狼(6笔字) 忙

201

朋友别离前,无意以相对(6笔字)

小动作蕴涵着大改革(6笔字)

百变之后还是我(6笔字)

财色当头一定输(6笔字)

乱中作乱以取胜(7笔字)

廉字当头堪高兴(7笔字)

李子丢失前头找(7笔字)

西出阳关珠泪抛(8笔字)

人人上前不落后(8笔字)

点缀衣装用心搭配(8笔字)

失散的孩子无人认(8笔字)

战乱之后重安顿(9笔字)

铁路穿过大马路(9笔字)

古城缘何变枯城(9笔字)

小白一向就节俭(9笔字)

一长处而二短处(9笔字)

且散愁心消消火(10笔字)

闭着眼睛就是丑(10笔字)

谈了之后,心情放宽(10笔字)

山峰隐处过轻舟(10笔字)

前辈后生同宽心(12笔字,异体)

一人入内,种草洒水(13笔字)

一望南土,归心似箭(13笔字)

鸿江作别,后会有期(13笔字)

牵肠挂肚一场空,相思寄杜宇(13笔字)

一曲南音驻海西(14笔字)

有灯自负克应来昊竺表该哉春架省面租羞请逢韭满瑟鹏鹏漘

南音北管开新篇(14笔字) 算

一来二去情心牵(14笔字) 精

老树掩村经风雨(15笔字) 澎

赵子鑫,1963年4月生,福建惠安人。惠安县职工灯谜协会会长。

徐圣能

昔日已去不留念(少笔字) 一

孤鸟飞鸣在空中(5笔字) 只

双方一直少联系(5笔字) 叵

雨雪过后直向前(5笔字) 归

住房不见户主在(6笔字) 仿

为改革发言献计(6笔字) 协

北京城头雁阵斜(6笔字) 压

新月风中一孤帆(7笔字) 希

平移小桥真少见(7笔字) 罕

一人放牛到远山(8笔字) 侔

秋雨消暑一日过(8笔字) 和

仅有冠上留残雪(9笔字) 侵

真心付出向前进(9笔字) 俦

双方献出一点爱心(9笔字) 宫

孤雁栖落草木间（9笔字）	茶
一同分析新配方（9笔字）	音
功力不凡心向往（10笔字）	恐
空中高桥连六方（11笔字）	商
同心携戈守城西（11笔字）	域
必须上岗灭火灾（11笔字）	密
小桥春水戏双鱼（11笔字）	深
闹市禁止燃放焰火（11笔字）	阁
献计中原大变样（12笔字）	储
带头改革作动员（12笔字）	喷
村头秋色孤帆悬（12笔字）	棉
江西目前脱困境（12笔字）	湘
村头来客落双泪（12笔字）	粟
明日出售精制米（12笔字）	腈
湖中来客独自归（12笔字）	酩
轻舟击水水中行（13笔字）	愆
疏林梅枝立双鸟（13笔字）	楼
水上分明见眉月（13笔字）	腺
村头动员争先进（13笔字）	赖
龙舟一曲迎日出（14笔字）	遭
口口思念上天游（14笔字）	暮
小桥一方遇诗圣（15笔字）	樘
要破无头案，须负责到底（15笔字）	樱
自身病情有变化（15笔字）	瘪
双方携手改困境（多笔字）	操
前前后后村建厂（多笔字）	橱

一直真心待旁人（多笔字） 榜
村头梨花参差放（多笔字） 橄

徐圣能,1941年8月生,浙江东阳人。银蛇谜社社长。

徐官礼

听话音是虚心人（少笔字） 化
下岗之后雄心在（5笔字） 仙
天山人杳屐声闻（5笔字） 击
闻讯便言巴蜀事（5笔字） 训
一动就出血（6笔字） 而
白首湖中垂钓钩（7笔字） 乱
先品后饮,大话不停（7笔字） 吹
古稀犹记廉为先（7笔字） 库
惘然心长系（7笔字） 怅
肃贪今欲建头功（7笔字） 贡
庭中几人来评说（8笔字） 凭
花窗半开仆先归（8笔字） 卧
重阳客中度（8笔字） 备
纵横天下二十载（8笔字） 奔
残月依旧家犹在（8笔字） 居

尽力助人到白头（8笔字）	徂
辩白仗着嘴一张（9笔字）	便
一戴乌纱改旧容（9笔字）	宣
头戴纱帽，吃喝先到，不像领导（9笔字）	宫
古庙依青嶂（9笔字）	峙
人生有离合，爱心永不变（9笔字）	牵
看似叫花就说免（9笔字）	眄
曲径幽篁人隐约（9笔字）	笈
上前动员要靠近（9笔字）	贴
离台一箭起哀声（10笔字）	唉
丁原阵前有吕布（10笔字）	啊
余音犹如整日在（10笔字）	娱
为官先要站得正（10笔字）	宰
大了不美心病生（10笔字）	恙
大可不用争交椅（10笔字）	校
二人歪斜前头走，看那样子是个贼（11笔字）	偷
衣衫飘拂黛玉临（11笔字）	彬
浪里行舟帆高悬（11笔字）	患
病根半去印记留（11笔字）	痕
盛名之下变化大（11笔字）	盒
听得净是孩了声（11笔字）	竟
荷边人杳雨潇潇（11笔字）	菏
残月朦胧楼半隐（12笔字）	屡
扣下一人重安排（12笔字）	提
林中隐隐桥影现（12笔字）	棘
和靖赏梅每忘归（12笔字）	森

谜面	谜底
先治旱,后受益(12笔字)	温
人生可能有变化(12笔字)	犄
单方首先求中医(12笔字)	短
竹茂禅房幽(12笔字)	等
竹林深处小桥幽(12笔字)	策
枪声起时月当空(12笔字)	腔
塞下秋来雁双飞(12笔字)	锉
本来同住嫉声生(12笔字)	集
有心求偶人难寻(13笔字)	愚
失足便遇险(13笔字)	跪
秋深霜浓帘半拢(13笔字)	锦
疏篱傍户竹影浓(15笔字)	篇
枝头先露春消息(多笔字)	霖

徐官礼,1949年6月生,浙江临海人。临海市灯谜协会副会长。

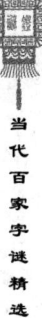

徐锦忠

谜面	谜底
为正直者弃(少笔字)	一
天下之大,莫非王土,伊之所言,正合孤意(少笔字)	一
白首一山中(少笔字)	千
一时一日不参差(少笔字)	寸

我有一言不能忘（5笔字）	记
出点子，显爱心（6笔字）	字
办厂须力争上游（7笔字）	沥
一人转身上前抢球（7笔字）	状
不让一人达不到（7笔字）	还
两点露尽还不行（7笔字）	迟
阵前遇急心不安（7笔字）	邹
闻其声，感到怪，不可大意（8笔字）	奇
见到心上人，芳心乱（8笔字）	态
一动凡心露春意（8笔字）	杭
撇开成见学先进（8笔字）	觅
超然出走不见还（8笔字）	迢
清点完到日落时（9笔字）	冠
奥运之后先摆擂（9笔字）	挞
归雁洛阳边（9笔字）	洇
直达汶川助抗灾（9笔字）	济
一直在用尽心思（9笔字）	胃
来日一定到蟾宫（9笔字）	胆
悟空逐走猪八戒（9笔字）	逊
一心着意山水间（10笔字）	剞
直率三军辖帝师（10笔字）	珲
明星胜出有后台（11笔字）	唱
放弃孤子吃大亏（11笔字）	弧
买得针线花钱少（11笔字）	续
加冠得宠装清高（11笔字）	袭
吕布一箭显机巧（12笔字）	智

弹弓藏起守一夜(12笔字) 殚
演出时间又推后(13笔字) 滩
花前与人泣别(13笔字,异体) 蓓
辛苦半生到白头(13笔字) 辞
胆略过人艺也高(14笔字) 膜
漂泊一生走西口(14笔字) 酷
听其中马儿在叫(15笔字) 嘶
湘水清清湘妃来(15笔字) 箱

徐锦忠,1968年生,浙江温岭人。温岭市灯谜协会会长。

敖耀寰

画梁春尽落香尘(少笔字) 刀
改革开放三十载(少笔字) 口
开帷月初吐(少笔字) 币
杜鹃休向耳边啼(少笔字) 月
来北京建交(少笔字) 父
戴上草帽多前卫(5笔字) 节
充耳不闻尤向前(5笔字) 龙
欲去西边又见喜(6笔字) 欢
白首一先生(6笔字) 百

谜面	谜底
点点卯来画个蛋(7笔字)	卵
热点消退加力度(7笔字)	抛
去朝古庙烧高香(7笔字)	旷
加冠泊头看宋江(7笔字)	杠
放眼湘江枯水时(7笔字)	杠
杜鹃树下杜鹃鸣(7笔字)	肚
送出关时人尽仰(7笔字)	迎
东部标示边陲线(7笔字)	际
图谋改制鼓声催(8笔字)	咚
一方玉印镇江山(8笔字)	国
十月十日双十节(8笔字)	明
这东西不要现丑,误读了(8笔字)	物
石库门前开车门(8笔字)	矿
三十一载周边定(8笔字)	苒
定王台前兴土建(9笔字)	室
隋炀帝上朝(9笔字)	庭
昨夜松边老汉迷(9笔字)	柞
青天动怒似雷鸣(9笔字)	炮
用君之心,行君之意(9笔字)	音
春装变化唤声瞧(10笔字)	桥
谜也者,使昏迷也(10笔字)	诸
点吃大户同行乞(11笔字)	唉
敬唤君来你放心(11笔字)	您
沙里淘金非少见(11笔字)	淦
普增工资人人有(11笔字)	笳
前线定设音像站(11笔字)	绽

掩耳盗得金铃去(11笔字)   聆

幽然南山下,河畔带头羊(12笔字)   滋

新片卖出新纪录(12笔字)   牍

拆东墙补西墙(13笔字)   裢

摁下葫芦浮起瓢(14笔字)   漂

焉知二十载(14笔字)   蔫

二水中分见清浊(14笔字)   蜻

红二代随声附和(14笔字)   赫

建设六桥需石方(15笔字)   磅

高老头来乡一住(15笔字)   壅

生日聚会把酒干(多笔字)   醒

左右分作《登楼赋》(多笔字)   璨

每日一曲多来米(多笔字)   糟

西湖茶品送游人(多笔字)   藻

豹头狸尾雪底藏(多笔字)   霾

一来二去先融合,左右开弓遇知音(多笔字)   鬻

敖耀寰,1951年生,湖南浏阳人。湖南省灯谜学会会长。

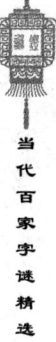

晏礼峰

点滴忆来更伤心(少笔字)   飞

211

谜面	谜底
三星错落缀天际(少笔字)	六
配角甘于献一生(5笔字)	世
后备不足功半废(5笔字)	务
一点爱心献东北(5笔字)	它
一轮皓魄如镰钩(5笔字)	甩
一入后宫礼先行(5笔字)	电
真心传承先王意(6笔字)	丞
一点爱心人皆有(6笔字)	仁
一贯真心来待人(6笔字)	全
为人一生应尊上(6笔字)	关
三点一到只得下(6笔字)	兴
为人一直要虚心(6笔字)	华
比翼鸟儿枝头栖(6笔字)	米
争先来当一把手(6笔字)	色
残花飘落,付诸东流(6笔字)	讹
诀别之后有变化(6笔字)	论
初评会上,比分领先(6笔字)	论
深宫曲径觅人踪(6笔字)	吸
明月当空寺半掩(7笔字)	时
几多爱心寄湘西(7笔字)	沉
官兵上下,全力相助(7笔字)	穷
又见江边鸿飞临(7笔字)	鸡
人人都得,贡献在前(7笔字)	巫
得寸进尺不饶人(8笔字)	侍
从小到大十载整(8笔字)	卖
用心改革方能成(8笔字)	周

谜面	谜底
日间不见怎放心(8笔字)	咋
开春之后,用心整治(8笔字)	奉
转变观念又上岗(8笔字)	峰
八方支援帮后进(8笔字)	帜
城头一片明月光(8笔字)	旺
拆东补西,一点没用(8笔字)	祈
吃苦在前功在后(8笔字)	茄
凡心了却伴残烛(8笔字)	虯
先生未到话先到(8笔字)	诛
苦了二十载,得以脱困境(9笔字)	枯
自此一别两倾心(9笔字)	皆
笔下不要生是非(9笔字)	竿
节前湘西扬手别(9笔字)	荡
营前场后挥汗干(9笔字)	荡
轿车飞驰离码头(9笔字)	骄
毛遂自荐乃上策(10笔字)	笔
端午节前离苏南(10笔字)	莘
倘若没人承认,一定得去调查(10笔字)	课
狱中十载同心伴(10笔字)	调
烦请先生上炕头(10笔字)	谈
夹缝之中求生存(10笔字)	遽
顺流而下远行舟(10笔字)	顽
老万下来,有何不可(11笔字)	偶
一小一大提前到(11笔字)	捺
深造之后提起来(11笔字)	探
酒后一别,一去不返(11笔字)	票

难以理解心懊丧(12笔字)	奥
残月影下半含羞(12笔字)	翔
摆脱困境,奉献在前(13笔字)	楠
日日巴结为露头(13笔字)	雷
跳槽之后莫再回(14笔字)	模
一半灵感,来于自然(14笔字)	熄
起初是在最下面(15笔字)	趣

晏礼峰,1961年3月生,江西南昌人。江西省民协常务理事。

桑永榜

老农清晨街头现(少笔字)	川
十一直飞到台北(少笔字)	云
下桥晕车了(少笔字)	日
太阳一落云水间(5笔字)	可
回到东边一直走(5笔字)	巨
小心一点又没错(5笔字)	对
一直向前到南市(5笔字)	帅
寸心言不尽,不要不尽心(5笔字)	讨
先生上当,前功尽弃(6笔字)	劣
老人七十不见老(6笔字)	华

企业上下十分团结(6笔字)
正是明月当空时(6笔字)
调来北京当市长(7笔字)
中医在台北(7笔字)
此乃私字当头也(7笔字)
只调休一周(7笔字)
交大附中不算大(8笔字)
湖光水月层云散(8笔字)
到了宝岛心愉快(8笔字)
直上云端心害怕(8笔字)
明月当空云相伴(8笔字)
边区开发是机遇(8笔字)
从头至尾还有一点点(8笔字)
步上空山之人(8笔字)
爱友别离又相逢(8笔字)
休要顶嘴(9笔字)
铜钱眼里有局限(9笔字)
山洞中没水(9笔字)
走到右边叫声舅(9笔字)
白头偕老走在一起(9笔字)
清晨日出鸟飞鸣(10笔字)
安排在明月当空下(10笔字)
衣被丢在石头边(10笔字)
只见东西搬完了(10笔字)
张排长身临其境(10笔字)
到上海要安分(11笔字)

夺
早
帐
矣
秀
识
佼
居
怡
怯
昙
枫
金
齿
受
保
囵
峒
赳
适
唇
晏
破
舰
躬
婶

今日为啥舍不得(11笔字)	晗
村前夜深只见树(11笔字)	梦
两条辫子粗又大(11笔字)	爽
店小二西安开店(11笔字)	票
玉兔花前待一日(11笔字)	萌
只要同心苦变乐(12笔字)	喜
感动一下,先生走了(12笔字)	惑
彬彬有礼见前辈(12笔字)	斐
高考这两日真热(12笔字)	暑
两个连顶上一个师(12笔字)	筛
立在运动员边上(12笔字)	赔
心口如一站在前(13笔字)	意
残月星星映西湖(13笔字)	溺
书圣父子心系先人(13笔字)	瑟
有一点折中(13笔字)	蜇
衣服实在有点露(13笔字)	裸
见钱眼开睡不着(13笔字)	锤
曾记来人是和尚(14笔字)	僧
一江清水白石现(14笔字)	碧
洗发用品(多笔字)	澡
一到西湖清水现(多笔字)	醐

桑永榜,1943年10月生,籍贯浙江,上海浦东灯谜研究会会员,浦东花木灯谜社社长。

莫志刚

欲语不语颦双眉(少笔字)	八
折得柳条穿白鱼(少笔字)	卜
人间始暖报春短(少笔字)	三
一朵芙蓉冉冉开(少笔字)	丫
六根清净化凡心(少笔字)	亢
一一风荷举(少笔字)	介
破屋无门仅梁柱(少笔字)	介
一个篱笆三个桩(少笔字)	卅
鱼虾泼泼初出网(少笔字)	心
小船满载鸬鹚行(少笔字)	心
一字横来背晚辉(少笔字)	歹
斩断尘缘尽六根(5笔字)	主
一视同仁你我他(5笔字)	仨
橹梢拨走江心月(5笔字)	必
四路封疆半是山(5笔字)	田
无数峰峦远近间(6笔字)	众
爱国将才甘抛玉(6笔字)	团
三更斗柄横(6笔字)	州
草径入荒园(6笔字)	曲

为有源头活水来（6笔字）	舌
唯有西湖波底月（7笔字）	沁
湖光水月西施女（8笔字）	姑
枝上黄莺渐露身（8笔字）	枭
江涛飞溅洗浮梁（8笔字）	空
丝丝垂柳绽新芽（8笔字）	非
远峰漠漠登楼看（9笔字）	俎
但随流水自成湾（9笔字）	弯
尘埃不染树丰碑（9笔字）	祖
东风作意吹杨柳（11笔字）	彬
苦心连年见情真（11笔字）	惧
对子残局夜半深（12笔字）	孱
群星尽被乱峰吞（12笔字）	焱
层云化雨一两点（14笔字）	漏
掐寸捻针足三里（14笔字）	蹄
同心一断断柔情（多笔字）	橘
春秋始至战国终（多笔字）	臻
如来万古同（多笔字）	藕

莫志刚，1953年7月生，浙江湖州人。湖州市民协副主席兼谜学部主任。

袁廷福

天高失雁行(少笔字)　　　　　　　　　一
南天撑一柱(少笔字)　　　　　　　　　个
远山回白首(少笔字)　　　　　　　　　么
台上见新月(少笔字)　　　　　　　　　么
马上看新月(少笔字)　　　　　　　　　乌
落帆唯待月(少笔字)　　　　　　　　　币
孤帆远树中(少笔字)　　　　　　　　　邓
元日即元旦,错误的观点(少笔字)　　　文
林西微月色(5笔字)　　　　　　　　　禾
扁舟掠过斜飞雁(5笔字)　　　　　　　付
天外有新月(5笔字)　　　　　　　　　矢
就日雁行联(6笔字)　　　　　　　　　因
飞雁一掠过扁舟(6笔字)　　　　　　　夺
人人上开心网,人人上网开心(6笔字)　肉
人生落其内(6笔字)　　　　　　　　　肉
他人不见扁舟意(6笔字)　　　　　　　迆
一生不著随人后(6笔字)　　　　　　　件
一雁飞吴天(6笔字)　　　　　　　　　合
孤云带雁来(6笔字)　　　　　　　　　会

行雁帖云齐(6笔字)	会
孤舟剪影雁阵横(6笔字)	达
几点斜雁塞上横(6笔字)	伉
将心托流水(7笔字)	沁
杯汝来前(7笔字)	沐
扁舟竟不归(7笔字)	还
势必有点举动(7笔字)	抛
今日一伤心(7笔字)	舍
不负一生心(7笔字)	志
中园花尽开(7笔字)	芫
人占仙气来(7笔字)	氙
森林砍伐不得(8笔字)	杯
一直干到四点(8笔字)	怦
长笛下扁舟(8笔字)	迪
普遍致富(8笔字)	庞
一心助人显高义(8笔字)	态
五一请个假(8笔字)	奉
接二连三中箭(8笔字)	奉
顾影明月下(8笔字)	昌
召南去后余思在(9笔字)	怠
一叶扁舟湖心来(9笔字)	适
湖中泛舟撑月行(9笔字)	适
下有碧流水(9笔字)	泵
雁至草犹春(9笔字)	荟
亦可乘扁舟(9笔字)	迹
阮元出走太突然(9笔字)	陡

布什在宫中,办事不得力(9笔字) 保

西楼一带,水月如钩(9笔字) 柒

街心若流水(9笔字) 衍

西湖山倒影,掠过一扁舟(9笔字) 浔

六合血铸就(10笔字) 益

明月流光(10笔字) 晃

系我扁舟且住(10笔字) 途

佳人隐画中(11笔字) 畦

塞雁高飞人未还(11笔字) 堆

念此日月者(11笔字) 萌

各负纵横志(12笔字) 愆

莫将流水引(13笔字) 漠

莫还生是非(13笔字) 墓

莫教明月去(13笔字) 暮

枕前泪共檐前雨(多笔字) 霖

袁廷福,1965年2月生,福建柘荣人。柘荣县灯谜协会副会长。

袁松麒

锋底远树风声起(少笔字) 丰

牛背转身声声近(少笔字) 升

221

几度又闻读书声（少笔字） 殳
为改革早日腾飞（6笔字） 协
内部改革大变样（7笔字） 两
横风斜雨打残舟（7笔字） 彤
透过花窗啄木鸟（8笔字） 卧
拨开层云见迭峦（8笔字） 屈
残花相映明月光（8笔字） 昆
建言献计不谋权（8笔字） 枝
只身异乡遇知音（8笔字） 织
枝头春到杜鹃鸣（8笔字） 肢
残花相映叶参差（9笔字） 哗
一心只图翻个身（9笔字） 总
移动三米隔栅杆（9笔字） 栏
小鸟翻飞随风去（9笔字） 疯
图金钱有损人格（9笔字） 贱
动员会后需捐献（9笔字） 贻
明月隐约六桥中（10笔字） 冥
东坡投石谜底揭（10笔字） 破
和平统一终有日（10笔字） 秤
大同小异计有别（10笔字） 读
腐败露头先杜绝（10笔字） 赃
湖光水月映秋色（10笔字） 钴
屋前三山参差影（11笔字） 崛
人人齐仰北斗星（11笔字） 淡
直达三明天气好（12笔字） 晴
存心变着为求和（12笔字） 税

一衣带水近眉山（13笔字） 滚
山横倚石水似断（13笔字） 碌
从我做起,六十载如一日（14笔字） 彰
灾情牵动八方人（14笔字） 熔
花下先结月下盟（15笔字） 蕴
务必出力多奉献,六十载将旧貌改（多笔字） 赣

袁松麒,1948年5月生,江苏常熟人。常熟市灯谜学会副会长,常熟市董浜镇文联徐市灯谜协会会长。

陶维松

千山觅仙迹（少笔字） 一
勾心斗角传妖言（少笔字） 幺
天下归心（少笔字） 夭
从小到白头,总是当配角（5笔字） 乐
架设高桥川貌变（5笔字） 帅
千里扬鞭伴星归（5笔字） 鸟
四方团结紧,齐心向前进（6笔字） 囟
工作巧安排,一定收获大（6笔字） 夸
北方有佳人（6笔字） 汝
其中另有变化（7笔字） 吾

宫心计(7笔字)	诘
八字相合可成亲(7笔字)	辛
纵横天下四方行(8笔字)	奋
为人低调结交广(8笔字)	底
激动得声泪俱下(8笔字)	放
为改旧貌献真心(8笔字)	旺
北定中原(8笔字)	泊
全凭一张嘴(8笔字)	舍
先生邀我花前会(8笔字)	茅
有增有节可致富(9笔字)	宫
千万不要惊动(9笔字)	恸
独放明月枕边看(9笔字)	查
边城设关添秀色(9笔字)	羙
乱后要么入水泊(9笔字)	鬼
翻开日记写人生(10笔字)	借
双方南宁重相聚(10笔字)	哥
正点抵达立交桥(10笔字)	宰
春末夏初宜创业(10笔字)	晋
眉月挂枝头,春临山水间(11笔字)	梨
爱上影后面含春(11笔字)	彩
为非作歹,玩火自焚(11笔字)	梦
体制改革应推广(11笔字)	检
渡头杨柳依依(11笔字)	淋
灾后献血不落后(11笔字)	盔
各续前缘芳心动(11笔字)	绺
轻车外出未见归(11笔字)	羟

天天向上明是非(12笔字)　　暑
扬帆东进,昂首向前(12笔字)　棉
一生清白品自高(12笔字)　　　皓
人人助残显高节(12笔字,异体)　葙
一夜残花谢,念之欲断肠(12笔字)　莽
林间点点梅枝展(13笔字)　　　楼
始知水到渠可成(13笔字,异体)　榘
直到三月花渐残(13笔字)　　　蒨
村中办厂喜在心(多笔字)　　　橱
调查之后回北京(多笔字)　　　檀
餐前饮水,非同一般(多笔字)　　濎

陶维松,1939年1月生,四川云阳人。重庆市灯谜学会理事。

高玉舜

坯子坏了没有(少笔字)　　　　二
窗中远岫(少笔字)　　　　　　公
仅仅少两人(少笔字)　　　　　双
肯定要禁止(少笔字)　　　　　月
证言一出便结束(少笔字)　　　止
四周不尽山(5笔字)　　　　　田

225

有个三层楼要出租(5笔字)	禾
首付一万多点(6笔字)	仿
从座上离开(6笔字)	庄
黄昏却下潇潇雨(6笔字)	汐
所谓伊人,在水一方(6笔字)	汝
没时间来聊(6笔字)	耳
衔木到终古(7笔字)	呆
校庆不在交大(7笔字)	床
于方寸之间,容天下之大(7笔字)	时
栏外系垂柳(7笔字)	杉
江上逢重九(7笔字)	沐
江头潮已平(8笔字)	泞
猝然出兵到南京(8笔字)	狩
上面有两个,底下有一对(8笔字)	竺
孩子不要多嘴(9笔字)	咳
一一补足(9笔字)	是
平分秋色(9笔字)	钧
明明白白我的心(10笔字)	悟
一气之下孩子出走(10笔字)	氦
三五成群(10笔字)	积
摄影要对准取景框(11笔字)	啪
余料不足三尺(11笔字)	斜
演出时间不变(11笔字)	淀
为赛事摄影(12笔字)	揩
不易得手(13笔字)	摊
一个呆板,一个机灵(13笔字)	槐

送走云长，来了孟德(14笔字)　　　　　　　　　遭
三人留下两个(15笔字)　　　　　　　　　　　　僵

高玉舜，辽宁沈阳人，北京谜友联谊会顾问，沈阳灯谜学会理事。

梁民生

恰似无风降半旗(少笔字)　　　　　　　　　　卜
凡间变得天上样(少笔字)　　　　　　　　　　亢
江边寺前遇知音(5笔字)　　　　　　　　　　汁
一任怀念甜蜜中(5笔字)　　　　　　　　　　甘
优势一直没有变(5笔字)　　　　　　　　　　龙
脱贫之后人变样(6笔字)　　　　　　　　　　份
进言献计为改革(6笔字)　　　　　　　　　　协
亏本不堪重负(6笔字)　　　　　　　　　　　朽
白头惟有赤心存(6笔字)　　　　　　　　　　百
又见落叶正感慨(7笔字)　　　　　　　　　　吱
个中是非知其一(7笔字)　　　　　　　　　　坏
见到老头子，听得笑声来(7笔字)　　　　　　孝
出得残月求对句(7笔字)　　　　　　　　　　局
眉月孤星挂，湖边曲径斜(7笔字)　　　　　　泛
眉头一蹙计上来(7笔字)　　　　　　　　　　评

养在深闺人未识(8笔字)	姓
兴起献爱心,面貌大变样(8笔字)	实
无限旱苗枯欲尽(8笔字)	秆
异乡点点泪,客心系钟声(8笔字)	终
圈外散了圈内聚(8笔字)	陋
残花弄影叶参差(9笔字)	哗
弄石临溪坐(9笔字)	泵
调查看出真面目(9笔字)	相
自古离别常挂念(9笔字)	革
友别一载,巧遇中原(10笔字)	夏
心上只有意中人(10笔字)	恩
止咳偏方终采用(10笔字)	核
春香去后琴声留(10笔字)	秦
横山桃花放,小桥树掩村(10笔字)	骎
西湖泛春意,荡舟溅水花(11笔字)	梁
一朵绽放点缀春(11笔字)	梵
别样一江月,依然澈底明(11笔字)	清
飞鸟远树小桥影,化入一方山水中(12笔字)	割
目睹当日之变化(12笔字)	暑
散入土中香犹在(12笔字)	楮
田间地头笠遮首(12笔字)	童
为进一言付心血(12笔字)	谥
独自泛舟,星星做伴(12笔字)	道
踏春马蹄乱,渡头小舟横(13笔字)	粱
老翁病中形憔悴(14笔字)	瘦
虽已离别两挂念(14笔字)	蜡

整月虽分离,一直有联系(14笔字) 蜩

西湖边,柳丝舞,横竖记得相思处(15笔字) 澎

修改脚本加对白(15笔字) 皞

江东分别二十载,两心相依永不离(多笔字) 懑

梁民生,1957年8月生,籍贯北京,沧州市灯谜学社理事。

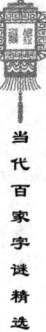

章春民

妻说残花会意巧(少笔字) 七

用心改革能成功(少笔字) 力

有点错就心难受(5笔字) 仪

酒半酣然说声干(5笔字) 甘

大同小异也收购(6笔字) 买

开始上学双眉展(6笔字) 兴

人生未易相逢(7笔字) 体

控制人口争先进(7笔字) 吹

抛出东西落窗下(7笔字) 究

一生正派敢直言(7笔字) 诅

忧郁终将白头添(7笔字) 陇

叹息是游子(8笔字) 巫

半生坎坷人憔悴(8笔字) 佳

先进称号共创建(8笔字) 和
久别偏巧西安见(8笔字) 径
重要关头人人帮(8笔字) 炎
助人为乐要尽力(9笔字) 烁
未吐一字泪先流(9笔字) 相
同心开放向前进(9笔字) 研
下课之后就猜谜(9笔字) 迷
几盘点心要加工(10笔字) 恐
枝杈断后砸倒人(10笔字) 株
束手就擒人被捉(10笔字) 离
减肥之后人显高(10笔字) 胭
放学后见老先生(11笔字) 教
灾后务尽力,带头把貌改(11笔字) 烽
不要说话朝前走(11笔字) 脱
先生姓吴已三十(11笔字) 菇
闪电一来手掩门(11笔字) 阎
感冒之后人休息(13笔字) 想
一见时迁就磕头(13笔字) 碍
中一底后加十分(13笔字) 触
初露半个璧(多笔字) 霹

章春民,1964年9月生,浙江温岭人。

萧文亿

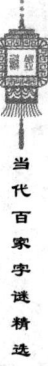

青春已逝梦难圆（少笔字）	夕
双方见面就是哭（少笔字）	犬
吃尽苦头居上游（少笔字）	古
芳心错许眉双锁（6笔字）	交
人生起步有希望（6笔字）	企
公道自有众称颂（6笔字）	讼
品行不端难成器（7笔字）	吠
折扣之后两手空（7笔字）	听
少女断案人称颂（7笔字）	宋
摘掉官帽毁一生（7笔字）	牢
破格用人出奇才（7笔字）	犹
几度求和走四方（7笔字）	秃
除去弊端正天下（8笔字）	奔
倾心相逢明月下（8笔字）	昆
灾后重点先救人（8笔字）	炎
艺高居下心不甘（8笔字）	苦
对口支援大改观（9笔字）	哈
一旦改革见效大（9笔字）	春
先除鬼子后立业（9笔字）	显

231

谜面	谜底
东拉西借为糊口(10笔字)	倍
招来是非出祸端(10笔字)	埚
天上星星朝西移(10笔字)	朕
水转至今山不转(10笔字)	涔
犬吠声闻门内外(10笔字)	润
插入篮下变主动(10笔字)	盐
阶前愁杀葬花人(10笔字)	郴
常生是非出幕后(11笔字)	堂
夕照潇湘映红楼(11笔字)	梦
有点机会又弄权(11笔字)	梵
连续出错损失大(11笔字)	爽
铃声唤来领头羊(11笔字)	羚
艺高才会有水平(11笔字)	萍
爱心若在旧梦在(11笔字)	萝
如要安宁须统一(12笔字)	婷
欲正人心从自始(12笔字)	惩
不听谗言为前提(12笔字)	搀
西部蒙受灭顶灾(12笔字)	焙
昭君求和嫁万里(12笔字)	程
一夜倾心两思念(12笔字)	葬
受贿之前须三思(12笔字)	赋
先受贿赂后问责(12笔字)	赑
桥头合伙卖点心(13笔字)	煲
泪干情断心茫然(13笔字)	睛
空前注水充窖酒(14笔字)	酷
初冬公园有调整(14笔字)	酸

铲除首恶憨为先(15笔字)
因烟而染上旧习(15笔字)
后排一上就看齐(15笔字)
上海安家结同心(多笔字)
对口重建须先行(多笔字)

憨熠斋濠嚣

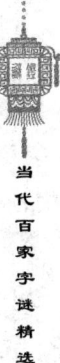

萧文亿,1929年5月生,四川新津人。新津县灯谜学术研究会会员。

黄文龙

丹心几回示人间(少笔字)
节约土地要靠人(5笔字)
灾后人少四方援(5笔字)
白首犹见出奇才(5笔字)
一生奉献为人正(6笔字)
互助正是为改革(6笔字)
人若同心结成团(6笔字)
改革开放进一言(6笔字)
先生一计当称赞(6笔字)
白首丹心仍自立(7笔字)
全面开放大腾飞(7笔字)

凡他只龙企协合讲许应弄

虚心正直造就人（7笔字）	花
初赛之前一计生（7笔字）	评
心怀天下献丹心（8笔字）	态
夺冠之前靠打拼（8笔字）	拧
明确是非要探讨（8笔字）	诗
古稀之年变化多（8笔字）	轮
今生改变必有用（9笔字）	俑
干事一定要主动（9笔字）	珏
虽用草编还出口（9笔字）	茧
人人进言为工作（9笔字）	诬
在位就为一方安（10笔字）	倍
犹似山川伴孤星（10笔字）	浪
十分好胜两相格（11笔字）	斛
口粮一半产浙东（11笔字）	断
二等瓷器亦遭偷（11笔字）	盗
老板出门献真心（12笔字）	晶
亲朋团聚站前离（12笔字）	棚
本日游罢回湘西（12笔字）	渣
测定之前少恒心（12笔字）	渲
自产自销须补全（15笔字）	颜

黄文龙，1944年10月生，湖南湘潭人。株洲市民协灯谜学会副会长兼秘书长。

黄冬妮

离人千里忧思切（少笔字）
繁华一逝尽荒草（少笔字）
终老此生田舍边（6笔字）
香屏初月觉幽深（8笔字）
月照庭前乌半飞（8笔字）
接连合十为布施（8笔字）
人亡草没总苍茫（8笔字）
幽草江间落照红（9笔字）
夭桃开后逝川中（10笔字）
六桥参差如画中（11笔字）
汇集之后从头改（11笔字）
吴头楚尾游一下（11笔字）
涂鸦的东西无需工整（11笔字）
越溪西子，施夷光也（12笔字）
香陨枝头落千片（12笔字）
爱情多舛化友情（12笔字）
转业进入了小康（13笔字）
精致妆容犹半遮（13笔字）
欣闻淅飒起风雨（13笔字）

一千毕奇的舍范络桥寅渠蛋鸿游牌舜廉数新

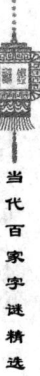

235

初逢苏小小，两心自相许（13笔字）	蒜
六朝一逝成千古（13笔字）	辞
白头旧约在，三生石上逢（14笔字）	碧
梅绽花繁春入户（14笔字）	縈
古时无后终多舛（14笔字）	舞
莺飞草长集花底（15笔字）	鹤
营营终生自逐臭（多笔字）	器
灯火凌乱黄昏后（多笔字）	燎
采菱南浦过飞舟（多笔字）	薄
吹笛梅边声似诉（多笔字）	簌
凡间始望月圆中（多笔字）	赢
月光如水眷花前（多笔字）	藤
起听蕉叶三更雨（多笔字）	灌
春蚕半老终成茧（多笔字）	蠢

黄冬妮，女，1973年10月生，广西南宁人。游子吟谜社副社长。

黄全来

繁华剔尽五十载（少笔字）	二
书生嗜读有心志（少笔字）	士
四把锄头一齐挥（5笔字）	丝

搭弓引箭挎弯刀(5笔字) 弗
初会人已自倾心(6笔字) 伦
得了沙眼，泪没少流(6笔字) 艮
是非临头开口叹(7笔字) 坚
北京几度曾易手(7笔字) 抗
几代始终平常(8笔字) 佩
总因钱财生是非(8笔字) 幸
月照板桥流水溅(8笔字) 沮
别去两悬心(9笔字) 垩
塞上破敌传千载(9笔字) 客
塞上日出云半遮(9笔字) 宣
轻舟飞过下重山(9笔字) 峙
改革一向抓重点(9笔字) 恂
其中断无一斤米(9笔字) 甚
虚荣之心人皆有(9笔字) 荼
大哥可否派人来(10笔字) 倚
此夕易水壮士别(10笔字) 浆
人要宽心看开点(10笔字) 莽
厉声隔户犬狺狺(11笔字) 唳
先时高士有许由(11笔字) 曹
出关西来总惦念(12笔字) 奠
错比相如是前身(13笔字) 媲
千载石刻现中原(13笔字) 碑
堂下传来杜鹃鸣(14笔字) 精
尚有两手准备，声称定要坚持(15笔字) 撑
迎春一曲上春晚(15笔字) 槽

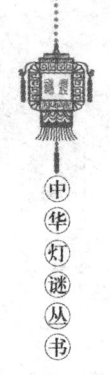

西子初至吴王宫（15笔字） 醇

文过饰非乱川中（15笔字） 斋

沿海开放始皆发（多笔字） 激

这回平反有前程（多笔字） 穑

一派西湖水色清（多笔字） 酬

日来作曲很不好（多笔字） 糟

黄全来，1985年生，河南泌阳人，现居杭州。河南省民协灯谜学委员会会员，长安文虎社社员。

黄彭生

使人不得不读史（少笔字） 一

桔叶翻飞春已尽（少笔字） 一

厉声一呼动云空（少笔字） 力

山中孤雁失了群（少笔字） 个

勤力改革作奉献（少笔字） 工

恰似双龙天际舞（5笔字） 丝

鸡鸣惊断两相思（5笔字） 叹

孔子却视之不见（5笔字） 礼

夜闻溪畔声依稀（6笔字） 汐

南北同心向前进（7笔字） 告

谜面	谜底
一贯为钱言而无信(8笔字)	佯
一夜外出闺房空(8笔字)	卦
士在千里当挂念(8笔字)	垂
山中雁阵二三行(8笔字)	奉
再寄琴心与明月(8笔字)	昊
枝头枯叶翻飞尽(8笔字)	林
扁舟孤桨弄双流(8笔字)	泌
断桥旧梦尽含羞(8笔字)	罗
十分完整无点瑕(9笔字)	冠
两地风声十分紧(9笔字)	封
寻夫岩上泪点点(9笔字)	峡
扬鞭策马奔驰去,游子未归泪已干(9笔字)	施
有职有权莫索取(9笔字)	枳
民主少了点(9笔字)	珉
别后一隔四十载(9笔字)	荆
花城燕子两衔泥(10笔字)	座
改革旧制保就业(10笔字)	晋
人虽古稀杯不离(10笔字)	桦
一别美人马奋蹄(10笔字)	羔
濒临厄境莫涉及(10笔字)	顾
俺有雄心戍穗城(11笔字)	庵
灾后重建共携手(11笔字)	掞
空山曲径水依稀(11笔字)	涵
吹罢竹笛拱手别(11笔字)	黄
月照楚女夜梦断(12笔字)	婿
此情此景惊何及(12笔字)	睛

239

独叹子离梦先断(12 笔字) 殛

川水横穿山倒影(12 笔字) 滞

南望杏枝又落叶(12 笔字) 琳

客中相识有十载(12 笔字) 谡

前后二十载,西部面貌新(12 笔字) 辜

枝头枯叶落,随风西飘去(13 笔字) 禁

如来帘中换新装(14 笔字) 嫦

霸王空遗一骓马(14 笔字) 翟

荷叶横川雁陈斜(15 笔字) 僵

来日东风弥帝阙(15 笔字) 影

耽误青春铸大错(15 笔字) 樊

前村有女字昭君(15 笔字) 樯

浪大行舟迷方向(15 笔字) 澳

翻开日记已黄昏(15 笔字) 醋

细耕三分田(多笔字) 缰

帆影蔽日雁横川(多笔字) 蠢

策马山中寻古迹,寻到古迹又难离(多笔字) 罐

黄彭生,1941 年 10 月生,福建东山人。

黄增荣

滴滴雨点落水中（少笔字）	小
东北风带点点雨（少笔字）	飞
做事靠左右用点力（少笔字）	办
要尽孝，礼先行（少笔字）	孔
桥下灯火映孤星（5笔字）	宁
心勿忧，向前进；中国人，呼声隆（5笔字）	龙
小处改革有奔头（6笔字）	买
身挂一弓闯天下（6笔字）	夷
扑灭火灾得千金（6笔字）	安
鹤立湖畔草飞荡（6笔字）	汤
湖畔曲径隐一人（6笔字）	汲
展望广州城，来春变个样（6笔字）	羊
眉月孤星映丹心（6笔字）	舟
年初设计获批准（6笔字）	许
一对同心化泪水（7笔字）	丽
自古眉月似弯钩（7笔字）	乱
一生正直严当头，上台牢记保晚节（7笔字）	却
反对的表现不在口上（7笔字）	否
桥上孤星映村头（7笔字）	宋

241

滴滴泪珠落枕头(7笔字)	沈
廿载带头为改革(7笔字)	苏
孤舟扬帆荡四方(7笔字)	邵
隐退之后须反顾(7笔字)	邹
远树依稀疑友来(7笔字)	麦
一生正直不落后,仁字当头品位高(8笔字)	佶
言而无信失娇女(8笔字)	侨
一贯不自省,到终被杀头(8笔字)	刹
春雨之后树影疏(8笔字)	奉
桥上残雪映孤帆(8笔字)	帛
入夜梦见黛玉来(8笔字)	林
从政须清正,贪财身必毁(8笔字)	败
有十分大将风度(9笔字)	奖
儿在妈前泪双行(9笔字)	姚
斜雁方临池水流(9笔字)	施
男女相会聚西楼(9笔字)	柯
春临新月照九州(9笔字)	种
马放南山天下游(9笔字)	缸
落叶翻飞杜鹃鸣(9笔字)	胡
草桥相会送秋波(9笔字)	荣
先锋就要靠忠心(9笔字)	钟
夜光圆盘何所似(10笔字)	娟
村头盼儿泪双流(10笔字)	桃
正直是其立足点(10笔字)	真
初秋迎来真心人(10笔字)	秦
娇女捧出白玉盘(10笔字)	胶

谜面	谜底
上台从政须清正,一贯正直严当头(10笔字)	致
初秋别后会西楼(11笔字)	梨
雁阵斜飞尽陶然(11笔字)	停
初秋得子方寸定(11笔字)	悸
接头成功得知音(11笔字)	掷
中西结合显奇才(11笔字)	猪
山乡巨变水亦异(11笔字)	绿
窗前星点点,素娥盼儿归(11笔字)	脱
用心抓重点,就一举而成(11笔字)	蚌
老子古稀犹垂钓(11笔字)	辄
骓马飞奔到南京(11笔字)	雀
上下共同改旧貌(11笔字)	黄
眉月当头照,枝头杜鹃鸣(12笔字)	稍
桥头残花落河中(12笔字)	葆
湖中倒影苇草没(12笔字)	韩
影片映衬入秋波(12笔字)	鼎
言词删半入下篇(13笔字)	嗣
立即分析改旧貌(13笔字)	新
一心挂念意中人(13笔字)	蒽
献身于机构改革(13笔字)	躲
她似凤飘而去也(14笔字)	嫖
失去官权后,重点保人格(14笔字)	榕
考前整天在复习(14笔字)	翥
孤帆星星映小桥,扁舟单桨平水中(14笔字)	蜜
三尺水田映新月(15笔字)	潘
溪畔柳影增相思(15笔字)	澎

闽中迎春三十载(15 笔字)	蝶
吹熄西楼旧灯火(多笔字)	橙
泊位排放显参差(多笔字)	激
眉月高悬挂树梢,堂前秋色柳影斜(多笔字)	穆
从春至秋阴雨绵(多笔字)	臻
干戈一息,共改旧貌(多笔字)	戴
眼前春色布天下(多笔字)	霜
女近暗香半销魂(多笔字)	魏

黄增荣,1933 年 10 月生,福建福州人。龙岩市职工谜协会长、龙岩市新罗区文联灯谜协会顾问。

彭金元

举目观日出(少笔字)	一
进酒之后客将离(少笔字)	一
旦夕之间出了名(少笔字)	二
端午节,喝两盅(少笔字)	千
修旧如旧(5 笔字)	古
上下凝聚向心力(5 笔字)	另
带月连星舀一瓢(5 笔字)	必
引进人才成大业(6 笔字)	亚

落日有余晖（6笔字）

西装革履街边走（6笔字）

不用叮咛会小心（6笔字）

眉眼盈盈处（6笔字）

一到寺前凡心了（6笔字）

摔了跟头卜一卦（6笔字）

西岭隐隐初冰结（7笔字）

足球先生玩噱头（7笔字）

居心不正吕奉先（7笔字）

有缺点势必改之（7笔字）

用心改革脱贫根（7笔字）

酒后黄昏独行客（7笔字）

号召上下齐合力（8笔字）

减灾后建三层楼（8笔字）

牵手同心共白头（8笔字）

人已离休犹奋蹄（8笔字）

灯节之后续中篇（8笔字）

左半边翅膀（8笔字）

古来难保是晚节（8笔字）

改天见（8笔字）

初试啼声传捷音（8笔字）

盖头底下罩婵娟（9笔字）

清辉洒上小高层（10笔字）

高品位，低姿态（10笔字）

树先进，帮落后（10笔字）

草桥寄相思（10笔字）

军 圭 宇 汕 玑 艮 冷 呈 希 抛 芬 酉 咖 宜 拓 杰 炉 肢 苦 规 诘 姜 屑 恕 梆 莺

忽见陌头杨柳色(10笔字) 梛
心系文君寄哀思(11笔字) 悼
门前一道溪流,夹岸两行垂柳(12笔字) 扉
西湖画舫沐新晖(12笔字) 温
岁末年终添友爱(12笔字) 舜
推出后起之秀(13笔字) 携
别后二月犹系念(13笔字) 蒯
避之不及刀来劈(13笔字) 辟
梅妻鹤子隐湖中(15笔字) 渍
晚节不保,后患多多(15笔字) 蕊
一见倾心惊旧梦(多笔字) 甍
清辉映玉臂(多笔字) 璧
床头夜话入梦魂(多笔字) 魔

彭金元,1930年10月生,浙江丽水人。丽水市莲都区职工谜协会员,丽水市民协灯谜研究会副主任。

谢亚芦

大人走了声音依在(少笔字) 一
杀头只当风吹帽(少笔字) 爻
大雁排行人相对(5笔字) 丛

谜面	谜底
人人要结后生缘(5笔字)	丛
一生从教作表率(5笔字)	帅
白首同归心莫忧(5笔字)	龙
你我相伴左右(6笔字)	伐
夜临后宫鸣声起(6笔字)	名
享乐在后为儿子(6笔字)	孙
倾心求偶到田中(6笔字)	毕
同心改革奋争先(7笔字)	吴
西楼窗前称颂声(7笔字)	宋
遇到困境须改革(7笔字)	杏
独立村前扬手别(7笔字)	杨
君临江边水盈盈(7笔字)	汪
了此一生叹分离(8笔字)	亟
柳梢眉月照南宫(8笔字)	和
人生为何奋争先(8笔字)	奇
前无村,后无店,人只孤单(8笔字)	府
旧貌要变共争先(8笔字)	昔
用心改革旧貌变(8笔字)	昔
困苦之中有人帮(8笔字)	林
人已退休杯不离(8笔字)	林
马驹跑在狼前头(8笔字)	狗
开发西部到玉门(8笔字)	郑
琴心三叠前景现(9笔字)	春
骁将飞马到江边(9笔字)	浇
当君白首同归日(9笔字)	皇
贪恋后宫不早朝(9笔字)	胡

247

毕其一生守北营（9笔字） 荜
绮罗散尽人独立（10笔字） 倚
一起同行到北京（10笔字） 高
心间一曲似潮声（11笔字） 曹
摆脱困境心无悔（11笔字） 梅
春色盎然宜心宽（11笔字） 菁
庭前有树春先到（11笔字） 麻
西湖断桥入眼来（12笔字） 湘
同心向前碧岩下（15笔字） 磊
降雨润苗雷声起（多笔字） 蕾

谢亚芦，1950年11月生，福建龙海人。原龙海市灯谜协会秘书长。

韩庆铭

湖光水月鼓声扬（少笔字） 古
前功尽弃半途废（5笔字） 边
南京改革有奔头（6笔字） 买
一定要有宽容心（6笔字） 共
主动向前挑重担（6笔字） 压
两点岭后气温低（7笔字） 冷

蜻蜓点水戏扁舟(7笔字) 志

夜间驾舟破浪行(7笔字) 闷

丰收之后务尽力(7笔字) 麦

方见孤星映残月(8笔字) 麥

姑娘转业当明星(9笔字) 待

西征东讨十一载(9笔字) 春

真心会见意中人(9笔字) 洼

两地积水闻蛙声(9笔字) 炮

雁迹点点戏青天(9笔字) 荣

劳模聚首献爱心(9笔字) 阁

进门之客须脱帽(9笔字) 阒

孩子出走去闹市(9笔字) 险

一到陕西人高兴(9笔字) 剡

星桥别后怨心无(10笔字) 息

我驾扁舟破浪行(10笔字) 烙

雾中小窗映残灯(10笔字) 盐

国内改革盛空前(10笔字) 秘

枝头高挂蛾眉月，小楫划船破浪行(10笔字) 能

月映远山残花影(10笔字) 能

明日去云南比高低(10笔字) 脒

月映枝头鸟双栖(10笔字) 艳

万紫千红闻燕声(10笔字) 婪

一对枕头献佳人(11笔字) 捺

一大一小把手牵(11笔字) 梁

湖上木船荡双桨(11笔字) 梵

栽松植柏到几点(11笔字)

249

西湖赏月把手分(11笔字)	淝
桥下画眉戏春水(11笔字)	深
拉土造田十二载(11笔字)	理
边防一生务尽力(11笔字)	隆
斜月低天星四点(12笔字)	然
一点樱桃献给君(12笔字)	琼
两个同心登金顶(12笔字)	答
穿上西服来工作(12笔字)	腔
秋月当头闻箫声(12笔字)	销
心系前哨意中人(13笔字)	嗯
抬头又见雀高飞(13笔字)	摊
连月争先排浊水(13笔字)	触
转眼又是二十天(14笔字)	蔓
上门把信送，收信人不在(14笔字)	谰
两个懒得把心用(多笔字)	籁
植草造林改矿貌(多笔字)	蘑
广植松柏心无愧(多笔字)	魔

韩庆铭，1943年2月生，湖北鄂州人。重庆市灯谜学会理事。

赖 兴

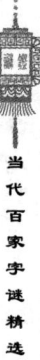

自古朔边驱逆胡（少笔字）	力
馨香散尽几声息（少笔字）	又
将士丹心为报国（少笔字）	口
几回飞去又飞来（少笔字）	凤
一抹眉月东南枝（少笔字）	友
付出何时可收回（少笔字）	日
目断淮间催泪下（5笔字）	仙
一恶施则百恶结（5笔字）	白
执着相劝，莫倚权势（5笔字）	目
一水横陈，疏星两点，知音幸会欣然意（6笔字）	兴
冷雨疏零泉流白（6笔字）	冰
上当之后，好没面子（6笔字）	妇
几处空当见机窍（6笔字）	朽
书院小，月落清宵（6笔字）	阮
举目扬眉明心志（7笔字）	声
芳心寄予先生知（7笔字）	序
涨痕翻卷浪飞空（7笔字）	张
有怀长不释（7笔字）	怅
昔日一别今相聚（7笔字）	苓

251

待人还须诚为先(7笔字)　　　　　　　诊

云山半遮山飘渺(7笔字)　　　　　　　运

白云远去兀自伤(7笔字)　　　　　　　运

一遇浮丘断不还(7笔字)　　　　　　　近

走马联翩西北来(7笔字)　　　　　　　驴

恻隐之心,仁之端也(8笔字)　　　　　侧

受冤掷纱帽,泛舟飘逸去(8笔字)　　　兔

有儿有女有兄妹(8笔字)　　　　　　　味

一被否定,唾沫四溅(8笔字)　　　　　呸

秋叶正离离(8笔字)　　　　　　　　　和

书寄何处空相倚(8笔字)　　　　　　　咛

人中君子是管仲(8笔字)　　　　　　　官

勾起点滴旧事来(8笔字)　　　　　　　怕

临水轩窗望拱桥(8笔字)　　　　　　　沿

连日入睡泪暗垂(8笔字)　　　　　　　泣

帘前新月上(8笔字)　　　　　　　　　穹

齐下人间济苍生(8笔字)　　　　　　　范

初试啼声献吉言(8笔字)　　　　　　　诘

点滴受人助,一一记在心(8笔字)　　　金

冰雪融后闻鹏音(8笔字)　　　　　　　隶

一张口就要人民币(9笔字)　　　　　　咩

只为转干到一线(9笔字)　　　　　　　咩

到达之后,参见翼王(9笔字)　　　　　研

如今虫吟思归切(9笔字)　　　　　　　虽

与人何必争高下(10笔字)　　　　　　倚

日出东南隅,云生天际渺(10笔字)　　套

窗前微月听箫声(10笔字)	宵
一心要见布什先生(10笔字)	恁
携手同心度人生(10笔字)	拿
落榜之后再复读(10笔字)	栩
犬声隔庭闻(10笔字)	润
三三两两结同心(11笔字)	惆
春色无情容易去(11笔字)	惕
人生休得要后悔(11笔字)	梅
水满西畴稻弯腰(11笔字)	淄
满地梨花雨(11笔字)	渚
谑而不虐,皆成笑谈(11笔字)	谐
始料不及,还要发言(11笔字)	谜
一叶才舒一叶生(12笔字)	喆
伸手惊扰非有心(12笔字)	就
直上云端揽日月(12笔字)	晴
明日早开十月花(12笔字)	晶
叶展影翻当砌月(12笔字)	朝
又施手段为掌权(12笔字)	棠
山间雨露之所濡(12笔字)	湍
林间潜然松叶落(12笔字)	湖
猛将孟起得封侯(12笔字)	猴
昭君和亲堪称道(12笔字)	程
家有梧桐引凤来(12笔字)	鹍
小泊岸间啼猿声(13笔字)	源
小蒜初见,欲示其心(13笔字)	蒜
动员后争相前来(13笔字)	赖

异乡偶相见,上车格外亲(13笔字) 辔

心存三分细思辨(多笔字) 缊

力逐残庯出蓟北(多笔字) 蘧

赖兴,1973年6月生,福建永定人。永安市燕江谜社理事。

雷鸿仁

苦拼二十载,白首甘甜来(5笔字) 古

撇下儿女走西口(6笔字) 妃

开车十载,万无一失(6笔字) 成

湖心岛上垂钓钩(7笔字) 乱

北京周边,取景摄影(7笔字) 彤

形状有点变,音同字不同(7笔字) 彤

乡下丰收后,又闻叫卖声(7笔字) 麦

既来之,则安之(8笔字) 兔

出身虽低下,全厂有口碑(8笔字) 卑

听其声,不是外人;观其貌,自家婆姨(8笔字) 妻

携子下乡来,植树作纪念(8笔字) 季

一生心血改旧貌,施展奇才描新图(8笔字) 苗

上学要用心,一定得高分(9笔字) 举

开会之前先猜谜(9笔字) 狱

医改抓住突破口(9笔字)   矩

锁头吹出口琴声(9笔字)   钦

官居高位,染上毒品,危及生命,骇人听闻(10笔字)   害

边区有了合作医疗(10笔字)   疾

有了孩子消费高(10笔字)   贬

双方一离开,依然心牵挂(11笔字)   营

改革三十载,乡下旧貌变(11笔字)   著

歌声一鸣惊人(11笔字)   鸽

脱贫之前苦离散,直到开放方团圆(12笔字)   喷

为非作歹,最终上了断头台(12笔字)   殛

西湖明月下,隐约游船影(12笔字)   温

双雁方落地平线,一抹新月挂天边(12笔字)   短

十载心血抓"计生"(12笔字)   谥

三连驱车,解救人质(12笔字)   遁

采集石头作标本(13笔字)   禁

二人交心解心宽(13笔字)   窥

西南边疆我家乡,宅院别提多漂亮(14笔字)   墅

湖边明月下,二人影成双(15笔字)   潜

赏景上西湖,正逢小阳春(15笔字)   潮

门前池边树,窝中栖双鸟(15笔字)   澜

变相拿回扣,最终丢了权(多笔字)   操

百度一下,只需两秒(多笔字)   穆

戒除吸毒后,容貌变新颜(多笔字)   豁

雷鸿仁,1938年3月生,河北冀州人。

蔡　芳

上不来,下不去,接二连三,卡在中间（少笔字）	一
有心一定先表态（少笔字）	人
丝带同心结未成（少笔字）	十
并非远树起风声（少笔字）	丰
黄河如画,汉水奔流（少笔字）	凤
天下之大是非多（少笔字）	王
其言有诈,怎敢放心（5笔字）	乍
言而无信生是非（5笔字）	仕
帮扶一人尽全力（5笔字）	功
分离之日,心如刀割（5笔字）	归
借得东风计已成（5笔字）	讯
语中方言何可废（6笔字）	伍
不退洪水不罢休（6笔字）	共
了却凡心上岛来（6笔字）	凫
主要缺点应纠正（6笔字）	圭
高空雁南飞,排一又排人（6笔字）	庆
大雪之后水结冰（7笔字）	灵
绝妙女色不易求（7笔字）	纱
乡下变化脱贫后（7笔字）	纷

宁愿掉头不低头(8笔字)	抵
北宋虽亡南宋在(8笔字)	林
抓住机遇齐心协作(8笔字)	枫
是非皆由人口出(8笔字)	舍
巧夺天工,干在前头(8笔字)	金
山中游人堪仰止(8笔字)	齿
推心置腹,待人有方(9笔字)	保
上台下台误一生(9笔字)	哞
上品也要找缺点(9笔字)	拽
琴心三叠明月下(9笔字)	春
一帆独归西(9笔字)	狮
流水一汪空对月(9笔字)	珊
四面环山,之推安在(9笔字)	界
后方将士上前线(9笔字)	结
用心搞改革,大干变了样(9笔字)	荃
劳模先进真光彩(9笔字)	荣
开镰之后囤中满(9笔字)	钝
雄心自可安天下(10笔字)	倚
东村雪后觅初梅(10笔字)	栉
三伏以后入初秋(10笔字)	秦
二一添作五(10笔字)	积
落入窠臼之中,言多奉承之意(10笔字)	谀
将军夜不脱,黄沙百战穿(10笔字)	钾
白头始见岁寒心(11笔字)	密
但有寸进靠先生(11笔字)	得
得人和者谦为首(12笔字)	储

257

四方来帮助,同心挖穷根(12笔字)	富
马屁精较劲(12笔字)	揩
领导条子不顶用(12笔字)	揩
直将真心对日月(12笔字)	晴
不负前盟归田里(12笔字)	朝
得月楼头先得月(12笔字)	棚
春末会见杜先生(12笔字)	楮
开口求人因交浅(12笔字)	溅
嫂子送水请走好(12笔字)	溲
近水楼台先得月(12笔字)	湄
人生自可巧安排(12笔字)	犄
闻声只为思君切,夜来好向郎边去(12笔字)	飧
谨慎发言,真心出力(13笔字)	勤
琢玉无成安可补(13笔字)	嫁
疑在东南降霖雨(13笔字)	楚
贪婪偏要捞点滴(13笔字)	楼
几多军士没东南(13笔字)	毂
重点用人,献言出谋(13笔字)	煤
如玉无瑕心无愧(13笔字)	瑰
祖先留下同心结(13笔字)	福
要为十方除疾苦(13笔字)	蕨
九月重阳登高节(13笔字)	蓄
出言誓要中一球(13笔字)	蜇
中有一人颇自负(13笔字)	赖
不可自吹自擂(13笔字)	跨
先生辛苦不到头(13笔字)	辞

谜面	谜底
一见西施日倾心（13笔字）	酯
四处贴金，多半没用（13笔字）	锣
古时金屋，至今不见（13笔字）	锯
天倾西北断难补（13笔字）	雉
大雨一下就变小（13笔字）	零
二者勾心又搞鬼（13笔字）	魂
有令当止山外人（13笔字）	龄
如见枝头花半放（14笔字）	嫩
若是有心应开口（14笔字）	愿
春天来后草木生（14笔字）	模
屋顶雨水渗下来（14笔字）	漏
泳装一着人更美（14笔字）	漾
倾心方才知之，必先予之足下（14笔字）	疑
古来唯苦言多谬（14笔字）	蓼
黄昏前后萤初飞（14笔字）	蜡
清浊之水不同流（14笔字）	蜻
贫寒前后难相顾（14笔字）	赛
秦末边镇烽烟起（14笔字）	锹
百无一用心有愧（14笔字）	魄
明月落墙西，现出猫头鹰（15笔字）	增
日来一曲闲中得（15笔字）	槽
三更月上柳梢头（15笔字）	潲
勿要满足于目前（15笔字）	踢
出口一定要正宗（15笔字）	踪
无疑水会结成冰（多笔字）	凝
对口解困帮一手（多笔字）	操

月映柳丝斜,喜上前头来（多笔字）	膨
逐虎几无成（多笔字）	遽
不为锦鳞设（多笔字）	鲱
一到天黑孤星现（多笔字）	默
一行结伴来康定（多笔字）	穅
不受玉璧唯纳言（多笔字）	譬
及早进贡立冬前（多笔字）	赣

蔡芳,1953年10月生,福建尤溪人。福建永安燕江谜社社长。

蔡建荣

明月已下方别离（少笔字）	一
天涯漂泊人何在（少笔字）	一
夫人此去要小心（少笔字）	丁
轩车不到处（少笔字）	干
不能随众人（少笔字）	从
春节三日西北游（少笔字）	仑
一箭飞坠双飞翼（少笔字）	水
用心向前进（少笔字）	牛
下岗后,人消瘦（5笔字）	仙
相约重逢在岁前（5笔字）	出

树心本为土(5笔字)

随之连日断电(5笔字)

不要大变,但求小改(6笔字)

方寸付虚空(6笔字)

画中识得倾心人(6笔字)

窗前依稀梅枝影(6笔字)

三星疏落映蜀中(6笔字)

晌午前后(6笔字)

树梢新月弯弯(6笔字)

放马空山中(6笔字)

倾心相伴斜塘前(6笔字)

挖空心思后,人样已憔悴(7笔字)

听其声准是客,视背后却是兄,看前头乃旧人,四围空空在湖中
(7笔字)

相约美眉乔迁后(7笔字)

太白夜半去塞北(7笔字)

户外星光两倾心(7笔字)

湖畔远树舞风声(7笔字)

人家尽枕河(7笔字)

送礼之后是非生(7笔字)

一弯纤月茅舍上(7笔字)

无人伸张是与非(8笔字)

桥畔约君二点来(8笔字)

层峦叠嶂残月映(8笔字)

凡心本已变(8笔字)

又见春色入画中(8笔字)

圣 轧 买 仿 华 安 州 早 朵 岙 老 佃 克 妖 宋 屁 沣 沪 社 芬 坤 宝 屈 杭 枝

岁前重逢在异乡（8笔字）　　　　　　　　　绌
孤星明月隐云层（8笔字）　　　　　　　　　肩
云残花前飞鸟鸣（8笔字）　　　　　　　　　苢
昔日一别八方游（9笔字）　　　　　　　　　哄
叶间见残花片片（9笔字）　　　　　　　　　哗
双帆参差远树影（9笔字）　　　　　　　　　帮
画中波浪荡小舟（9笔字）　　　　　　　　　思
秦晋始终结世亲（9笔字）　　　　　　　　　春
吃尽苦头朝前走（9笔字）　　　　　　　　　胡
小舟逐浪蝶（9笔字）　　　　　　　　　　　迹
一客相逢在南宁（9笔字）　　　　　　　　　酊
出门望佳人（9笔字）　　　　　　　　　　　闰
残花片片阶前地（9笔字）　　　　　　　　　陛
苦心北上白头人（10笔字）　　　　　　　　乘
吾自凭窗听雨声（10笔字）　　　　　　　　圄
是是非非在心头（10笔字）　　　　　　　　恚
一叶残花参差伴（10笔字）　　　　　　　　晔
人到楼前始识君（10笔字）　　　　　　　　栓
残骸已废人自休（10笔字）　　　　　　　　核
欲改困境务出力（10笔字）　　　　　　　　格
黛玉潸然出后宫（10笔字）　　　　　　　　涓
自失伴人后，连日盼回音（10笔字）　　　　畔
独离东村到码头（10笔字）　　　　　　　　砵
暗香乃觉芍药开（10笔字）　　　　　　　　绣
言及秋后再相逢（10笔字）　　　　　　　　谈
姑娘独自听蝉鸣（11笔字）　　　　　　　　婵

楼头重见衣衫飞（11笔字） 彬
一曲缠绵明月隐（11笔字） 曹
重回村前已斜阳（11笔字） 梦
炎夏犹闻读书声（12笔字） 暑
日暮送别星桥下（13笔字） 窦
湖畔枝头蝶飞舞（13笔字） 滦
四方同心夺冠军（13笔字） 辐
云散后现湖畔月（15笔字） 澈
蓦上心来意重重（15笔字） 蕊

蔡建荣，1967年5月生，浙江温岭人。虎友谜社社长。

蔡祖德

终生抱负为中兴（少笔字） 一
说一是一，说二是二（少笔字） 乙
一来就干跑买卖（少笔字） 十
下下签，芳心动（少笔字） 卜
气一消，张口就吃（少笔字） 乞
离开是非之地（少笔字） 也
严字当头保晚节（少笔字） 卫
水里来，火里去（少笔字） 小

带头改革收获大(少笔字)	丰
为人要直率一点(少笔字)	仆
重峦叠嶂平地起(5笔字)	丝
一而再,上网惹是非(5笔字)	冉
纵使白头归去,意念依然如故(5笔字)	旧
城头变幻大王旗(5笔字)	邢
三更起坐泪成行(6笔字)	州
折柳三叠曲,引舟循声来(6笔字)	巡
日暮沧波起(6笔字)	汐
引得高官入室来(6笔字)	至
明月当空照边陲(6笔字)	阳
从政清正,为人直率(7笔字)	攸
村前曲径有人来(7笔字)	极
未吐一字泪先流(7笔字)	沐
游园活动近黄昏(7笔字)	酉
明月下西楼,一去无踪影(8笔字)	杳
开山造田绘丹青(8笔字)	画
半天残月照深宫(9笔字)	咦
女儿雨中喊声遥(9笔字)	姚
善始善终记心头(9笔字)	总
借口找缺点,意在拉关系(9笔字)	拽
人总有个三长二短(10笔字)	俸
毕其一生守寸土(10笔字)	特
分明倾心成知音(10笔字)	脂
我在谜中寻蹊径(10笔字)	途
山移水改乡下变(11笔字)	绿

梨花满地不开门（11笔字） 阉
一地梨花马蹄迹（12笔字） 煮
衣一脱，人变俗（12笔字） 裕
竭泽而渔终有日（12笔字） 鲁
演出时间要认真（13笔字） 滇
禁令之下莫上前（14笔字） 慕
高考日近，抓紧复习（14笔字） 翥
汕头早已小阳春（15笔字） 潮
点点滴滴逐人来（多笔字） 燧
半缘修道半缘君（多笔字） 璐
虽无头绪，宽心可解难（多笔字） 蠖
千里来襄助，义举留乡音（多笔字） 骧

蔡祖德，1942年11月生，广东潮阳人。

蔡秋湖

天下之大人为大（少笔字） 一
调查结果要分开（少笔字） 么
斜月一弯悬远山（少笔字） 六
花开横枝一两朵（少笔字） 屯
独自山中垂钓钩（少笔字）

小萤零碎傍船飞(少笔字)
名扬四方走天下(少笔字)
恰似蜻蜓立钓竿(少笔字)
帘前斜月弯弯路(少笔字)
准备在先,再稍改动(5笔字)
后方不见人进仓(5笔字)
一点头就要帮到底(5笔字)
入春为女说媒来(5笔字)
大江截流展新姿(6笔字)
窗外新月挂远山(6笔字)
川西难见流星雨(6笔字)
雁阵横斜玉钩下(6笔字)
两人一走,接连出错(6笔字)
水里来,火里去,携手向前进(7笔字)
风细柳斜斜(7笔字)
关机之后进了水(7笔字)
鱼上钩,一扯溜走(7笔字)
小心头上十字架(8笔字)
花窗破裂栖寒鸦(8笔字)
联合开处方(8笔字)
改变念头春已暮(8笔字)
依旧斜月伴双星(8笔字)
人虽退休献余热(8笔字)
入湘春已尽(8笔字)
更改厂名(8笔字)
此后不见胃下垂(8笔字)

心
歹
王
乏
冬
厄
市
甘
全
吆
师
有
网
抄
杉
沐
龟
卖
卧
咎
奉
怕
杰
泪
矽
肯

谜面	谜底
坚持前方一个月(8笔字)	肾
未见春桃始先发(9笔字)	姚
争先恐后雪上行(9笔字)	急
其中不要有接头(9笔字)	拱
找到一点得百分(9笔字)	挠
匠心独具变术多(9笔字)	斫
将头转向娘跟前(9笔字)	茹
东风吹柳雁北飞(9笔字)	轸
须臾人已殁,旧友先后来(9笔字)	叟
道三声,人仆地(10笔字)	倒
家里有变化(10笔字)	冢
下令连月送出关(10笔字)	通
翻开日记写心得(11笔字)	惜
春波桥下映眉月(11笔字)	深
爱上虚荣心(11笔字)	菜
龙的传人要同心(11笔字)	龛
元宵前后共团圆(12笔字)	期
斜月犹挂小楼西(12笔字)	稍
张先生,再见!一定来!(12笔字)	粥
年终岁末先备粮(12笔字,异体)	舜
集中一点,不要分散(12笔字)	蛤
正要买个窝头来(13笔字)	窦
部分出口需十日(13笔字)	障
月斜时近五更天(14笔字)	夤
只身进村来(14笔字)	榭
验收之后要蓄水(14笔字)	潋

虽分开,有钱来(14笔字) 蝉

三毛动手用棍挑东西(15笔字) 撬

月出江头树梢顶(15笔字) 渻

赤脚涉水明月下(15笔字) 踏

灯节后又挂上灯谜(多笔字) 燮

老让发言咱带头(多笔字) 嚷

蔡秋湖,1946年9月生,福建同安人。厦门市同安区灯谜协会副会长,厦门市灯谜协会理事。

潘洁妹

空思大汉恩泽在(少笔字) 一

此间来消半日闲(少笔字) 十

一临古戍心伤感(少笔字) 下

落日催归一行雁(少笔字) 山

岭外今岁无一书(少笔字) 卞

湘帘深沉日将落(5笔字) 市

白马坡前日将落(7笔字) 坞

此日带雪蕾已开(8笔字) 帚

来书未拆心中哀(9笔字) 总

袁术哀伤又叹息(9笔字) 枯

谜面	谜底
今日闲步青山中（9笔字）	柱
一别但下千行泪（9笔字）	衍
逐客无家又心苦（9笔字）	适
亭前冻叶随车飞（10笔字）	凉
万里放逐方归日（10笔字）	敖
清涧鸟鸣落日里（10笔字）	润
天阔涧清月光明（10笔字）	皋
枉费工夫到白头（10笔字）	秦
却令诸邻俱无言（10笔字）	都
今日相聚共下棋（11笔字）	晗
宫中佳味千古绝（11笔字）	桯
诸子尽孝到亲前（11笔字）	谙
中天白云已散去（12笔字）	智
江口一别人始见（12笔字）	溃
唯有云长放胆来（12笔字）	雄
此日重逢人垂泪（13笔字）	漠
清樽酒尽日落时（14笔字）	精
千花百草招人来（14笔字）	暮
二人一同往蓟北（多笔字）	薤
有心莫辞酒盏浅（多笔字，繁体）	醖

潘洁妹，1975年1月生，广东澄海人。澄海灯谜协会副秘书长，澄海红头船谜社副社长。

魏育涛

云归天际山容淡（少笔字）
笔头去取万千端（少笔字）
赏心古难并（少笔字）
松深渐觉风声紧（少笔字）
逆途迢迢遭遇同（少笔字）
尾生抱柱守前信（少笔字）
疏帘铺淡月（少笔字）
一生仗义声名闻（少笔字）
梁燕自双归（5笔字）
连山断处瞰平野（5笔字）
独对月中空恻叹（5笔字）
赏心添脚力（5笔字）
超然欢笑同（5笔字）
画舸荡桨随浪箭（5笔字）
为学须靠点滴积（6笔字）
丝丝杨柳乱飞鸦（6笔字）
留香犹带几分白（6笔字）
半是浓妆半淡妆（6笔字）
冷烛残蜡半消融（6笔字）

一 七 十 丰 之 什 币 文 丛 丝 册 另 台 必 字 州 机 汝 虫

适与心赏会（6笔字）	迁
又寄古调传知音（7笔字）	吱
画眉窗下月犹残（7笔字）	囧
野旷天清里舍空（7笔字）	序
清江初月圆（7笔字）	肛
抛尽去云成独立（7笔字）	辛
吟咏半生得力作（8笔字）	咖
帆樯触浪平（8笔字）	忠
干戈及黄屋（8笔字）	庠
故垒西边江东去（8笔字）	沽
清光千里同（8笔字）	胀
梨花半落雨初过（8笔字）	苯
处心积虑夺先机（8笔字）	虎
素衣半裹容颜驻（8笔字）	表
半耕半读何言累（8笔字）	诔
泪洒汨罗一大夫（9笔字）	奏
儿女悬双泪（9笔字）	姚
独使樽前空对月（9笔字）	栅
泪珠先已凝双睫（9笔字）	洤
天际归帆犹半隐（9笔字）	狮
一态未了一态生（9笔字）	籽
绮楼青云端（10笔字）	桂
移床就堂下（10笔字）	桩
读书连年列榜首（10笔字）	殊
江楼半隐入雾中（10笔字）	涤
山树远近笔端落（10笔字）	耗

一弯残月照离人（10笔字）	胰
烟花犹自半凋残（10笔字）	荻
开襟望九州（10笔字）	袤
小窗依约云和月（11笔字）	唷
数帆和雨下归舟（11笔字）	患
回首泪纵横（11笔字）	涸
应怜半死白头翁（11笔字）	翎
短焰剔残花（11笔字）	萏
处世谋生甘奉献（11笔字）	谍
明月逐弯弓（11笔字）	鸾
染上赌博吃苦头（12笔字）	喷
柳叶临妆添半痕（12笔字）	媚
杜鹃叫落西楼月（12笔字）	棚
倚月素娥徒有树（12笔字）	棚
落月篷窗照水滨（12笔字）	渭
杨柳带疏烟（12笔字）	焚
诳蒙左右图封侯（12笔字）	猴
塞上初归复此行（12笔字）	街
芍药将开剪缬罗（12笔字）	颉
小大同悦熙（13笔字）	筷
笔羽凋零剑锋涩（13笔字）	签
独吹边曲向残阳（14笔字）	嘈
枕边吹断雨数声（14笔字）	漱
言辞诸多半猜测（14笔字）	潴
秋禾枯槁春难播（14笔字）	犒
到日长安花似雨（15笔字）	影

272

一树梨花一溪月(15笔字)　　渻

杨柳半溪阴(15笔字)　　　　渍

潮头驾月冲残梦(15笔字)　　渳

丝雨柳梢头(多笔字)　　　　霖

半枝柔柳寄心意(多笔字)　　懋

地角天涯路(多笔字)　　　　璐

点点帆影系客心(多笔字)　　蠡

方此三秋遇(多笔字)　　　　鑫

魏育涛，1972年6月生，广东汕头人。汕头市灯谜学术委员会常务副主任。

字谜集锦

形象工字都念伊(少笔字)	乙/于庆顺
点头一定帮到底(5笔字)	市/于庆顺
优先去见白先生(5笔字)	龙/于庆顺
改土归流(6笔字)	汗/于庆顺
天干五行居四位(6笔字)	灯/于庆顺
错就错在不用心(6笔字)	网/于庆顺
打乱笔画巧安排(7笔字)	克/于庆顺
残月孤星无犬吠(7笔字)	启/于庆顺
夜半自先到城西(7笔字)	孝/于庆顺
治厂有术(7笔字)	床/于庆顺
脱困重组听幸声(7笔字)	杏/于庆顺
打狼误把狗打死(7笔字)	良/于庆顺
次子相随送出关(7笔字)	远/于庆顺
辰时赴阵前(7笔字)	陇/于庆顺
真心依旧(8笔字)	旺/于庆顺
岁末玉门展新姿(9笔字)	奖/于庆顺
陇上春来早(9笔字)	栊/于庆顺
飞龙在天(11笔字)	晨/于庆顺
争先恐后到阵前(11笔字)	隐/于庆顺

274

下西楼进北屋(12笔字) 屡/于庆顺
流落江边栖码头(12笔字) 硫/于庆顺
南京重逢十三天(12笔字) 隙/于庆顺
开放浦东(15笔字) 敷/于庆顺
端午别后北关见(5笔字) 乎/王玮
"两弹一星"入空中(6笔字) 兴/王玮
一钩残月日出时(7笔字) 寿/王玮
百善孝为先(7笔字) 辛/王玮
几多白首曾入仕(8笔字) 凭/王玮
人一生终为名节(8笔字) 命/王玮
头名状元人夸赞(9笔字) 奖/王玮
期末之前,儿游乡下(9笔字) 胤/王玮
送哥前去边防哨(10笔字) 啊/王玮
冠军创业立心志(10笔字) 壶/王玮
艰难当前巧用权(10笔字) 桑/王玮
挽长弓,射潮头(10笔字) 涨/王玮
北关桥头花半放(10笔字) 莱/王玮
三山错落居半掩(11笔字) 崛/王玮
扛鼎力无穷(11笔字) 控/王玮
泪水一抹心恨消(11笔字) 眼/王玮
初秋四方游名山(11笔字) 秽/王玮
花前月下初会晤(11笔字) 萌/王玮
初涂红唇半带羞(12笔字) 嗟/王玮
当初上春晚总不放心(12笔字) 曾/王玮
下台休要失晚节(12笔字) 葆/王玮
弃前嫌,广结缘(13笔字) 廉/王玮

谜面	谜底
一出西安客行早(13笔字)	酪/王玮
小伙扮花旦(14笔字)	僚/王玮
缔结花前月下盟(15笔字)	蕴/王玮
为人三思而后行(多笔字)	儡/王玮
后化对蝶终结缘(多笔字)	鑫/王玮
小雀飞鸣唱花前(多笔字)	鹳/王玮
会下不见会上见(少笔字)	从/王汉生
医心缺失会出错(少笔字)	区/王汉生
白头犹用心(少笔字)	牛/王汉生
人人有底线(5笔字)	丛/王汉生
二人共白头(5笔字)	失/王汉生
用心改变仍出错(5笔字)	艾/王汉生
节前出差(5笔字)	艾/王汉生
内人不在连出错(6笔字)	网/王汉生
开支后连着购物(8笔字)	卖/王汉生
心有点大(8笔字)	态/王汉生
故乡在原上(9笔字)	厘/王汉生
酒肆东西已售完(9笔字)	津/王汉生
冀中人去川中(9笔字)	界/王汉生
有点转业之心(10笔字)	恋/王汉生
心系银牌(10笔字)	恶/王汉生
三人和合方离去(10笔字)	秦/王汉生
乘船到宁波(10笔字)	通/王汉生
花前汗点点(11笔字)	萍/王汉生
两口一一进了门(11笔字)	阆/王汉生
杨柳枝头春意浓(12笔字)	森/王汉生

两地相连到闽中(12笔字)　　　　　　　　蛙/王汉生

脸上生春(14笔字)　　　　　　　　　　　榕/王汉生

蚂蚁上树(少笔字)　　　　　　　　　　　卜/王立忠

一点摇桨离川中(6笔字)　　　　　　　　齐/王立忠

用心转变有作为(7笔字)　　　　　　　　苏/王立忠

蜻蜓点点绕窗飞(8笔字)　　　　　　　　呼/王立忠

永结同心一起飞(8笔字)　　　　　　　　咏/王立忠

周日小憩高桥上(8笔字)　　　　　　　　尚/王立忠

上当惹来先生火(8笔字)　　　　　　　　炒/王立忠

木制马扎无人坐(9笔字)　　　　　　　　桎/王立忠

派头十足向前进(9笔字)　　　　　　　　活/王立忠

先搞到一点就乱用(10笔字)　　　　　　捕/王立忠

用心专一色彩浓(10笔字)　　　　　　　艳/王立忠

老头子获救之后(11笔字)　　　　　　　教/王立忠

节前改革双丰收(11笔字)　　　　　　　菲/王立忠

河中三星影,桥下荡孤帆(12笔字)　　　啼/王立忠

用心看动画(12笔字)　　　　　　　　　崽/王立忠

阳光初照影(12笔字)　　　　　　　　　陝/王立忠

一到乱时先捞钱(13笔字)　　　　　　　锊/王立忠

一口之家(14笔字)　　　　　　　　　　豪/王立忠

政策一传达,个个去行动(多笔字)　　　整/王立忠

火光点点天上来(少笔字)　　　　　　　大/王国勇

大人外出走西口(少笔字)　　　　　　　元/王国勇

一点不小心(少笔字)　　　　　　　　　六/王国勇

蒙头转向点点见(5笔字)　　　　　　　半/王国勇

白头方见是非来(7笔字)　　　　　　　告/王国勇

同心外出共配合(8笔字) 典/王国勇
摆脱困境有雄心(9笔字) 保/王国勇
一直帮忙还有错(9笔字) 恼/王国勇
颠倒用心是意中(9笔字) 茸/王国勇
塞上相逢二十载(10笔字) 宽/王国勇
雄心壮志到白头(10笔字) 悐/王国勇
渭水月下伴人行(10笔字) 畔/王国勇
改变困境靠上头(11笔字) 梧/王国勇
清明前后可种田(12笔字) 渭/王国勇
得心应手意中人(13笔字) 摁/王国勇
岭头先接闱中人(14笔字) 摧/王国勇
一行珠泪滴错落(少笔字) 文/王思凯
始叹人生如罪犯(5笔字) 囚/王思凯
初更新月照江东(5笔字) 左/王思凯
一不小心成举人(5笔字) 灭/王思凯
一生清白付东流(6笔字) 件/王思凯
若去上元怀古去(7笔字) 克/王思凯
内部分立旗帜扬(7笔字) 呐/王思凯
甘心对人付苦心(7笔字) 坐/王思凯
独对残红空泪流(7笔字) 汪/王思凯
听其便,以二十来下注(7笔字) 汴/王思凯
网络出错各分散(7笔字) 纲/王思凯
来日但见辛苦心(8笔字) 伴/王思凯
为人开放任纵横(8笔字) 奔/王思凯
洗尽山岚昭春到(8笔字) 枫/王思凯
开始助残已十载(8笔字) 直/王思凯

月隐云端动芳心(8笔字)	育/王思凯
月移云端映河中(9笔字)	胆/王思凯
柳倚栏前近黄昏(11笔字)	梦/王思凯
始终犹怕惹是非(11笔字)	猪/王思凯
孤帆一片楚天游(11笔字)	蛋/王思凯
立尽楼头渐西行(13笔字)	新/王思凯
当前本末须调整(13笔字)	禁/王思凯
调动职务图心安(15笔字)	聪/王思凯
点清方知数上千(少笔字)	万/厉国栋
潮水干净古迹清(少笔字)	月/厉国栋
高官人格何能丢(5笔字)	宁/厉国栋
治国有方向前进(6笔字)	压/厉国栋
抱琴半遮如西施(7笔字)	吟/厉国栋
舍弃人格又丧权(7笔字)	杆/厉国栋
普天之下礼选让(8笔字)	奄/厉国栋
一心立志孙仲谋(8笔字)	枝/厉国栋
梅西进球创一流(8笔字)	沭/厉国栋
则天取名自发明(8笔字)	空/厉国栋
双方联营是非多(8笔字)	茔/厉国栋
尽心尽力帮基层(9笔字)	恸/厉国栋
做梦兔年上春晚(9笔字)	柳/厉国栋
古渡前头酒旗斜(9笔字)	活/厉国栋
绝句五首列前茅(9笔字)	茍/厉国栋
起草初写意见书(10笔字)	宽/厉国栋
先进楷模要推广(11笔字)	麻/厉国栋
秋波相送董仲颖(12笔字)	棹/厉国栋

谜面	谜底/作者
自古清明少有晴(12笔字)	湖/厉国栋
私字当头奉先错(12笔字)	稀/厉国栋
紧要关头咱敢先(12笔字)	絮/厉国栋
有利演讲造声势(12笔字)	谧/厉国栋
犹带箬笠姜伯约(13笔字)	雍/厉国栋
昭君少女十八变(15笔字)	樯/厉国栋
招安山东及时雨(多笔字)	鲛/厉国栋
历史变更(少笔字)	二/叶晓来
到了年前山变样(少笔字)	尹/叶晓来
一介书生真棒(少笔字)	牛/叶晓来
这一点前所未有(5笔字)	斥/叶晓来
一定要有人格在(6笔字)	合/叶晓来
小心一点别上当(6笔字)	寻/叶晓来
一日失去不回来(7笔字)	否/叶晓来
一弯残月至云端(7笔字)	层/叶晓来
离岗组织再分配(7笔字)	岖/叶晓来
整日惹是生非(7笔字)	旱/叶晓来
饱食终日一无成(8笔字)	咆/叶晓来
一一去掉坏现象(8笔字)	环/叶晓来
一行雁阵入疏林(10笔字)	株/叶晓来
灾后重建四方来(11笔字)	啖/叶晓来
这日子过得喘不过气来(14笔字)	骡/叶晓来
对未来问心无愧(14笔字)	魅/叶晓来
酒后要挂念安全(多笔字)	醛/叶晓来
其中也有他(少笔字)	仁/田守文
直通未来(5笔字)	兰/田守文

肯上进不落后(5笔字)	正/田守文
从前还小,记得一点(6笔字)	亦/田守文
认出多半是同年(6笔字)	岁/田守文
从此再不生是非(7笔字)	两/田守文
握手言和齐鼓掌(8笔字)	拍/田守文
一曲飘散远山中(8笔字)	苕/田守文
央视一套节目(9笔字)	映/田守文
人同心,乡貌新(9笔字)	给/田守文
加加减减得十八(10笔字)	桂/田守文
梅妻鹤子朝夕伴(11笔字)	梦/田守文
横竖相思一桥隔(12笔字)	壹/田守文
空中接力变花样(少笔字)	为/石昭智
岗位调换(7笔字)	岖/石昭智
窗前梅枝迎春来(10笔字)	案/石昭智
一言表白两倾心(11笔字)	谐/石昭智
今日进两球,夺得第二名(12笔字)	普/石昭智
服装展览会(12笔字)	裂/石昭智
自始至终守亭下(少笔字)	厅/买立新
原先基础未改动(5笔字)	本/买立新
苦心为改革(6笔字)	协/买立新
抛开左右抓重心(6笔字)	旭/买立新
得孙在秋后(6笔字)	灯/买立新
好像读四声(6笔字)	似/买立新
旧城改造(7笔字)	吧/买立新
《读者》撕去最中间(7笔字)	折/买立新
新月挂枝头,仍不见来人(7笔字)	秀/买立新

童声步韵居龙头(8笔字) 兔/买立新
姿态调整抛一球(8笔字) 势/买立新
此生离乱心挂牵(9笔字) 怹/买立新
内衣前后缝补遍(9笔字) 衲/买立新
谈吐高雅招人喜(9笔字) 诱/买立新
放眼红旗皆称好(9笔字) 郝/买立新
雨中湖畔有行人(10笔字) 脊/买立新
春雨入秦呈祥瑞(11笔字) 秞/买立新
片言释前嫌(12笔字) 谦/买立新
像鱼儿,但非鱼,叫啥呢(多笔字) 鲵/买立新
东三省有辽宁省(多笔字) 黜/买立新
开口向上就是错(少笔字) 凶/刘渝
两乡一并起变化(5笔字) 丝/刘渝
总是无心弄颠倒(5笔字) 只/刘渝
出力不小很实在(5笔字) 夯/刘渝
三三两两有派头(5笔字) 汁/刘渝
每人都要多出点点力(6笔字) 伪/刘渝
新春伊始提前到(6笔字) 扩/刘渝
轻车出行一直要小心(7笔字) 到/刘渝
个个争先,一人上台(8笔字) 参/刘渝
爱美之心多点点(8笔字) 宝/刘渝
申请一交心满意(8笔字) 忠/刘渝
音量单位是什么(8笔字) 贫/刘渝
双头蝴蝶舞翩翩(8笔字) 变/刘渝
多方在一起(9笔字) 哆/刘渝
自上而下,一起用心(9笔字) 恤/刘渝

谜面	谜底/作者
提前合并(9笔字)	拼/刘渝
家中分得两块地(9笔字)	闰/刘渝
空山横卧风中鸟(9笔字)	鸥/刘渝
手提双刀到台下(10笔字)	捌/刘渝
吃苦在前,说话算话(10笔字)	诺/刘渝
安阳就在左边(12笔字)	晾/刘渝
是非面前个个都要小心一点(12笔字)	等/刘渝
三方提前到村头(多笔字)	操/刘渝
点三三(少笔字)	九/刘之侠
燕子空中上下飞(5笔字)	北/刘之侠
山影横斜日落时(6笔字)	寻/刘之侠
古树遮阳不见村(7笔字)	豆/刘之侠
俯首牵儿泪双垂(8笔字)	佻/刘之侠
单刀赴会(8笔字)	剑/刘之侠
对头存心生是非(8笔字)	怪/刘之侠
后会有期(8笔字)	朋/刘之侠
林泉结伴踏青去,流水淙淙对碧松(9笔字)	柏/刘之侠
翻山涉水,小心一点(9笔字)	浔/刘之侠
一一结伴侣(10笔字)	倡/刘之侠
依山而傍水(12笔字)	湍/刘之侠
改变理念,面对将来(12笔字)	蒋/刘之侠
掺水酿"琼浆"(13笔字)	酗/刘之侠
窗前乍见柳初生(14笔字)	榨/刘之侠
上海没一点雨(14笔字)	漏/刘之侠
耳听为虚(15笔字)	瞋/刘之侠
政改须得受约束(多笔字)	整/刘之侠

回来作一点调查(多笔字)	檀/刘之侠
猎犬一出有斩获(少笔字)	日/刘庆斌
一遇困难别叹休(5笔字)	主/刘庆斌
真心赴国难,宁为玉碎死(6笔字)	亘/刘庆斌
一别感受心中同(6笔字)	戍/刘庆斌
抗日阵前逞雄威(6笔字)	阳/刘庆斌
几度拼杀叶挺红(8笔字)	枫/刘庆斌
横山托日起宏图(8笔字)	画/刘庆斌
一生奉献,装点人间(9笔字)	南/刘庆斌
山中日月长,一生烦饥饱(9笔字)	胃/刘庆斌
两个移近坐榻,各亮出掌中字(10笔字)	拳/刘庆斌
敷衍了事不放行(10笔字)	浦/刘庆斌
动情不言怎开怀(10笔字)	请/刘庆斌
一生向上求脱贫(10笔字)	颂/刘庆斌
激情奔放浑不怕(11笔字)	清/刘庆斌
等待封杀不向前(11笔字)	符/刘庆斌
破除迷信心雄起(11笔字)	谜/刘庆斌
坦然纵横人生(12笔字)	堤/刘庆斌
纵横人生担道义(12笔字)	提/刘庆斌
老子入函谷,不闻世外事(12笔字)	联/刘庆斌
钦佩先主,取人和得天下(13笔字)	锥/刘庆斌
携手住一处(少笔字)	乃/刘国瑞
空中雁字朝北飞(少笔字)	火/刘国瑞
两岸直通真给力(5笔字)	功/刘国瑞
到异乡,方纠结(5笔字)	叫/刘国瑞
点滴作奉献,横竖要给力(6笔字)	协/刘国瑞

谜面	谜底/作者
开年后与母相伴(7笔字)	每/刘国瑞
人人有工作(7笔字)	巫/刘国瑞
共建高架桥(8笔字)	典/刘国瑞
正逢春又至(8笔字)	枝/刘国瑞
十字架立在四楼顶(8笔字)	直/刘国瑞
百里挑一两倾心(9笔字)	皆/刘国瑞
春至人宽心(9笔字)	茶/刘国瑞
定居山水间(10笔字)	剧/刘国瑞
据有中原得天下,一定称王(11笔字)	奢/刘国瑞
念双方爱心犹存(11笔字)	营/刘国瑞
迎岁首,四方团结心相连(12笔字)	崽/刘国瑞
机身改造(13笔字)	躲/刘国瑞
人在厂就在(少笔字)	仄/刘铁跟
姑娘未有先生伴(9笔字)	姝/刘铁跟
本日大调整(9笔字)	查/刘铁跟
责任人离任(10笔字)	债/刘铁跟
老头饭前闻酸味(12笔字)	馊/刘铁跟
二小二小戴草帽(13笔字)	蒜/刘铁跟
老头船头数船只(15笔字)	艘/刘铁跟
生净旦末丑(少笔字)	牛/孙文荣
平上去入反复端详(6笔字)	伞/孙文荣
新春伊始大加恭贺(6笔字)	庆/孙文荣
有水就有生命(6笔字)	舌/孙文荣
走势称好(6笔字)	行/孙文荣
十二方连(7笔字)	呈/孙文荣
残月伴三星,夜半垂钓钩(8笔字)	乳/孙文荣

同心出点子(8笔字)	享/孙文荣
人离是非之地(8笔字)	佳/孙文荣
排除洪水人安全(8笔字)	供/孙文荣
带头改革大见效(8笔字)	奔/孙文荣
雨点错落孤村前(8笔字)	杰/孙文荣
除夕转眼到(8笔字)	罗/孙文荣
三层楼前双燕飞(9笔字)	俎/孙文荣
爱心十分打百分,名列前茅第一名(9笔字)	冠/孙文荣
禾苗破土而出(10笔字)	乘/孙文荣
不用言请人自来(10笔字)	倩/孙文荣
天上人间心相连(10笔字)	恐/孙文荣
二手同出火字(10笔字)	拳/孙文荣
狗吠声连户内外(10笔字)	润/孙文荣
兔四方连(10笔字)	留/孙文荣
山里去创业必能挣钱(12笔字)	凿/孙文荣
眼前浦东变春色(12笔字)	湘/孙文荣
十分得体(12笔字)	谢/孙文荣
心已离开急要走(12笔字)	趋/孙文荣
分开莫心悲(12笔字,异体)	韮/孙文荣
双方新春又团聚(13笔字)	嗓/孙文荣
口角源于此(多笔字)	嘴/孙文荣
雄心不减(少笔字)	什/朱一鸣
千载一逢(少笔字)	壬/朱一鸣
一径弯弯连台南(5笔字)	号/朱一鸣
南京城西来会聚(6笔字)	尘/朱一鸣
年初山西一日游(7笔字)	严/朱一鸣

龙年伊始(7笔字)　　　　　　　　　　龙/朱一鸣
功成之后冀中见(7笔字)　　　　　　　男/朱一鸣
上海一日游(8笔字)　　　　　　　　　呷/朱一鸣
天下一统四方联(8笔字)　　　　　　　奋/朱一鸣
申城一月未下雨(8笔字)　　　　　　　肩/朱一鸣
周末西湖雾中行(9笔字)　　　　　　　洺/朱一鸣
宁波之行无阻碍(10笔字)　　　　　　 通/朱一鸣
秋后重逢在江西(11笔字)　　　　　　 淡/朱一鸣
三月一直在沪上(11笔字)　　　　　　 清/朱一鸣
倾心对话为团结(11笔字)　　　　　　 谐/朱一鸣
我到河南真开心(11笔字)　　　　　　 豫/朱一鸣
毕业后要上陕西(11笔字)　　　　　　 鄄/朱一鸣
突破外围朝前进(12笔字)　　　　　　 韩/朱一鸣
西湖一直觅知音(5笔字)　　　　　　　汁/朱景澄
小宛千里去寻夫(7笔字)　　　　　　　芙/朱景澄
秋尽树凋赋闲愁(7笔字)　　　　　　　闷/朱景澄
枝头眉月如少女(8笔字)　　　　　　　和/朱景澄
断石一方半空悬(8笔字)　　　　　　　宓/朱景澄
一见眉月客心清(8笔字)　　　　　　　宕/朱景澄
一肩挑月雁带星(8笔字)　　　　　　　戾/朱景澄
层峦终见残冬尽(8笔字)　　　　　　　绌/朱景澄
仅见残雪冠终南(9笔字)　　　　　　　侵/朱景澄
深宫美姬生是非(9笔字)　　　　　　　姞/朱景澄
落泪湘娥前锁眉(9笔字)　　　　　　　娄/朱景澄
少女原是公瑾妻(9笔字)　　　　　　　娇/朱景澄
舟失迷峡终难寻(9笔字)　　　　　　　籼/朱景澄

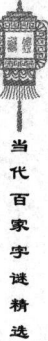

天台远山隐，招提约题诗(9笔字)	误/朱景澄
残年此夕闲中得(10笔字)	桀/朱景澄
山鸟不鸣宿湖中(11笔字)	崮/朱景澄
夜阑梦影景难描(11笔字)	彬/朱景澄
女友一见就爱上(12笔字)	媛/朱景澄
绝代容颜色终衰(12笔字)	缅/朱景澄
但见潇湘人已去(13笔字)	楂/朱景澄
孔子问津先探穴(13笔字)	滨/朱景澄
驱车进山见莲峰(13笔字)	蓬/朱景澄
宝玉出，楼台半隐画眉人(14笔字)	榕/朱景澄
大河独见孤帆远(14笔字)	漪/朱景澄
欲黄昏，明月渐移君瑞来(多笔字)	醒/朱景澄
鸟落山门疑崔护(多笔字)	擢/朱景澄
此日项王伴美人(多笔字)	鳎/朱景澄
大人不在需小心(少笔字)	丁/闫 涛
元旦前后，干字当头(少笔字)	三/闫 涛
真心不二，直到白头(少笔字)	千/闫 涛
你走后，他也去了(少笔字)	从/闫 涛
真心换来芳心动(5笔字)	玉/闫 涛
送别舟楫，天上点点白云长(6笔字)	关/闫 涛
树雄心，旧貌换新颜(7笔字)	但/闫 涛
新月又上柳梢头(7笔字)	条/闫 涛
窗前不要抛东西(7笔字)	究/闫 涛
湖光水月飞鸟鸣(8笔字)	咕/闫 涛
助残奉献一点爱心(8笔字)	宜/闫 涛
脱贫之后才放心(8笔字)	忿/闫 涛

朝前走有奔头(8笔字)	朋/闫涛
有心改变旧面貌(9笔字)	思/闫涛
分离十八载,寻根又归来(9笔字)	树/闫涛
十八相送,终有一别(9笔字)	盼/闫涛
立秋之前,清明之后(9笔字)	香/闫涛
一直向前莫后退(10笔字)	借/闫涛
双方以仁相待(10笔字)	倡/闫涛
公字当头人品端(10笔字)	容/闫涛
放完烟火进门来(11笔字)	阁/闫涛
毁坏森林,后患就在眼前(13笔字)	想/闫涛
放假无人上班(13笔字)	瑕/闫涛
职务调动才放心(15笔字)	聪/闫涛
酒后有错定罚款(15笔字)	醋/闫涛
天涯赤子心(少笔字)	三/余禾
不小心会前功尽弃(少笔字)	办/余禾
出风头会出现错误(少笔字)	爻/余禾
太阳西下雁阵斜(5笔字)	外/余禾
一点错误惹是非(7笔字)	坟/余禾
搭上爱心直通车(9笔字)	挥/余禾
天上月初至,触目归客心(10笔字)	夏/余禾
退休之后心无愧(11笔字)	傀/余禾
清如水,明如月(12笔字)	晴/余禾
业务对口交流会(12笔字)	湿/余禾
先烈牺牲后者上(12笔字)	煮/余禾
七夕分开二十载(12笔字)	葬/余禾
昭示然后才明了(13笔字)	照/余禾

谜面	谜底
午前直线上升,摆脱熊市(少笔字)	牛/吴　涛
优化组合,一直未落实(5笔字)	龙/吴　涛
三方团结延续不断(6笔字)	亘/吴　涛
西月渐移堕西郊(6笔字)	那/吴　涛
云峰缺处涌冰轮(7笔字)	县/吴　涛
月满云残,云满月缺(7笔字)	县/吴　涛
凤舞离乱池水边(7笔字)	没/吴　涛
只要反复用心看(8笔字)	单/吴　涛
雪花六出,梅枝入画(9笔字)	娄/吴　涛
只要反复看,就会记心上(9笔字)	总/吴　涛
匹配成其全,无其难匹成(9笔字)	甚/吴　涛
东西汉之间外戚专断(11笔字)	淑/吴　涛
那猴头行者摇身一变八戒模样(11笔字)	猪/吴　涛
湖水暮阳入画中(15笔字)	潭/吴　涛
人人重点抓秋收(少笔字)	千/吴添生
一行斜雁向人来(5笔字)	矢/吴添生
节后奉命来聚会(6笔字)	合/吴添生
嫩芽初上落叶松(11笔字)	菇/吴添生
艺高人品高,一生明是非(12笔字)	塔/吴添生
来日上京观风光(12笔字)	景/吴添生
吊脚楼前泉水清(12笔字)	棉/吴添生
相逢海西诉乡音(12笔字)	湘/吴添生
饮后可再奏乐曲(14笔字)	歌/吴添生
面带春意上福州(14笔字)	榕/吴添生
双鸟飞旋栖山间(5笔字)	忆/张之义
孤星眉月映曲径(5笔字)	乏/张之义

前后乱了无心画(7笔字)　　　吨/张之义
含怒叹息不随心(7笔字)　　　妗/张之义
斜月双星照人还(7笔字)　　　炙/张之义
以言作证德为先(8笔字)　　　征/张之义
西湖留言马上到(9笔字)　　　浒/张之义
跋山涉水又造桥(10笔字)　　浸/张之义
前走后追正靠近(11笔字)　　埠/张之义
春水细流蝶飞舞(13笔字)　　溇/张之义
一生离合到西口(14笔字)　　酷/张之义
游戏之前闻歌声(少笔字)　　戈/张凤媛
一到后宅就害怕(少笔字)　　毛/张凤媛
一到包头就建厂(5笔字)　　厉/张凤媛
石变色(5笔字)　　白/张凤媛
结庐在人境(5笔字)　　闪/张凤媛
压变形了(6笔字)　　　庄/张凤媛
枝节纵横又一春(6笔字)　　权/张凤媛
弄后有点错乱(6笔字)　　　齐/张凤媛
所患不同心(7笔字)　　串/张凤媛
柳宗元集(7笔字)　　　宋/张凤媛
乔迁以后河边住(7笔字)　　沃/张凤媛
离别沧水二十载(7笔字)　　苍/张凤媛
必须先安定(8笔字)　　宓/张凤媛
断云照水映残月(8笔字)　　泓/张凤媛
走红之后来劲头(8笔字)　　经/张凤媛
退之去后又回来(8笔字)　　艰/张凤媛
二队首先整改成功(8笔字)　　　郑/张凤媛

出得闺门同赏春(10笔字)	桂/张凤媛
中西结合居前列(11笔字)	屠/张凤媛
入监后泪横流(12笔字)	温/张凤媛
挖掉穷根除后患(12笔字)	窜/张凤媛
有心人在前头走(13笔字)	愈/张凤媛
都被后面蒙住了(13笔字)	褚/张凤媛
庭前残月影,人约在三更(14笔字)	廖/张凤媛
双方一见立拔刀(14笔字)	韶/张凤媛
鸟亦罢其鸣(少笔字)	口/张伟雄
不绝如缕颂诗声(5笔字)	丝/张伟雄
点缀于黑暗中(5笔字)	鸟/张伟雄
苟无恒心(6笔字)	亘/张伟雄
匠心独运,堪称第一(7笔字)	匣/张伟雄
从来纸半张(7笔字)	纵/张伟雄
凡心在处万念生(7笔字)	芳/张伟雄
微风雁阵伴云来(7笔字)	诊/张伟雄
不拘一格降人才(7笔字)	财/张伟雄
横山桥下孤帆入(8笔字)	帚/张伟雄
无才可去补苍天(8笔字)	矾/张伟雄
千里横山雁阵疏(8笔字)	秉/张伟雄
画中有意,知音渺茫(9笔字)	思/张伟雄
红丝断兮凡心在(10笔字)	恐/张伟雄
且待眉月上西楼(10笔字)	租/张伟雄
设酒杀鸡迎客至(13笔字)	滨/张伟雄
抹去泪水,放松心情(13笔字)	睛/张伟雄
连日守株待兔(14笔字)	榴/张伟雄

谜面	谜底/作者
雪降横山鹭鸟飞（多笔字）	露/张伟雄
大于号、小于号要小心对待（少笔字）	水/张恒茂
头觉到半夜（8笔字）	学/张恒茂
烟台条约（10笔字）	烙/张恒茂
转眼之间有了名分（11笔字）	啰/张恒茂
向来大米靠出口（15笔字）	噢/张恒茂
老沈献出一点爱心（15笔字）	潘/张恒茂
天下分合仍是天下（多笔字）	霰/张恒茂
东风拂柳燕归巢（少笔字）	飞/张顺社
川中不见雁阵来（少笔字）	介/张顺社
直接合同（5笔字）	司/张顺社
望三方紧密合作（5笔字）	目/张顺社
人前揭盖头（6笔字）	血/张顺社
台北搭建三层楼（7笔字）	县/张顺社
江水已涸十八载（7笔字）	杠/张顺社
月上枝头，仍不见人（7笔字）	秀/张顺社
人有百万变轻薄（8笔字）	佻/张顺社
人在台北，一生相等（8笔字）	侔/张顺社
山里人口变新貌（8笔字）	岊/张顺社
一生著文修改勤，为师只管礼拜事（8笔字）	牧/张顺社
河东植树多枝茎（9笔字）	柯/张顺社
大泽起义发诏告（9笔字）	皈/张顺社
罗先生发言一直小心，仍难免犯错遭到惩处（9笔字）	罚/张顺社
村前守候挂念人（9笔字）	茶/张顺社
改造山水广植树（11笔字）	康/张顺社
莫言发言真给力（12笔字）	募/张顺社

三方合作献真心(12笔字)　　　　　　　　　晶/张顺社

喝了口水仍口干(12笔字)　　　　　　　　　渴/张顺社

两个阀门丢失了(12笔字)　　　　　　　　　筏/张顺社

单枪匹马游天下(少笔字)　　　　　　　　　一/张留顺

春夜仍不见夫归(少笔字)　　　　　　　　　一/张留顺

正结同心(6笔字)　　　　　　　　　　　　　吉/张留顺

年年年头逢春归(7笔字)　　　　　　　　　杉/张留顺

几度流水依画桥(7笔字)　　　　　　　　　沉/张留顺

小心一点朝前走(7笔字)　　　　　　　　　肘/张留顺

第十八集(7笔字)　　　　　　　　　　　　闲/张留顺

老伴雄心在(8笔字)　　　　　　　　　　　佬/张留顺

人人同心搞改革(8笔字)　　　　　　　　　使/张留顺

残月掩映两重山(8笔字)　　　　　　　　　屈/张留顺

远山近水映残月(8笔字)　　　　　　　　　泓/张留顺

用心改革重上岗(8笔字)　　　　　　　　　茁/张留顺

灾后一一相携手(9笔字)　　　　　　　　　挟/张留顺

爱心写就新人生(9笔字)　　　　　　　　　牵/张留顺

点滴助人有前程(9笔字)　　　　　　　　　秋/张留顺

窗外远山映清辉(9笔字)　　　　　　　　　胎/张留顺

兄妹别后二十载(9笔字)　　　　　　　　　茹/张留顺

方位调整(10笔字)　　　　　　　　　　　　倍/张留顺

明月当空邀客来(10笔字)　　　　　　　　晒/张留顺

暮来人生有变化(10笔字)　　　　　　　　殊/张留顺

塘畔残花斜枝放(6笔字)　　　　　　　　老/李文林(冀)

半杯水酒一口干(7笔字)　　　　　　　　机/李文林(冀)

扎根山乡变化大(7笔字)　　　　　　　　纯/李文林(冀)

斜雁消失风雨中（8笔字）	佩／李文林（冀）
独行天涯三十载（8笔字）	奔／李文林（冀）
小舟斜篙水纵横（8笔字）	泌／李文林（冀）
迟早一定要讨回（8笔字）	诗／李文林（冀）
灾后重建去西部（10笔字）	郯／李文林（冀）
举头雁阵横村头（11笔字）	检／李文林（冀）
蜻蜓点点恋水草（11笔字）	萍／李文林（冀）
枝头早梅几朵开（12笔字）	森／李文林（冀）
三星伴月四山环（12笔字）	渭／李文林（冀）
村边塘畔竹参天（12笔字）	等／李文林（冀）
来者叩首谢西邻（13笔字）	嘟／李文林（冀）
村前寨后旧貌变（13笔字）	楂／李文林（冀）
河边枝头落蝴蝶（13笔字）	滦／李文林（冀）
古树半枝掩村落（13笔字）	鼓／李文林（冀）
三星伴月夜入梦（15笔字）	渍／李文林（冀）
村头泉下人伴月（15笔字）	滕／李文林（冀）
大连人（少笔字）	一／李方正
要用真心来奉献（少笔字）	人／李方正
天涯赤子心（少笔字）	三／李方正
先前看似三角形（少笔字）	么／李方正
人退步后似闻泣声（6笔字）	企／李方正
小投入大回报（6笔字）	尖／李方正
一直干在前头（6笔字）	羊／李方正
调休七天到古田（6笔字）	讲／李方正
重新抛球（8笔字）	势／李方正
善始善终为儿操心（10笔字）	悦／李方正

谜面	谜底
上等油不掺水(11笔字)	笛/李方正
芍药开时邀君来(12笔字)	缔/李方正
闽中折桂后(12笔字)	蛙/李方正
黄昏前后拿钱来(13笔字)	错/李方正
一生隐居嵩山下(14笔字)	犒/李方正
进京出成就(少笔字)	尤/李玉虹
小心不要再出错(少笔字)	父/李玉虹
西湖隐约月朦胧(5笔字)	古/李玉虹
生火取热(6笔字)	执/李玉虹
一一清查作调整(7笔字)	呆/李玉虹
堂前不见二人在(7笔字)	坐/李玉虹
紧要关头我先上(7笔字)	系/李玉虹
坐姿不正说胡话(7笔字)	巫/李玉虹
他也要去玉皇顶(8笔字)	佰/李玉虹
洪水退去人安置(8笔字)	供/李玉虹
一点一滴来争取(8笔字)	净/李玉虹
碰头会提前(8笔字)	拓/李玉虹
春节二人同思念(8笔字)	昔/李玉虹
倒数第一争上游(8笔字)	油/李玉虹
前头不见有人来(9笔字)	俞/李玉虹
差一点入大牢(9笔字)	牵/李玉虹
一定有理(10笔字)	埋/李玉虹
雁度在秋前(少笔字)	千/李明会
是非拂面尘(少笔字)	小/李明会
中计群英会，从此把姓隐(少笔字)	干/李明会
一柱插云根(5笔字)	去/李明会

孔子出游载月归(5笔字)	甩/李明会
一水抱城西(7笔字)	汪/李明会
雁阵变幻入画中(8笔字)	奋/李明会
点点爱心融春意(8笔字)	枣/李明会
放心菜，人放心(9笔字)	茶/李明会
行到水穷处(9笔字)	衍/李明会
何人得见河水清(10笔字)	哥/李明会
月落山容瘦(10笔字)	峭/李明会
举目远眺赏春光(10笔字)	桃/李明会
扬帆破浪舟行急(11笔字)	惠/李明会
柱必先腐而后虫生(11笔字)	蛀/李明会
观山赏水需晴日(12笔字)	湍/李明会
日月浮生外(13笔字)	腥/李明会
浪蹴半空花(14笔字)	踉/李明会
春意融融水清澄(多笔字)	橙/李明会
灯火阑珊亭下盟(少笔字)	丁/李牧雏
天下三分人亦散(少笔字)	卜/李牧雏
逐鹿中原广驰骋(少笔字)	比/李牧雏
鼬鼠钻出一穴外(11笔字)	寅/李牧雏
香火终日挂心头(13笔字)	愁/李牧雏
暗香倾倒旁人(13笔字)	颖/李牧雏
缄口创业心竭虑(14笔字)	嘘/李牧雏
吴邑杏花吹满头(多笔字)	藻/李牧雏
无端喊伊独相见(少笔字)	一/李英杰
音乐光盘(少笔字)	月/李英杰
药材好了药才好(少笔字)	木/李英杰

改日前往大散关（7笔字）	豆/李英杰
春来几许芳心（8笔字）	杭/李英杰
雄居榜首（8笔字）	松/李英杰
把手放到背后（8笔字）	肥/李英杰
一定要争先留下（8笔字）	鱼/李英杰
一旦用心，就会持久（9笔字）	恒/李英杰
厂里配方不传人（9笔字）	砖/李英杰
转眼又到春节前（11笔字）	曼/李英杰
错错错铸成大错（11笔字）	爽/李英杰
夜夜新月挂枝头（11笔字）	移/李英杰
月临水上映秋色（13笔字）	腺/李英杰
河边月上柳梢头（15笔字）	渞/李英杰
提前一日回北京（多笔字）	擅/李英杰
留下来共同复习（多笔字）	翼/李英杰
知识问答哪都有（少笔字）	口/李剑虹
此人来头可不小（少笔字）	大/李剑虹
重头戏（少笔字）	双/李剑虹
交人要交心（少笔字）	火/李剑虹
是人总会犯点错（5笔字）	仪/李剑虹
摆脱困境向前进（5笔字）	禾/李剑虹
台上二人转（6笔字）	会/李剑虹
上台去一夜便成名（6笔字）	吕/李剑虹
来消息后通知我（6笔字）	自/李剑虹
清点后发现有误（7笔字）	卤/李剑虹
不见伊人四方寻（7笔字）	君/李剑虹
年初就会有转机（7笔字）	秃/李剑虹

轿车没收人拘留（8笔字）　　　　　　　　　　侨/李剑虹
改变环境（8笔字）　　　　　　　　　　　　　坯/李剑虹
倾心两相携，一日不分离（8笔字）　　　　　　昆/李剑虹
从西域到中原（8笔字）　　　　　　　　　　　者/李剑虹
一点来开户转存（9笔字）　　　　　　　　　　屏/李剑虹
佳人尚未娶进门（9笔字）　　　　　　　　　　闺/李剑虹
大人整日垂钓钩（10笔字）　　　　　　　　　　俺/李剑虹
没见饮食更干渴（13笔字）　　　　　　　　　　歇/李剑虹
相见之后别又难（13笔字）　　　　　　　　　　睚/李剑虹
江河源头啥模样（少笔字）　　　　　　　　　　九/李培镇
雨一下，点点滴滴溅开（少笔字）　　　　　　　巾/李培镇
卧龙凤雏（少笔字）　　　　　　　　　　　　　广/李培镇
施与爱心挥毫间（5笔字）　　　　　　　　　　　写/李培镇
半生功名传佳话（5笔字）　　　　　　　　　　　加/李培镇
张宇一行平安抵南京（5笔字）　　　　　　　　　宁/李培镇
一生执教美名扬（5笔字）　　　　　　　　　　　帅/李培镇
操桨荡舟水珠溅（5笔字）　　　　　　　　　　　必/李培镇
陈陈古调无新意（5笔字）　　　　　　　　　　　旧/李培镇
五柳先生著作（5笔字）　　　　　　　　　　　　本/李培镇
曲径通人缘溪行（6笔字）　　　　　　　　　　　汲/李培镇
千载几人行（7笔字）　　　　　　　　　　　　　秃/李培镇
半生离乱心牵挂（8笔字）　　　　　　　　　　　怦/李培镇
名扬四方转眼间（8笔字）　　　　　　　　　　　罗/李培镇
月斜天边半掩云（10笔字）　　　　　　　　　　　挨/李培镇
一行雁阵排云上，四壁山光入画中（10笔字）　　　畚/李培镇
莫待是非来入耳（13笔字）　　　　　　　　　　　墓/李培镇

喝酒解渴留客心(13笔字) 酪/李培镇
异乡犹念月下盟(15笔字) 蕴/李培镇
合并生产须容纳(15笔字) 颜/李培镇
无数春笋满林生(多笔字) 篙/李培镇
转业之前又相见(8笔字) 变/李耀忠
先戒烟后限酒(9笔字) 泗/李耀忠
酒后开车入牢中(9笔字) 浑/李耀忠
酒驾醉驾不一样(11笔字) 淬/李耀忠
唯有改革有销路(11笔字) 售/李著成
双双进入古稀年(12笔字) 辍/李著成
别后一月人心散(12笔字) 愉/李耀忠
睡上枕头才放心(13笔字) 想/李耀忠
象鼻山下度一生(6笔字) 牟/杜玉树
小楼孤灯斜雨侵(7笔字) 彤/杜玉树
爱心如潮知几许(7笔字) 沉/杜玉树
说三道四尽噪音(7笔字) 皂/杜玉树
双燕归来依残红(7笔字) 纵/杜玉树
双燕归来细雨中(8笔字) 炎/杜玉树
半窗残月听蛩声(8笔字) 穹/杜玉树
十二地支首尾连(9笔字) 孩/杜玉树
人行马路斑马线(9笔字) 春/杜玉树
眉月枝头挂,雁阵点点来(9笔字) 秋/杜玉树
带头改革先脱贫(9笔字) 贵/杜玉树
入门皆是弹冠客(9笔字) 阁/杜玉树
雾中远树系孤舟(10笔字) 逢/杜玉树
千万同春住(12笔字) 椋/杜玉树

窗前残红篱下落(14笔字) 堃/杜玉树
平反归来正重阳(14笔字) 蘠/杜玉树
上下齐心大造林(15笔字) 樊/杜玉树
师中自有将帅统(少笔字) 一/杜赞荣
残月如眉挂柳梢(5笔字) 禾/杜赞荣
春归何处人不觉(9笔字) 柯/杜赞荣
一夜走红大不同(10笔字) 殊/杜赞荣
连日泛舟山水间(12笔字) 崈/杜赞荣
一贯为人不小气(少笔字) 大/杨合清
寸土必保有雄心(8笔字) 恃/杨合清
同心向前搞改革(10笔字) 破/杨合清
几登舰头望北京(10笔字) 航/杨合清
抛下东西在寨后(6笔字) 杂/杨继述
早莺噪园中(7笔字) 芫/杨继述
居于山水间(10笔字) 剧/杨继述
共同设计(10笔字) 调/杨继述
村前寨后人排队(10笔字) 梛/杨继述
丰收前后求团圆(11笔字) 球/杨继述
随园入口会千金(14笔字) 嫩/杨继述
为人一生正(5笔字) 仕/汪扬善
轻舟渡水凭一篙(5笔字) 必/汪扬善
纵横国际,四面称王(5笔字) 田/汪扬善
一到晚上花就残(6笔字) 死/汪扬善
满心欢喜(7笔字) 兑/汪扬善
色即是空(7笔字) 赤/汪扬善
镜头对着山水中(7笔字) 钊/汪扬善

301

谜面	谜底/作者
三人各带点东西(12笔字)	焱/汪扬善
夸大其辞显欠缺(少笔字)	亏/沈双义
横竖一定要支持下面(5笔字)	圣/沈双义
空即是色,色即是空(5笔字)	白/沈双义
大同小异(6笔字)	买/沈双义
开始创业(6笔字)	亚/沈双义
象3进1得车(6笔字)	阵/沈双义
只因八字合不拢,伊人芳踪今难觅(7笔字)	君/沈双义
高帽儿变相捧上来(7笔字)	抗/沈双义
进口水果汁,不见水果影(8笔字)	沽/沈双义
个个有点爱心,两口定能相连(14笔字)	管/沈双义
举头望,天上五星参差;箫声起,清韵优雅悦耳(6笔字)	兴/肖伯成
好字当头求稳定(6笔字)	安/肖伯成
五两三七配成药(6笔字)	约/肖伯成
一斤四两(7笔字)	兵/肖伯成
两只小舟雨里行(7笔字)	忍/肖伯成
洞顶三星伴新月(8笔字)	乳/肖伯成
宝玉出走牵连下人(8笔字)	定/肖伯成
高桥低处雁栖歇,新月孤星映曲径(8笔字)	贬/肖伯成
夕阳西沉雁低飞(9笔字)	是/肖伯成
眼前必须搞改革(10笔字)	息/肖伯成
轻舟破浪孤星落(10笔字)	恳/肖伯成
喜欢听音乐(10笔字)	悦/肖伯成
四面围墙隔大火(10笔字)	烟/肖伯成
大计划小变动(10笔字)	读/肖伯成
六合高桥连八方,生意兴隆贸易望(11笔字)	商/肖伯成

浪遏飞舟风篷满(11笔字)	患/肖伯成
恰似山顶鸟翻飞(11笔字)	痕/肖伯成
金乌玉兔正相对(12笔字)	朝/肖伯成
举杯邀月影不离(12笔字)	棚/肖伯成
个个忘却旧时日(12笔字)	等/肖伯成
满口金木水火土(13笔字)	衙/肖伯成
川酒新配方(13笔字)	酬/肖伯成
立即分居惹是非(多笔字)	壁/肖伯成
孤星伴月雁穿过(多笔字)	膺/肖伯成
老万一定未到达(多笔字)	藕/肖伯成
出发点定错位(少笔字)	义/苏启隆
孤星残月映小窗(7笔字)	启/苏启隆
买卖不成又动手(7笔字)	技/苏启隆
几多爱心泪凝成(7笔字)	沉/苏启隆
南京赏月听箫声(7笔字)	肖/苏启隆
三三两两话同心(8笔字)	诘/苏启隆
前前后后放心上(9笔字)	总/苏启隆
争先入川上前线(9笔字)	绝/苏启隆
月照窗外见远山(9笔字)	胎/苏启隆
失踪孩子送回门(9笔字)	阋/苏启隆
挖穷根,巧安排(10笔字)	窍/苏启隆
远树稀烟入雾中(11笔字)	烽/苏启隆
双方携手去市中(13笔字)	搞/苏启隆
昨夜窗前望桥头(14笔字)	榨/苏启隆
雁阵临柴扉(5笔字)	们/陈 德
白首挥戈投军去(7笔字)	我/陈 德

303

谜面	谜底	作者
夕阳西照雁阵斜（9笔字）	是	陈德
染就一江秋色（12笔字）	湟	陈德
太后遭劫动不得（少笔字）	卜	陈霄
五百岁初度（5笔字）	击	陈霄
初月挂前星（5笔字）	白	陈霄
人间一品高（6笔字）	合	陈霄
嫩寒初透（6笔字）	安	陈霄
王质起视柯尽烂（6笔字）	朱	陈霄
坠叶满前程（6笔字）	舌	陈霄
日月光阴（6笔字）	阳	陈霄
云开初见月痕新（7笔字）	县	陈霄
又要前去跑买卖（7笔字）	妓	陈霄
日与月相连（8笔字）	明	陈霄
书生空白头（9笔字）	星	陈霄
逐日定无前（9笔字）	是	陈霄
渡头烟火起（9笔字）	洇	陈霄
春后先依景（10笔字）	倡	陈霄
安心会自得（10笔字）	息	陈霄
双星天上会（10笔字）	晅	陈霄
坠叶满前程（10笔字）	秳	陈霄
早晚请安子尽孝（10笔字）	诸	陈霄
酒醉时分溺水亡（11笔字）	淬	陈霄
长戈横折钩凝血（11笔字）	盛	陈霄
人心一齐倒吕布（13笔字）	嗯	陈霄
晚节不保定入监（13笔字）	蓝	陈霄
山月影轩窗（14笔字）	嘣	陈霄

谜面	谜底/作者
家口乱云中（14笔字）	豪/陈霄
浊水清处鲽鱼游（14笔字）	蝶/陈霄
繁叶先剪喂虫来（14笔字）	蝶/陈霄
人人主动援西部（15笔字）	醉/陈霄
六点三分全集合（多笔字）	鑫/陈霄
游罢南京游北京（少笔字）	口/陈士平
言而有信方可交（少笔字）	仃/陈士平
抛出东西诱人来（少笔字）	仇/陈士平
关掉阀门解雇人（少笔字）	戈/陈士平
西部开发有人来（少笔字）	队/陈士平
一一得一在前头（5笔字）	兰/陈士平
用心改革见苦心（5笔字）	卉/陈士平
安排女排打头阵（5笔字）	宁/陈士平
灯火阑珊携手归（5笔字）	打/陈士平
同心改革献一生（5笔字）	旦/陈士平
街前街后都叫棒（6笔字）	行/陈士平
连日相约在亭下（7笔字）	町/陈士平
二人相恋到花前（7笔字）	芙/陈士平
离开闹市隐森林（7笔字）	闲/陈士平
君离海南到首都（8笔字）	京/陈士平
提前上岗重组合（8笔字）	拙/陈士平
披星戴月过一生（8笔字）	明/陈士平
未来一定脱困境（10笔字）	样/陈士平
砍伐森林会后悔（11笔字）	梅/陈士平
休得开口惹是非（12笔字）	堡/陈士平
无人推荐仍合作（13笔字）	携/陈士平

花前逢雨两相依(13笔字) 满/陈士平
数点开来不借春(少笔字) 一/陈伟斌
无益语言休着口(少笔字) 五/陈伟斌
红叶题诗谁与寄(6笔字) 池/陈伟斌
旁人未必用了心(8笔字) 侏/陈伟斌
心若在,爱就在(8笔字) 受/陈伟斌
两把刻度尺画线段(9笔字) 韭/陈伟斌
身入寺中少是非(10笔字) 射/陈伟斌
扔下簸箕和锄头(10笔字) 铍/陈伟斌
一轮明月泻疏林(13笔字) 楂/陈伟斌
十分刻薄(13笔字) 蒲/陈伟斌
眼前冒失犹带惊(15笔字) 憬/陈伟斌
无奈一载总缩头(15笔字) 缭/陈伟斌
北一行,南一行,过街天桥又一行(少笔字) 工/陈光作
没穿裤头就开车(少笔字) 广/陈光作
掌声迎得几人归(少笔字) 仉/陈光作
远山如画吊翠眉(少笔字) 公/陈光作
不见小孙垂钓钩(少笔字) 孔/陈光作
篱落疏疏一径深(5笔字) 册/陈光作
直率一点,露一手(5笔字) 扑/陈光作
你在西,我在东,像要起战争(5笔字) 伐/陈光作
有如山间听雨声(7笔字) 谷/陈光作
又添了一口(8笔字) 巫/陈光作
减肥一月显病容(9笔字) 疤/陈光作
差一点祸从口出(9笔字) 衲/陈光作
断桥残雪在村东(10笔字) 栲/陈光作

谜面	谜底/作者
南音一曲显大家(11笔字)	曹/陈光作
一错再错成大错(11笔字)	爽/陈光作
上台出丑又现眼(11笔字)	晔/陈光作
有人自天来(少笔字)	二/陈协彬
自来还独去(5笔字)	白/陈协彬
天上星重会(6笔字)	关/陈协彬
尽倾东海也须干(6笔字)	汗/陈协彬
青阳行已半(6笔字)	阴/陈协彬
君去独不归(7笔字)	坏/陈协彬
有人扶便得(7笔字)	更/陈协彬
月升星尽没(8笔字)	明/陈协彬
早晚到潇湘(8笔字)	泪/陈协彬
长安冬欲尽(9笔字)	姿/陈协彬
有人唤作偈(9笔字)	喝/陈协彬
心与清晖涤(9笔字)	浑/陈协彬
不归天上月(9笔字)	胚/陈协彬
残秋萤出尽(9笔字)	荧/陈协彬
折尽樱桃绽尽梅(12笔字)	森/陈协彬
此宵秋欲半(12笔字)	稍/陈协彬
日入意未尽(13笔字)	暗/陈协彬
九十七回合(6笔字)	轨/陈旭昭
十二人,一点回(8笔字)	辛/陈旭昭
吃苦在先,休息其后(10笔字)	偌/陈旭昭
点点都运算,有和就有差(11笔字)	减/陈旭昭
奋不顾身(12笔字)	舒/陈旭昭
双眉凝远山(少笔字)	公/陈建平

烟消日出不见人（少笔字）	火/陈建平
战后又逢舞台上（6笔字）	戏/陈建平
一点出差到江西（7笔字）	汶/陈建平
与人合作出名早（8笔字）	咋/陈建平
内乱丛生（9笔字）	俩/陈建平
未来成果多（9笔字）	哆/陈建平
人在异乡要同心（9笔字）	给/陈建平
失败之后溜东北（9笔字）	贸/陈建平
莫要大调整（10笔字）	借/陈建平
减负有方（10笔字）	唤/陈建平
一直担当保卫（10笔字）	捍/陈建平
酒后不要发誓言（10笔字）	浙/陈建平
转眼又是一天（11笔字）	曼/陈建平
合并前预支（12笔字）	舒/陈建平
艺高胆大一定去（14笔字）	膜/陈建平
人要有一点品格（多笔字）	器/陈建平
本人退休（少笔字）	一/陈松柏
检查卫生在基层（少笔字）	一/陈松柏
包公上下集（少笔字）	勾/陈松柏
添得画中神州秀，借来苑上月桂香（少笔字）	化/陈松柏
一片丹心留人间（少笔字）	太/陈松柏
西安音调南岳人（5笔字）	仙/陈松柏
惠安—广州（5笔字）	禾/陈松柏
转换机制（6笔字）	朵/陈松柏
二泉映月（7笔字）	沁/陈松柏
两山排闼送青来（8笔字）	茁/陈松柏

初春雁阵入云端(9笔字)	奏/陈松柏
一点亭下听雨声(6笔字)	宇/陈春生
海西要先行(6笔字)	汝/陈春生
今南方已定(7笔字)	含/陈春生
如何前面不见了(8笔字)	呵/陈春生
理所当然要理亏(8笔字)	炉/陈春生
白首同心在人间(8笔字)	砚/陈春生
阳关旧曲尽一时(少笔字)	子/陈浩群
拨开云端始见光(少笔字)	允/陈浩群
花前旧约此日休(少笔字)	卅/陈浩群
荒村树上日西沉(少笔字)	寻/陈浩群
心随烟水四方游(6笔字)	达/陈浩群
渭滨垂钓白首人(7笔字)	沧/陈浩群
一点无求品更高(8笔字)	沓/陈浩群
无端觅得金龟婿(8笔字)	规/陈浩群
中国改革,引起变化(8笔字)	驻/陈浩群
荒村树上蝶孤飞(8笔字)	变/陈浩群
上苑飞花恋亦空(9笔字)	怨/陈浩群
月下前盟来生续(9笔字)	星/陈浩群
以善为先人安乐(9笔字)	烁/陈浩群
山边树上莺双宿(9笔字)	籼/陈浩群
春到人家增秀色(10笔字)	娴/陈浩群
夜里春香闻琴声(10笔字)	秦/陈浩群
春雨秋水入琴音(10笔字)	秦/陈浩群
垂柳枝头花一片(10笔字)	秌/陈浩群
中宫明月徒照影(11笔字)	唱/陈浩群

秋来晚叶正飘零(11笔字) 铭/陈浩群
秋夜临窗听鸣音(11笔字) 铭/陈浩群
月照林下清清色(15笔字) 渹/陈浩群
纵横两相交错,道路四通八达(少笔字) 井/陈铃滨
刚出差错就换人(6笔字) 则/陈铃滨
人要小心一点点(6笔字) 灯/陈铃滨
横穿马路碰到人(7笔字) 但/陈铃滨
残月长相伴(7笔字) 张/陈铃滨
几度牵手献芳心(7笔字) 抗/陈铃滨
四方给力展雄风(7笔字) 男/陈铃滨
算命先生是非添(7笔字) 走/陈铃滨
老公一直放宽心(8笔字) 奉/陈铃滨
屋后叶横飞(8笔字) 居/陈铃滨
是非都为人民币(8笔字) 辛/陈铃滨
病来似山倒(8笔字) 疟/陈铃滨
玉兔又归凡心尽(8笔字) 股/陈铃滨
承诺三十天有效(9笔字) 胞/陈铃滨
一再用力巧用心(9笔字) 荔/陈铃滨
一直是大县(10笔字) 套/陈铃滨
重点将二人拿下(10笔字) 拳/陈铃滨
牛羊住一起,羊尾都挤偏(10笔字) 羞/陈铃滨
献计小改革,得来大收益(10笔字) 读/陈铃滨
西部改革提前到(11笔字) 啦/陈铃滨
黄昏一过到码头(11笔字) 硒/陈铃滨
竹影扶摇正相思(12笔字) 彭/陈铃滨
一弯新月挂天边,两口呼应上下瞧(12笔字) 智/陈铃滨

大夫来日一定到(12笔字)	替/陈铃滨
关前远山叠叠影,一叶扁舟起浪波(13笔字)	慸/陈铃滨
逆水行舟伴月归(13笔字)	溯/陈铃滨
雾中远树如风帆(13笔字)	蜂/陈铃滨
略加改革就提前(14笔字)	摺/陈铃滨
抱手楼前三叩首(多笔字)	操/陈铃滨
蜗角虚名(少笔字)	夕/陈植雄
行又行不得,坐又坐不安(少笔字)	双/陈植雄
卷尽浮云月自明(8笔字)	育/陈植雄
含羞半敛眉(8笔字)	首/陈植雄
十分合算(8笔字)	诗/陈植雄
红透半边天(9笔字)	姝/陈植雄
灯半昏时酒半消(9笔字)	酊/陈植雄
当天请到台南来(11笔字)	晗/陈植雄
西湖春色归(11笔字)	清/陈植雄
闲却半湖春色(11笔字)	清/陈植雄
一半秋山带夕阳(11笔字)	秽/陈植雄
檀眉半敛愁低(13笔字)	想/陈植雄
月满西楼(13笔字)	榅/陈植雄
千万不要露玄机(多笔字)	鲸/陈植雄
直上直下(少笔字)	一/周松林
始乱终弃(少笔字)	升/周松林
内外交困(少笔字)	只/周松林
力求重新做人(6笔字)	伤/周松林
一决高下(6笔字)	同/周松林
皇上托孤(6笔字)	百/周松林

平易近人好相处（7笔字） 伴/周松林
首先订合同（7笔字） 伺/周松林
马增玉投失一球（7笔字） 玛/周松林
求之不得（7笔字） 还/周松林
十分佩服（8笔字） 衬/周松林
口授一计解疑问（8笔字） 诘/周松林
前头无人就叫余（9笔字） 俞/周松林
日将落时到下关（9笔字） 奖/周松林
说是回来却出家（9笔字） 皈/周松林
偏听偏信（10笔字） 唁/周松林
爆炸之前河边藏（11笔字） 淡/周松林
上品内衣无瑕点（11笔字） 祸/周松林
河里帆东去，窗前雁阵横（12笔字） 幅/周松林
残月孤帆映小窗（12笔字） 强/周松林
准予下午签合同（12笔字） 舒/周松林
月残汉水流，几度共相聚（13笔字） 殿/周松林
在此留言（13笔字） 訾/周松林
平反回来调工作（14笔字） 墙/周松林
执着交友成挚友（少笔字） 手/周跃建
坐月子坐成个胖子（5笔字） 半/周跃建
人要活得从容（6笔字） 众/周跃建
有儿陪伴度一生（6笔字） 先/周跃建
同心建厂厂貌变（6笔字） 后/周跃建
天天向上长一寸（7笔字） 寿/周跃建
团结一心，进言献计（7笔字） 志/周跃建
百姓优先得人和（8笔字） 委/周跃建

短处一点一点摆出来（8笔字）	知／周跃建
云南大理如画中（10笔字）	畚／周跃建
共谋统一，领土归一（11笔字）	基／周跃建
最先前去帮，大伙献爱心（12笔字）	幂／周跃建
二人登顶放宽心（12笔字）	葵／周跃建
当前抓紧先赚钱（12笔字）	锁／周跃建
择日进京先彩排（15笔字）	影／周跃建
一定要同心，一定要团结（6笔字）	亘／林文义
张先生为人真心不二（6笔字）	夷／林文义
一手撑开伞（7笔字）	抔／林文义
十月一起上京（7笔字）	甫／林文义
同心协力搞改革（7笔字）	男／林文义
此人另当别论（8笔字）	剑／林文义
二十载爱心成旧梦（8笔字）	罗／林文义
芳草凋落杜鹃鸣（8笔字）	肪／林文义
见面礼为先（8笔字）	视／林文义
说话特别牛（8笔字）	诗／林文义
有权之后要下心（9笔字）	怒／林文义
全面投入，用心改革（9笔字）	荃／林文义
用心改革，一再给力（9笔字）	荔／林文义
树雄心，用心改革旧貌改（10笔字）	借／林文义
或重于泰山，或轻于鸿毛（10笔字）	毙／林文义
一到首都有人帮（11笔字）	奢／林文义
着手开放东部（11笔字）	培／林文义
我为汕尾当先锋（11笔字）	铠／林文义
四方团结，同心帮后进（12笔字）	幅／林文义

不要让病从口入(12笔字)	痞/林文义
忘记自我勤出力(13笔字)	谨/林文义
立定！请不要说话(13笔字)	靖/林文义
用心改革脱困境,双方合作奔向前(14笔字)	模/林文义
先贿后贪,案发丢冠(15笔字)	樱/林文义
月上西楼水映人(15笔字)	滕/林文义
一直真心来成全(少笔字)	人/林绍洪
率先转型方出名(5笔字)	外/林绍洪
排名最后枉费工(5笔字)	末/林绍洪
岁首寄语其言善(5笔字)	讪/林绍洪
个个笑别离川中(6笔字)	乔/林绍洪
劲头不足终被炒,顶尖高手前功弃(6笔字)	劣/林绍洪
不听从个人安排(6笔字)	后/林绍洪
几度用心来破译(6笔字)	设/林绍洪
老总无心续前约(7笔字)	卤/林绍洪
戒赌色后方称霸(7笔字)	坝/林绍洪
伟人离去不忍心(7笔字)	韧/林绍洪
戒赌之后方放行(8笔字)	败/林绍洪
诊断认为昔出错(8笔字)	钫/林绍洪
半公半私去调解(9笔字)	垒/林绍洪
转眼话别各西东(9笔字)	罚/林绍洪
当前工作合心意(10笔字)	晋/林绍洪
老赵出走离汕尾(10笔字)	消/林绍洪
转眼证人认不得(10笔字)	罡/林绍洪
树下对棋生是非(11笔字)	基/林绍洪
求教之后提旧话(11笔字)	敉/林绍洪

老头夜半去求救(11笔字) 教/林绍洪
背后有儿总开心(11笔字) 脱/林绍洪
难友先后离台北(12笔字) 雄/林绍洪
双方同心为夺冠(13笔字) 嗯/林绍洪
幼安辞后东归去(多笔字) 辨/林绍洪
需到中州兑诺言(多笔字) 懦/林绍洪
横断山(少笔字) 川/罗学平
人随马奔驰(5笔字) 他/罗学平
闲里外出人归来(5笔字) 闪/罗学平
山中有水,水中有山;山水相依,不离不弃(6笔字) 凼/罗学平
天上明月逐人来(7笔字) 但/罗学平
唯见坡前林半掩(7笔字) 杜/罗学平
非常六加一(7笔字) 辛/罗学平
不见明月入户来(7笔字) 间/罗学平
得天下而驭四方(8笔字) 奋/罗学平
残雨纷飞到楼前(8笔字) 沭/罗学平
睡前故事(8笔字) 盲/罗学平
不见河水到桥前(9笔字) 柯/罗学平
天上明显有变化(9笔字) 胆/罗学平
重点普及(10笔字) 晋/罗学平
四面山色林参差(12笔字) 楪/罗学平
春节三日人团圆(少笔字) 从/郑裕国
后期制作大变样(9笔字) 俞/郑裕国
小桥约会人未至(9笔字) 尝/郑裕国
大桥下面尾生亡(9笔字) 牵/郑裕国
名列前茅名声传(9笔字) 茗/郑裕国

改用中医治脱水(10笔字)	唉/郑裕国
直在其中矣(10笔字)	埃/郑裕国
高希希影视大制作(11笔字)	爽/郑裕国
初秋外出半载整(11笔字)	秽/郑裕国
西楼残月窗影现(11笔字)	秱/郑裕国
月逐舟行(11笔字)	豚/郑裕国
杜鹃鸣落西楼月(12笔字)	棚/郑裕国
车到田边惊群雁(12笔字)	辐/郑裕国
要到西藏来安家(13笔字)	嫁/郑裕国
两条鱼,味道美,一条吃完只剩刺,一条未动放旁边(14笔字)	鲜/郑裕国
日月潭边正留影(15笔字)	潮/郑裕国
一直没见也(少笔字)	乜/侯南宁
先下后上(少笔字)	二/侯南宁
没闲心(少笔字)	门/侯南宁
人有两眼(少笔字)	火/侯南宁
昂首向前(5笔字)	白/侯南宁
再三出错(6笔字)	交/侯南宁
上空十分之一(7笔字)	究/侯南宁
人要百善孝为先(8笔字)	金/侯南宁
黯然失色(9笔字)	音/侯南宁
心上想着第二名(10笔字)	恶/侯南宁
吃苦在前,牢记心上(12笔字)	惹/侯南宁
年终岁末爱始来(12笔字)	舜/侯南宁
抬头只见离人来(15笔字)	擒/侯南宁
自从一来,太有变化(多笔字)	粿/侯南宁

见了大夫，叫声医生（少笔字）	一/柯一沧
市义来归，孟尝扬名（少笔字）	一/柯一沧
国破碎，泪滴光，杜工部，走四方（少笔字）	一/柯一沧
告别旧日，迎接未来（少笔字）	丫/柯一沧
飞莺上下清风里（少笔字）	冘/柯一沧
心系西南边塞（5笔字）	幼/柯一沧
塞北相逢雁来时（7笔字）	究/柯一沧
六十载上下一心（7笔字）	辛/柯一沧
玉门关内闪星光（7笔字）	闰/柯一沧
月儿圆时度元宵（8笔字）	宗/柯一沧
一别兼旬（8笔字）	昔/柯一沧
引黄北上抗干旱（8笔字）	昔/柯一沧
用心转体制，旧貌变新颜（8笔字）	昔/柯一沧
豆蔻梢头香初吐（8笔字）	昔/柯一沧
宽厚之心，一以贯之（8笔字）	昔/柯一沧
惜别中州已三周（8笔字）	昔/柯一沧
揽月九天（8笔字）	昔/柯一沧
扶桑长系鉴真心（9笔字）	春/柯一沧
作业必须逐日清（9笔字）	显/柯一沧
穷乡面貌已改变（10笔字）	窈/柯一沧
项王乘骓奔千里（14笔字）	瞿/柯一沧
后生前辈齐合作（15笔字）	斋/柯一沧
四载鞍前马后随（多笔字）	羁/柯一沧
人别双亲到异乡（多笔字）	辫/柯一沧
道是官途酬心志（少笔字）	士/洪育敏
梦回初夜依稀闻（少笔字）	夕/洪育敏

谜面	谜底/作者
一佛千般若浮云(5笔字)	弗/洪育敏
出关迎送待一聚(5笔字)	印/洪育敏
只身辗转到一更(6笔字)	冲/洪育敏
区区之心再谢君(6笔字)	网/洪育敏
为人正端应推广(7笔字)	佥/洪育敏
一片辗转寐不成(7笔字)	宋/洪育敏
飘白香风入云峰(8笔字)	枫/洪育敏
客卧无处又叹息(9笔字)	宦/洪育敏
拔足便跑先避灾(9笔字)	炮/洪育敏
堂中施礼会心笑(9笔字)	祝/洪育敏
休教空门付闲身(10笔字)	射/洪育敏
树间香飘杳,初觉月有光(10笔字)	爱/洪育敏
白首空付一笑中(11笔字)	得/洪育敏
浊目掩泪始伤楚(11笔字)	蛋/洪育敏
只欲待翻身,一人建大业(12笔字)	普/洪育敏
百般小心终失手(14笔字)	愿/洪育敏
清光尽照兰亭上(14笔字)	韶/洪育敏
携手奋起再拼杀(多笔字)	攀/洪育敏
告别旧日恋人(少笔字)	个/胡永久
零雨其蒙(5笔字)	令/胡永久
西汉有王匡(5笔字)	汇/胡永久
证人逐一发言(6笔字)	企/胡永久
倚一将而得天下(7笔字)	何/胡永久
人要变优须前进(7笔字)	龙/胡永久
不到一月就怀胎(8笔字)	怡/胡永久
临去江边喊上筏(8笔字)	法/胡永久

谜面	谜底/作者
元宵过完人就来(9笔字)	俏/胡永久
看不过眼，一定会横加干涉(9笔字)	拜/胡永久
连挑滑车手不停(9笔字)	逃/胡永久
出钱求点子(10笔字)	读/胡永久
杜丽首夺金(10笔字)	钵/胡永久
直到三月始不忙(11笔字)	望/胡永久
面上爪痕女友赐(12笔字)	媛/胡永久
孟子游梁早先事(12笔字)	温/胡永久
没有友爱，命运多舛(12笔字)	舜/胡永久
爱上舞后(12笔字)	舜/胡永久
生活如甜酒(12笔字)	酣/胡永久
百般小心待先生(14笔字)	愿/胡永久
泳装美人排一行(14笔字)	漾/胡永久
横观竖看萤虫飞(15笔字)	瞢/胡永久
桐柏之西有矿藏(多笔字)	磨/胡永久
云长赴会惊子敬(多笔字)	鳗/胡永久
东坡笔下无其事(多笔字)	簸/胡永久
不后退，向前进(少笔字)	厂/赵文著
原始人(少笔字)	仄/赵文著
一直向前要虚心(少笔字)	化/赵文著
与爱心相连(5笔字)	写/赵文著
雄心人人有(6笔字)	众/赵文著
开始创业德为先(7笔字)	严/赵文著
在乡下开始创业(7笔字)	严/赵文著
兔年伊始春意浓(7笔字)	杉/赵文著
有尺量过不用寸(7笔字)	迟/赵文著

四方团结务须出力(8笔字)	备/赵文著
纵横有权(8笔字)	枝/赵文著
你左我右游闹市(9笔字)	阀/赵文著
双方到城外(11笔字)	堃/赵文著
同心种田帮后进(12笔字)	幅/赵文著
有心到关前,幽山曾不见(13笔字)	慈/赵文著
个个露着半个脸(13笔字)	签/赵文著
雁阵横连日落时(6笔字)	夺/唐盛才
爱心接力二十载(7笔字)	劳/唐盛才
独女正在上高中(8笔字)	姑/唐盛才
正在乱山过重阳(8笔字)	画/唐盛才
朋友离别后,出差巧相逢(8笔字)	肴/唐盛才
河心叠映六桥影(10笔字)	冥/唐盛才
言语虽少心依依(10笔字)	悟/唐盛才
沐立雾中听笛声(10笔字)	涤/唐盛才
春到湖畔系客心(10笔字)	涤/唐盛才
上高香求平安(10笔字)	秤/唐盛才
双方合作省劳力(11笔字)	营/唐盛才
村前寨后植上树(12笔字)	森/唐盛才
黄昏前后杜鹃鸣(12笔字)	腊/唐盛才
是非分清,平反归来(14笔字)	墙/唐盛才
十字街头人在后(少笔字)	木/唐增桥
一心改变旧面貌(9笔字)	恒/唐增桥
月当头时心牵挂(10笔字)	悄/唐增桥
一文不取(少笔字)	义/顾祖荣
了不起(少笔字)	子/顾祖荣

空中交接(少笔字)	文/顾祖荣
直接到基层(5笔字)	去/顾祖荣
减少负担(6笔字)	扣/顾祖荣
大小分开又归来(6笔字)	灯/顾祖荣
院前院后(6笔字)	阮/顾祖荣
日子变了(6笔字)	阳/顾祖荣
从中惹出是非来(7笔字)	坐/顾祖荣
雨中散开再团聚(7笔字)	沛/顾祖荣
一块升上去(7笔字)	芜/顾祖荣
离开日本(9笔字)	查/顾祖荣
一直等到四点(13笔字)	慎/顾祖荣
上下笑脸迎(13笔字)	签/顾祖荣
老泪流绝辞家去(少笔字)	犬/崔永凯
破关重聚传佳音(6笔字)	夹/崔永凯
献点子,奉爱心(6笔字)	字/崔永凯
一定仔细看,不细看定有遗漏(6笔字)	存/崔永凯
每逢雪晴可寻梅(7笔字)	村/崔永凯
似闻几声游子叹(8笔字)	巫/崔永凯
解开束缚向前进(8笔字)	和/崔永凯
姚明末节得二分(9笔字)	姮/崔永凯
放眼看去,一派丰收景象(9笔字)	拜/崔永凯
白发横生泯前志(10笔字)	息/崔永凯
先梳妆,后外出(10笔字)	粱/崔永凯
教室后面聆稚声(10笔字)	致/崔永凯
仅招一主编,想来不容易(10笔字)	难/崔永凯
依稀声响惊鹊起(11笔字)	惜/崔永凯

甘献谋略世代传(11笔字)	谍/崔永凯
言行有点点拘束(11笔字)	谏/崔永凯
楼头依稀月弄影,枝端梢尾杜鹃鸣(12笔字)	棚/崔永凯
斜月孤星照天下(12笔字)	然/崔永凯
教授孝行得民心(13笔字)	愍/崔永凯
闻讯声更可发奋(13笔字)	畸/崔永凯
胡杨枯了鹤飞去(少笔字)	月/曹先华
是非面前有主意(少笔字)	王/曹先华
双星映入水中转(5笔字)	令/曹先华
错寄空函去前方(6笔字)	匈/曹先华
篙撑雁影水无边(6笔字)	竹/曹先华
挨批后认错(6笔字)	论/曹先华
万回千转丹心定(7笔字)	坊/曹先华
正见双燕剪,衔泥补横梁(8笔字)	辛/曹先华
别后休将他提起(9笔字)	俐/曹先华
逃匿之前妆已卸(9笔字)	姚/曹先华
灾变有一点陡然(9笔字)	突/曹先华
雁骞鹤翔三两星(10笔字)	烫/曹先华
点点滴滴不放过(10笔字)	逑/曹先华
空山风雨里,隐约见残花(10笔字)	岜/曹先华
如果有变,避其一方(11笔字)	婵/曹先华
奉先心直成灾祸(11笔字)	患/曹先华
塞北千山雁阵低(13笔字)	嵊/曹先华
雨乱一帆悬(13笔字)	溮/曹先华
日影参差长,晚烟隐约生(13笔字)	煨/曹先华
柳畔轻舟三四点(13笔字)	梁/曹先华

虽身碎兮犹提戈（13笔字）	蛓/曹先华
前头，前头，是前头，非到中间，请去后头（14笔字）	谱/曹先华
真心伴侣，倍加牵挂（15笔字）	僵/曹先华
日上三竿望帝都（15笔字）	影/曹先华
花杏撩人乱入衣（15笔字）	裹/曹先华
空山幽邸杳然尽（多笔字）	㸃/曹先华
东征平定复西征（多笔字）	覆/曹先华
通天岩上不通天（少笔字）	山/曹府山
望云楼前望云飞（少笔字）	木/曹府山
男有女没有，富有穷没有（5笔字）	田/曹府山
窗前流水枕前书（8笔字）	沭/曹府山
我虽白头雄心在（10笔字）	徐/曹府山
客居汕头又一春（10笔字）	酒/曹府山
边城暗夜无犬吠（11笔字）	培/曹府山
岁岁岁首下基层（11笔字）	崛/曹府山
琴台半隐明月下（11笔字）	晗/曹府山
飞瀑挂杉松（11笔字）	淋/曹府山
石头背后藏麋鹿（11笔字）	粗/曹府山
删除一半，保留一半（12笔字）	畬/曹府山
湖水清光映残荷（12笔字）	葫/曹府山
飞雨霞际晴（12笔字）	暇/曹府山
和春付与西流水（13笔字）	溧/曹府山
美人残梦到江西（14笔字）	潖/曹府山
一行两点过西安（15笔字）	遵/曹府山
没有小心就出错（少笔字）	父/梁建广
对人要真心不二（5笔字）	丛/梁建广

盲目行动心变态(6 笔字) 忙/梁建广

孝子出游到东北(6 笔字) 老/梁建广

向前垂钓到湖心(7 笔字) 乱/梁建广

四面围墙请勿入(7 笔字) 囫/梁建广

四方协作应出力(7 笔字) 男/梁建广

虚心昂首向前进(7 笔字) 皂/梁建广

清闲之中观日出(7 笔字) 间/梁建广

开会之前要安心(8 笔字) 态/梁建广

游客先后到南宁(8 笔字) 河/梁建广

小鸟翻飞山倒影(8 笔字) 疟/梁建广

一人高兴到东部(9 笔字) 剑/梁建广

与人同心品格高(9 笔字) 哈/梁建广

携手与人结同心(9 笔字) 拾/梁建广

败走之后另组合(9 笔字) 贺/梁建广

转业之前心相依(10 笔字) 恋/梁建广

浪花四溅在桥头(10 笔字) 根/梁建广

双方并肩走在前(11 笔字) 堃/梁建广

今日合作叹又分(11 笔字) 晗/梁建广

为人处世要计划(11 笔字) 谍/梁建广

村前挥泪各东西(12 笔字) 湘/梁建广

清辉如水柳梢头(15 笔字) 潸/梁建广

提前一日回北京(多笔字) 擅/梁建广

嫁娶有字即庚帖(少笔字) 八/梁信德

除夕过后到初七(7 笔字) 但/梁信德

少小依稀空自找(7 笔字) 我/梁信德

春节三日仍上岗(5 笔字) 仙/黄建平

挖掉苦根翻了身(5笔字)	卉/黄建平
白头虽老赤心在(5笔字)	旦/黄建平
枝头香飘尽(5笔字)	白/黄建平
爱心接力更用心(7笔字)	劳/黄建平
含冤丢官帽(8笔字)	兔/黄建平
几度前来心勿虑(8笔字)	虎/黄建平
小转变后全改貌(9笔字)	玲/黄建平
西域柳堤半隐现(10笔字)	桂/黄建平
重点先抓廉政(10笔字)	症/黄建平
隔着六桥听古调(11笔字)	寅/黄建平
桥上孤星桥下影,一钩新月伴帆归(11笔字)	蛇/黄建平
东去浮沧溟(12笔字)	淼/黄建平
云遮远山隐板桥(少笔字)	一/黄清明
妇女都去减三围(少笔字)	一/黄清明
东山晴雪入画中(6笔字)	早/黄清明
内人整容,倾倒上海(8笔字)	贯/黄清明
比翼双飞在人间(10笔字)	扇/黄清明
尘罩远山秋水横(10笔字)	罢/黄清明
新月伴三星,雨斜落半林(11笔字)	彩/黄清明
一夜发兵到塞北(14笔字)	殡/黄清明
横下一条心,一定要出线(7笔字)	志/黄筑筠
双方都有劲(8笔字)	咖/黄筑筠
半间房屋半堵墙(9笔字)	闰/黄筑筠
初晨挂念添纵横(9笔字)	草/黄筑筠
真心不二人直率(少笔字)	什/富一民
浮云飘近牵牛星(6笔字)	亘/富一民

双燕欲穿高架桥(6笔字)　　　　　　　　肉/富一民
异乡相遇东北人(7笔字)　　　　　　　　纶/富一民
七人组团到苏北(7笔字)　　　　　　　　花/富一民
不偏不倚言在先(7笔字)　　　　　　　　证/富一民
轿前蜻蜓舞蹁跹(7笔字)　　　　　　　　轩/富一民
百钱求一渡(7笔字)　　　　　　　　　　近/富一民
改变旧貌带好头(8笔字)　　　　　　　　姑/富一民
首富带头话不虚(8笔字)　　　　　　　　实/富一民
高楼顶上安天线(8笔字)　　　　　　　　直/富一民
丫头一月到西藏(9笔字)　　　　　　　　前/富一民
梅花早放人归来(9笔字)　　　　　　　　茶/富一民
春来出闺门(10笔字)　　　　　　　　　桂/富一民
古稀乘船得宽心(10笔字)　　　　　　　莲/富一民
姑娘贫后得资助(11笔字)　　　　　　　婴/富一民
古稀之年回浦东(11笔字)　　　　　　　辅/富一民
浦东十分需要人(12笔字)　　　　　　　傅/富一民
影后进村寻古树(12笔字)　　　　　　　彭/富一民
西湖月下吟诗韵(12笔字)　　　　　　　渴/富一民
西湖桥边迎客人(13笔字)　　　　　　　㮿/富一民
疏雨沾竹篱(13笔字)　　　　　　　　　漓/富一民
以礼有先,请出首富(13笔字)　　　　　福/富一民
栖身村里声声谢(14笔字)　　　　　　　榭/富一民
立冬前后寻虎踪(14笔字)　　　　　　　演/富一民
一人接球,四方争抢(多笔字)　　　　　器/富一民
生日端水酒(多笔字)　　　　　　　　　醒/富一民
降雨润苗雷声起(多笔字)　　　　　　　蕾/谢亚芦

有何变化堪称奇（少笔字）	一/谢德峰
佳人逝兮君亦杳（少笔字）	十/谢德峰
一生上进节节高（少笔字）	卫/谢德峰
仗剑擒凶风里行（少笔字）	山/谢德峰
新月如钩挂远山（少笔字）	允/谢德峰
一钩新月藏画中（少笔字）	屯/谢德峰
玉楼门开乐声扬（少笔字）	月/谢德峰
用心画下来（5笔字）	击/谢德峰
同心相伴直到老（5笔字）	古/谢德峰
为百姓目不能眠（5笔字）	民/谢德峰
十载雄心欲称王（8笔字）	佳/谢德峰
几回乱改遭骂名（8笔字）	咒/谢德峰
马到山根断（8笔字）	杵/谢德峰
摩天楼前众山小（9笔字）	姐/谢德峰
献点爱心，消除水患（10笔字）	宵/谢德峰
如眉如钩残月影（10笔字）	翁/谢德峰
一同西行探源头（10笔字）	酒/谢德峰
落户巴格达（11笔字）	扈/谢德峰
轩窗外，小河旁，炊烟袅袅（11笔字）	淄/谢德峰
天晴别忘戴草帽（11笔字）	菁/谢德峰
一念之差，先胜后败（12笔字）	散/谢德峰
大桥上一点月光萌动（13笔字）	寞/谢德峰
自古胜者岂贪生，从来异士先赴死（13笔字）	瑚/谢德峰
芍药开处客流连（13笔字）	缤/谢德峰
工作一定要投入，出勤还须多出力（15笔字）	瑾/谢德峰
多底一律不算好（少笔字）	歹/甄喜顺

戴着礼帽去山中(5笔字) 凸/甄喜顺
一气之下向外走(6笔字) 吃/甄喜顺
人去川中弯下头(7笔字) 佛/甄喜顺
出版之前先搞定(7笔字) 扳/甄喜顺
提前一点上飞机(7笔字) 抗/甄喜顺
变更一下人可用(8笔字) 使/甄喜顺
到后进厂来下货(8笔字) 厕/甄喜顺
下去一人取衣衫(8笔字) 参/甄喜顺
将来一人扣十分(9笔字) 奖/甄喜顺
呆头心系那丫头(9笔字) 总/甄喜顺
破格录取三十人(9笔字) 贡/甄喜顺
依山傍水住到今(10笔字) 浛/甄喜顺
转眼径直入云端(10笔字) 罡/甄喜顺
花下无人明调包(10笔字) 脂/甄喜顺
园中是否要题字(10笔字) 顽/甄喜顺
吹得火星往上蹿(11笔字) 欲/甄喜顺
赛场一群马屁精(12笔字) 揩/甄喜顺
镜头留下雁阵影(13笔字) 镏/甄喜顺
连日有雨难出摊(多笔字) 擂/甄喜顺
起笔方知落后人(多笔字) 簇/甄喜顺
残雪新月随人归(6笔字) 伊/熊瑞
空白之处易出错(6笔字) 囟/熊瑞
对头潜伏别上当(6笔字) 寻/熊瑞
山下常见眼镜蛇(7笔字) 邑/熊瑞
真心撮合当前人(8笔字) 金/熊瑞
下令连月要出力(9笔字) 勇/熊瑞

谜面	谜底	作者
你我走进门,东西要平分(9笔字)	阀	熊 瑞
礼毕迈步迎未来(10笔字)	祥	熊 瑞
村里自有立身地(14笔字)	榭	熊 瑞
旋散凹面重新理(少笔字)	引	裴 靖
又到江边(5笔字)	汉	裴 靖
整天上火(5笔字)	灭	裴 靖
赐衣或一袭(5笔字)	龙	裴 靖
一直是零下3度(7笔字)	邻	裴 靖
阶前人何在(7笔字)	阿	裴 靖
先搞承包(8笔字)	抱	裴 靖
月出照园中(8笔字)	肮	裴 靖
合也好,分也好,终是苦中相随(8笔字)	舍	裴 靖
人向乱荷中去(8笔字)	苛	裴 靖
正在杏花下(9笔字)	哗	裴 靖
百里不见一架梯子(9笔字)	面	裴 靖
一夜飘香来塞北(10笔字)	乘	裴 靖
做个书架八字腿、一人高(10笔字)	俱	裴 靖
尽扫叶后月相随(10笔字)	捐	裴 靖
半掩泪痕(11笔字)	眼	裴 靖
一泉流水汇入江(12笔字)	湟	裴 靖
奴又去也,莫牵挂(13笔字)	嫫	裴 靖
祖先留富底(13笔字)	福	裴 靖
芳草接东墙(14笔字)	蔷	裴 靖
初到异乡得纪念(少笔字)	己	潘汝淦
一下变三等(少笔字)	内	潘汝淦
左邻右舍情相连(8笔字)	怜	潘汝淦

错上再加错,汇成大错(11笔字) 爽/潘汝淦
醉驾之后定后悔(14笔字) 酶/潘汝淦
一生无邪(少笔字) 止/潘应祥
蒙难之中见真心(5笔字) 仨/潘应祥
一钩残月照四方(7笔字) 局/潘应祥
莫失良宵圆好梦(8笔字) 林/潘应祥
巧运匠心砍半截(8笔字) 欣/潘应祥
靠边走,莫心急(12笔字) 趋/潘应祥
大有人在(少笔字) 一/薛茂章
天下之大,莫非王土(少笔字) 二/薛茂章
一来就生气(少笔字) 乞/薛茂章
一定保晚节(少笔字) 卫/薛茂章
一去就掌兵权(6笔字) 师/薛茂章
提前支取(7笔字) 技/薛茂章
劳动力多一点(7笔字) 芀/薛茂章
转眼即黄昏(8笔字) 罗/薛茂章
我住江之头(10笔字) 涂/薛茂章
一直站在最前面(11笔字) 章/薛茂章
眉毛眼睛鼻子嘴(11笔字) 答/薛茂章
重阳月出水溅舟(13笔字) 腮/薛茂章

后　记

　　文字的产生，字谜的胚胎就孕育在内。各种谜目的灯谜，其实都是字谜的扩展与组合。从古到今的灯谜作者和灯谜书刊，字谜的创作和记载都是居首位的。近年来，专门收录字谜的谜书谜刊更是连连出版，尤其是黄穆灿先生主编的《中华字谜大全》《中华字谜鉴赏大典》姊妹篇，堪称字谜集大成者。当代灯谜创作的繁荣，即主要表现在字谜创作的繁荣，因此，当中州古籍出版社提出再次出版灯谜丛书时，我便首先推荐了字谜和成语灯谜专辑，这两个选题也首先得以通过。

　　过去已有大量字谜图书出版，如何才能不落窠臼呢？综观坊间流传的专门字谜书，多以字的笔画或音序编排，除谜界人士所编纂的几部外，其他大多是搜集整理，一般不署作者名；当代灯谜作者的大量字谜作品，又散见于各类综合谜集和个人作品集中。因而，编选一部以作者为序的字谜作品集，既能集中展示当代字谜的整体创作成果，也能充分体现字谜作者的个人创作风格，无论对于灯谜的专业创作，还是对于普通读者和灯谜爱好者，都很有意义。我们面向灯谜界广泛征稿后，很快得到了积极响应，在两个月的征稿时间内，便收到了两百多位作者近两万条原创字谜作品。我们从其中 108 位作者的字谜作品中精选了 6000 余条，每人入选 30 条以上，作者顺序以姓氏笔画编排，每人附简介，作品以谜底笔画多少为序,并附录了其他近百位作者的作品 1000 余条。因本书是我到国外探亲期间编选的,有些资料遗忘在家中,遗漏了部分作者,谨致歉意。

　　本书谜底所用字,最少 1 笔,最多 24 笔,其中以"一"字为谜底的作品,来稿达数百条,本书也选入近百条,是所有汉字中入谜最多的字。本书做谜底的汉字共有 3000 多个,大多为常用字,按全书 7000 多条字谜,则平均每个字作谜两条。灯谜创作中,撞车(雷同、暗合)很难避免,字谜中也多有撞车的。本书来稿中,有谜面完全或几乎相同的撞车谜,难以考证创作或发表先后,一般就按来稿先后取舍了。

　　感谢曹石珠先生为本书作序。曹先生的著作《走进字谜的艺术宫殿——汉字修辞视野下的字谜研究》,运用汉字修辞理论研究字谜,是学术界的灯谜研究成果,对提高灯谜理论尤其是对字谜研究有重要意义。曹先生在序言中说自己"由此觉得与谜家、与谜界有了特定的联系,并在一定意义上扩大了我的学术交往范围",就谜界而言,不更应主动加强与学术界的交往,加强灯谜学术研究吗?

　　编选完毕,恰逢我的生日,在美国南部的小城诺克斯维尔,我收到了海峡两岸的谜友从 QQ 和脸书发来的祝福,倍感温馨。谨以本书的出版,作为对各位谜友的回报。

刘二安
2013 年 12 月 15 日